Erwin Schüller

Asesinato en el Colegio Schiller

Novela

Erwin Schüller

Asesinato en el Colegio Schiller

Novela

Traducción del libro alemán

"Mord am Schiller-Gymnasium"

Bibliografische Information der Deutschen Nationalbibliothek:
Die Deutsche Nationalbibliothek verzeichnet diese Publikation in
der Deutschen Nationalbibliografie; detaillierte bibliografische
Daten sind im Internet über http://dnb.dnb.de abrufbar.

*Información bibliográfica de la Biblioteca Nacional de Alemania:
La Biblioteca Nacional Alemana recoge esta publicación en la
Bibliografía Nacional Alemana; los datos bibliográficos detallados
están disponibles en Internet en http://dnb.dnb.de.*

Webseite / *Página web*   www.erwin-schueller.com

Lektorat / *lectorado*   Carmen Company Cera

Cover / *portada*   Erwin Schüller

Printed in Germany / *imprimido en Alemania*

Herstellung und Verlag / *producción y casa editora:*

BoD – Books on Demand, Norderstedt

ISBN: 978-3-7557-3611-0

Para mi amigo Friedemann,
a quien le fue arrebatada la vida demasiado pronto
en un trágico accidente de tráfico,
cuyas propias experiencias me inspiraron
en parte para escribir esta historia.

Esta novela narra unos dramáticos sucesos que ocurren, entre otros lugares, en un colegio de la ciudad ficticia de Lundenburg. El Colegio Schiller no se refiere a una escuela real, e igualmente todas las personas y hechos de este libro son imaginarios. En la vida real puede haber situaciones similares a las de la novela; sin embargo, cualquier similitud con personas, acontecimientos o hechos reales sería involuntaria y puramente casual.

1 Turno nocturno

La sofocante tarde de verano cayó en el centro de Lundenburg con un calor opresivo. A pesar del crepúsculo, todavía era como estar en una inmensa sauna. Alrededor de la escuela, todas las mesas de las terrazas de los bares estaban llenas, y la gente gozaba del final del día y buscaba refrescarse con bebidas y helados. Se oían fuertes risas y un zumbido de voces por todas partes, en especial de los escolares que estaban de excelente humor esperando las próximas vacaciones de verano. Un gran tráfico de coches pasaba incesantemente y despacio por delante de la escuela. Una y otra vez la fila de coches se detenía en el paso de cebra frente al edificio de la escuela. Parecía que ese día, con tal calor agobiante, todo Lundenburg quería ir al centro.

El viejo y enorme edificio, con su extraño campanario, que le daba un aire de dignidad eclesiástica, estaba algo desierto en medio del bullicioso centro. El bedel del Colegio Schiller, el Sr. Maier, se paró relajadamente frente al edificio con su bata de trabajo azul, fumando un cigarrillo. Dejaba su mirada deslizarse sobre la fachada, examinándola. En el primer piso, todavía había luz en dos ventanas.

«El jefe está haciendo horas extra de nuevo», pensó. «¡Y casi son las nueve de la noche! Bueno, si lo disfruta, ¿por qué no?», murmuró para sí mismo, y siguió su camino.

Dio una vuelta tranquila alrededor de la escuela, llevando al lado, sujeto con la correa, a su pitbull terrier, que había adquirido hacía solo unos meses. Supuestamente, quería sentirse más seguro al hacer las rondas nocturnas por los terrenos del colegio. Ya había sido amenazado una vez por tres tipos sospechosos que había pillado trapicheando con drogas en el estacionamiento de la escuela. Toda la zona se consideraba insegura por la noche. La estación de tren estaba a unos cinco minutos a pie, y los traficantes de drogas y pequeños delincuentes solían frecuentar el distrito cuando caía la noche. Sin embargo, también eran blanco de la policía, que patrullaba regularmente el barrio a partir de las diez de la noche.

El Sr. Maier revisó la puerta de entrada principal. La encontró cerrada con llave y siguió alegremente. Luego encendió otro cigarrillo y se paseó despacio por el extenso terreno del colegio, con sus instalaciones deportivas y grandes patios de recreo. Poco a poco se había ido haciendo de noche.

En el primer piso, el director Lochberger estaba sentado en su escritorio. Miraba fijamente la pantalla del ordenador, escribiendo de vez en cuando de manera apresurada en el teclado y mirando muy concentrado sus gráficos de Excel. Su delgada y atlética figura se enderezaba cuando iba a la estantería para coger alguna carpeta. Con su traje gris, su corbata azul claro y su pelo gris, uno podría haber imaginado al sesentón como el jefe de un departamento de una compañía de seguros.

La oficina del director constaba de dos salas: una gran antesala con dos estaciones de trabajo para las secretarias y su oficina propiamente dicha, con una zona de asientos para las reuniones y su lugar de trabajo con un escritorio y armarios. Una puerta conducía directamente a la sala de las fotocopias, que también era utilizada por los profesores para preparar las clases. Esta puerta, sin embargo, no podía abrirse desde dicha sala, ya que nadie querría ser molestado en la oficina del director.

Aparte del director, no había ninguna persona más en las luminosas salas, pero el zumbido y el estruendo de la fotocopiadora aún podían oírse. Lochberger lo percibió como ruido de fondo, pero no le prestó más atención. A menudo sucedía que los profesores se quedaban allí hasta tarde para preparar material docente.

El reloj de pared marcaba las nueve menos cinco minutos. En realidad, le había prometido a su esposa por teléfono que estaría en casa a las nueve y media. Probablemente tendría que llamarla de nuevo y decirle que sería un poco más tarde. La semana siguiente era la conferencia de profesores y había mucho papeleo que preparar.

Una necesidad urgente le obligó a realizar un breve descanso. Salió del despacho y caminó por el largo pasillo del antiguo edificio, donde a unos cien metros estaban los baños de los profesores.

Cuando transcurridos unos minutos regresó apresuradamente, la puerta de la sala de las fotocopias se abrió y el Sr. Strasser, uno de los profesores de español, salió con un montón de copias bajo el brazo. Detrás de él apareció el colega Baum, profesor de alemán, amigo de Strasser, y más allá había un tercero, el Sr. Pobler, también filólogo y decano del cuerpo docente.

El director se molestó un poco por encontrarlos en la escuela tan tarde, ya que los tres pertenecían a ese grupo de personas que prefería ver solo de lejos. Estos tres profesores siempre habían mostrado abiertamente su oposición a él, el director, en lugar de compartir sus opiniones bien informadas y meditadas.

— «Bueno, ¿qué pasa hoy aquí?, ¿qué hacen ustedes en la escuela a estas horas?» preguntó a los profesores en un tono un tanto brusco.

— «Tenía que hacer algunas fotocopias para el proyecto de la próxima semana», respondió Strasser.

Baum dijo con un trasfondo irónico:

— «Trabajamos duro y no nos libramos del turno de noche, Sr. Lochberger. ¿Y usted, también está de servicio tan tarde?»

— «Sí, nuestro director trabaja día y noche; esa sigue siendo la vieja virtud y disciplina prusiana, queridos colegas», añadió Pobler con mordaz ironía.

Lochberger se había detenido y miraba con escepticismo al grupo, con una mirada distante.

— «La semana que viene es la conferencia, así que todavía tengo mucho que hacer. Pero ustedes podrían haber hecho sus fotocopias antes. Se supone que nadie debe estar en la escuela a estas horas. Lo decidimos en la última conferencia, ¿no? Si no lo recuerdan, miren los minutos de vez en cuando. ¡Que tengan una buena noche!».

El director desapareció en su oficina con una expresión de enfado en la cara.

— «Igualmente», dijo Pobler en voz alta. «¡Y no trabaje hasta tan tarde, que no es saludable!»

Pobler se rio muy fuerte y dijo:

— «Lochi nunca se cansa de sus hojas de cálculo de Excel. Uno de estos días tendrá un ataque al corazón por exceso de trabajo. ¿Y tú qué? ¿Te vienes a tomar una cerveza?»

Strasser hizo una mueca de pesar.

— «Lo siento, tengo una cita en un minuto».

— «Oh, el colega tiene vida nocturna…», bromeó Pobler. «Podrías presentárnosla, que a nosotros también nos gustaría ver una mujer guapa. ¿Qué opinas, Franz?»

— «Sí, por supuesto, es su deber como buen compañero. No puede mantener siempre sus conquistas en secreto.»

— «Bueno, chicos, la próxima vez, lo prometo, pero de verdad que hoy no puedo. Por favor, entendedlo… Tengo que irme. ¡Hasta mañana!»

Strasser bajó corriendo las escaleras y los dos colegas le siguieron a paso lento. Su conversación resonó en el hueco de la escalera durante un rato.

Lochberger se había acercado a la ventana de su oficina y miraba con atención el patio del colegio. Algunos estudiantes seguían jugando al fútbol delante del edificio, y Maier, el bedel, estaba de pie fumando junto a la desgarbada figura de un hombre obviamente borracho que le hablaba en voz alta con una botella de vino en una mano y un cigarrillo en la otra.

«Dios mío», pensó Lochberger, «gentuza e incompetentes por todas partes». ¡Strasser, Baum y Pobler! Los habría despedido hace mucho tiempo si hubiera sido posible, igual que al vago y descuidado bedel. Pero por desgracia era el director de una escuela estatal y no el jefe de una empresa privada, y los funcionarios y empleados del Estado no podían ser despedidos. En el mejor de los casos, podría ahuyentarlos, hacer que solicitaran un puesto en otro colegio por su propia voluntad y finalmente se fueran. Él, el más exitoso director de Lundenburg, ya lo había logrado en varias ocasiones. Sin embargo, estos tres maestros, que formaban un núcleo de resistencia permanente contra él, por desgracia no se habían ido. Afortunadamente, las vidas laborales de Baum y Strasser estaban expirando, y ambos iban a jubilarse pronto, por lo que el problema se resolvería solo.

«¿Pero qué demonios hace esta gente todavía aquí a estas horas?» se preguntó. «¡Como si no tuvieran todo el día para hacer sus malditas fotocopias!» Regresó apresuradamente a su escritorio para seguir trabajando. La pantalla le exigía su contraseña, y la escribió. Para su consternación, apareció una pantalla azul con el mensaje: «Se ha encontrado un virus, el sistema está siendo reiniciado y escaneado en busca de virus».

No podía ser posible, ¿de dónde vendría un virus ahora? ¡En la escuela tenían los mejores antivirus del mercado! Lochberger estaba alarmado, no tenía tiempo y esa noche quería terminar algunas páginas de la presentación. Esperó con impaciencia para poder seguir trabajando. El ordenador ya había completado su reinicio, pero en lugar de la pantalla habitual apareció de nuevo un mensaje de advertencia del escáner de virus: «Virus encontrado en la unidad E»; también apareció inmediatamente el nombre de la plaga: «Tequila99».

«¡Por el amor de Dios!», murmuró para sí mismo. No había experimentado un incidente así en años. Lochberger era matemático e informático, así que esto no le parecía un problema insuperable. El antivirus había identificado el *malware* y ahora lo destruiría o bloquearía, y él podría seguir trabajando. Sin embargo, cuando usó el explorador de archivos para ver el contenido de su tarjeta SD, se llevó un gran susto. Todos los datos eran irreconocibles, había un montón de letras mezcladas, todo era prácticamente ilegible. Abrió un archivo como prueba, y la imagen era la misma: el contenido era un caos, solo una mezcla irracional de todo tipo de caracteres. Obviamente, el virus había modificado todos sus archivos.

El director se percató de que no solucionaría nada esa noche. El repentino ataque del virus era un total misterio para él. Por suerte, la escuela había previsto tales casos y tenía un contrato de mantenimiento con un técnico de servicios informáticos. El Sr. Alonso tendría que trabajar en turno de noche para restaurar el sistema.

Agarró el auricular en el mismo momento en que sonaba su teléfono. Su esposa le preguntó cuándo pensaba volver a casa.

— «Me iré pronto, Monika, pero necesito unos minutos más. Hay un pequeño problema que debo resolver, y luego voy.»

A continuación marcó el número del técnico y un tal Sr. Becker, empleado de Alonso Informática, respondió.

— «Buenas noches, aquí Lochberger. Sé que son más de las nueve, y siento molestar a estas horas, pero es una emergencia. ¿Puedo hablar con el Sr. Alonso?»

La persona al otro lado de la línea le explicó que su jefe no estaba en ese momento, pero que quizá él mismo podría ayudarle, y le preguntó sobre la naturaleza del problema. Lochberger describió brevemente la situación: no podía continuar su trabajo, pues después de una breve pausa el ordenador había mostrado una alarma de virus y sus datos de la tarjeta SD habían sido destruidos.

El Sr. Becker le calmó y le aseguró que el problema podía resolverse. El Sr. Alonso analizaría más tarde la situación por control remoto. Buscarían el virus con varios escáneres, de modo que no quedara ninguna amenaza. Sin embargo, había un inconveniente: el trabajo realizado desde la última copia de seguridad automática, a las veinte horas, podría perderse.

— «Puedo renunciar al trabajo de la última hora, pero por supuesto sería conveniente que todo lo demás se restaurara», dijo Lochberger.

La voz del Sr. Becker sonaba confiada, y dijo que el trabajo se haría rápido. Si fuera necesario, el Sr. Alonso trabajaría toda la noche. Él solo estaría en la oficina hasta que el Sr. Alonso regresara, y lo esperaba en cualquier momento.

— «Es usted mi salvador, Sr. Becker», dijo el director. «Tengo cosas urgentes que hacer, porque la semana próxima tenemos la conferencia de maestros y necesito terminar algunos trabajos.»

El Sr. Becker le aseguró que no había problema y le dijo que lo que debía hacer era irse a casa y no preocuparse.

— «Sí, precisamente mi esposa acaba de llamarme y me está esperando. Estaré disponible en la escuela mañana alrededor de las ocho, por si tiene alguna información para mí. Muchas gracias por su rápida ayuda, y espero que tengan éxito en su trabajo.»

Lochberger colgó y respiró hondo. Gracias a Dios, tenían el contrato de mantenimiento con Alonso Datentechnik, pues ya lo había necesitado varias veces para casos difíciles. Aunque él mismo sabía de ordenadores y era un programador experimentado, siempre había situaciones en las que no podía prescindir de ayuda externa.

De todos modos, este incidente de hoy era misterioso y único. Nunca antes había perdido datos de una tarjeta SD; siempre compraba tarjetas de buena calidad y las reemplazaba regularmente para estar seguro. Revisó los datos del disco duro con el escáner y no halló nada anormal. ¿Así que el virus solo había atacado su tarjeta de memoria? Eso iba en contra de todo lo que había visto hasta ahora. Si una tarjeta SD es un almacén de datos externo, ¿cómo podría un virus siquiera acceder a él? Y menos en el sistema de la escuela, ya que todo aquí estaba asegurado con lo más moderno. ¿Quizás en otro ordenador? Pero no había usado la tarjeta en ningún otro ordenador. Todo estaba bien antes de ir al baño. Un momento… Strasser, Baum y Pobler estaban aquí, haciendo fotocopias al lado. ¿Tendrían algo que ver con esto?

Se despertó una sospecha en él. Fue a la puerta de la sala de la fotocopiadora, se apretó contra ella y, sin esperarlo, se abrió. Alguien había manipulado la cerradura de la puerta y el paso entre la sala de las fotocopias y la oficina del director había estado abierto todo el tiempo. Ahora se dio cuenta de que esta infestación de virus no podía ser una casualidad. ¡Lo habían hecho ellos! Por pura maldad, porque no había ningún beneficio que obtener. La tarjeta contenía sus cartas y documentos de negocios, diagramas y evaluaciones, así como el código fuente de sus últimos módulos de programa, pero un extraño no podía hacer nada con todo eso.

Por tanto, la destrucción de sus datos era un mero acto de acoso y un ataque a su éxito profesional, a su triunfo en la próxima conferencia general de profesores. Un boicot a su proyecto escolar Schiller FIX: Fantástico, Innovador, eXcelente. Solo alguien que le odiara y quisiera hacerle daño podría hacer tal cosa. Los únicos en este colegio que podían hacerlo eran Strasser, Baum y Pobler. Había tenido algunos roces con ellos por varios incidentes en los últimos años. Poco a poco se puso furioso y resopló con rabia, y finalmente dijo entre dientes: «Esos idiotas… Pero esperad, no os vais a librar tan fácilmente».

Lochberger se sentó y escribió un correo electrónico a su sustituto Manfred Degen:

Hola Manfred. Información rápida. He sido víctima de un ataque esta noche. Mi ordenador ha sido contaminado por un virus. Fui al baño un minuto y, cuando regresé, Strasser, Baum y Pobler estaban saliendo de la sala de la fotocopiadora. Supuestamente habían estado haciendo fotocopias. Cuando iba a seguir trabajando, mi PC informó del descubrimiento de un virus. Mis datos han desaparecido, mi tarjeta SD es un gran caos de datos. Estoy seguro de que ellos infectaron mi notebook. La cerradura de la puerta ha sido manipulada y mi oficina ha estado accesible desde la sala todo el tiempo. Supongo que se colaron mientras yo no estaba. Alonso se encargará de mi PC esta noche mediante control remoto y eliminará el virus. Si ves a estos profesores, ¡cuidado! Saludos. Reinhard.

A las nueve y veinticinco, Lochberger cerró su maletín para finalmente irse a casa. Su esposa ya le estaría esperando.

Había recogido todas sus cosas, pero dejó el ordenador encendido porque el técnico debía trabajar en él esa noche. Apagó la luz, salió de secretaría y cerró la puerta tras él.

Las luces seguían encendidas en la escalera y se preguntó por qué el bedel no habría aparecido aún. Las luces deberían apagarse a las nueve como máximo. «Este hombre necesita otra vez una severa charla», pensó malhumorado. «Hay que despedirle. No cumple las órdenes y siempre está ausente. Además, me parece que bebe.»

Enfadado, bajó las escaleras. La noche había transcurrido de forma diferente a la prevista. Solo quedaba esperar que todo funcionara de nuevo al día siguiente.

Abrió con cuidado la puerta trasera del edificio y vio, aparcado fuera, justo frente a la puerta, su Audi gris plateado. No había nadie más en el estacionamiento, que estaba poco iluminado por las luces de la calle. Había que tener cuidado allí por la noche, porque a veces rondaban traficantes de drogas y sus clientes.

Presionó el interruptor y la luz de la escalera se apagó. Ya estaba a punto de salir por la puerta cuando oyó un ruido detrás de él. Al momento, sintió un fuerte golpe en la cabeza y todo quedó negro y en silencio.

2 Alarma matutina

Alex no había llegado a su nuevo domicilio hasta las once de la noche anterior. Llevaba viviendo con Ulla unos días, tras dejar su apartamento en Lundenburg debido a su inminente traslado a Baviera. Iba a jubilarse el mes siguiente y quería pasar sus últimos años en la vieja granja que había comprado en el pequeño pueblo de Dörflingen. Ulla había sido escéptica al principio, considerando «tonta» la idea de vivir en un pueblo en el campo. Sin embargo, después de ver la casa con sus propios ojos, pronto renunció a toda resistencia y dijo que podía imaginar mudarse al pueblo con él cuando se retirara el próximo año.

Su compañera ya estaba dormida cuando él se acostó. Se encontraba muy emocionado y satisfecho con el éxito de la misión contra Lochberger, y con sus honorarios. Esa noche durmió bien, pero se despertó a las cinco y media, bastante cansado. Intentó volver a dormir, aunque sabía que Ulla se prepararía para el trabajo alrededor de las seis. Eso le mantuvo despierto.

Poco antes de las seis sonó el despertador y su compañera entró en el baño. Fingió estar dormido, porque lo último que necesitaba ahora era una conversación sobre su tardía llegada a casa anoche. Había conseguido volver a dormirse cuando de repente el teléfono sonó estridentemente en el pasillo.

Escuchó a Ulla acudir y cogerlo. «Sí, un momento, por favor, le aviso», la oyó decir, y se sorprendió. ¿Quién querría hablar con él a esas horas?

Ulla ya estaba en el dormitorio y dijo muy bruscamente:
— «El teléfono, para ti».
— «¿Quién es?»
— «No sé, una mujer; no ha dicho su nombre.»
Alexander fue al teléfono y lo cogió.
— «Strasser», dijo.
Al otro lado de la línea sonó la voz de Monika Lochberger.
Se asustó. Reaccionó rápidamente y dijo en voz alta el nombre de una colega:
— «Oh, buenos días, Sra. Zander. ¿Qué es tan importante como para llamarme a las seis de la mañana?»
Monika reconoció inmediatamente el pequeño truco para ocultar su identidad a su compañera. Habló en voz baja, casi en un susurro:
— «Debo hablar contigo con urgencia, antes de que empiece la escuela. No hagas preguntas ahora. Puedes decir a tu amiga que estás de guardia porque un compañero ha enfermado.»

— «Menos mal que me lo ha dicho, porque eso ayer no estaba en la agenda. Ah, claro, el horario se cambió ayer. Sí, ya me había ido. Gracias por decírmelo.»

— «Lo estás haciendo muy bien», dijo Monika. «Por favor, ven a la piscina cubierta a las siete en punto. Estaré en el aparcamiento de detrás de la piscina. Entra un momento en mi VW Golf azul. Luego hablamos.»

— «Bien, de acuerdo, Sra. Zander. Gracias por la información. Entonces tengo que prepararme rápido; no tendría clase hasta la segunda hora. Nos vemos allí. Adiós, Sra. Zander».

Alex colgó y fue al dormitorio para vestirse apresuradamente. Su novia le siguió y se paró junto a la puerta abierta, con la mano derecha en la cadera.

— «¿Por qué esa colega te llama a las seis de la mañana?»

— «Ya lo has oído, ha habido un cambio en los horarios de sustitución y me toca supervisión de mañana, y tengo que estar en la escuela a las siete. Menos mal que me haya llamado, porque si no, otra vez habría tenido problemas con el jefe.»

— «¿También fue la Sra. Zander a la fiesta de ayer?»

— «No, por supuesto que no, y no era una fiesta. Solo estuve tomando una copa con los tres ingleses que están de visita en la escuela. No seas tan desconfiada, es horrible».

— «Si dijeras siempre la verdad, no sospecharía. Pero ahora no tengo tiempo para discusiones, debo ir a la oficina. ¿Te veré esta noche?»

— «Claro, probablemente estaré aquí sobre las seis. Esta noche podríamos ir a alguna terraza a tomar algo; hará calor y no hay humedad.»

— «Ya veremos. Podemos decidirlo por la noche, ¿no?»

Ulla dejó el apartamento a las siete menos cuarto y se dirigió al trabajo. Cinco minutos después, Alex cerró la puerta tras de sí y condujo los tres kilómetros que había hasta la piscina cubierta. Detrás de la piscina vio el Golf azul con los últimos dígitos 33 en la matrícula. El aparcamiento estaba poco concurrido a esa hora, y el riesgo de ser visto era escaso. Aparcó al lado del coche de Monika, al mismo tiempo que ella abría la puerta del copiloto, y se sentó a su lado. La abrazó y se besaron apasionadamente.

— «Mi amor, me diste un buen susto esta mañana. Estoy impaciente por escuchar las noticias que tienes. ¿Tu marido ha notado algo del robo?»

Ella le clavó una mirada penetrante, tratando de registrar cada movimiento de su expresión facial.

— «Primero me gustaría que me contaras tú qué ocurrió exactamente anoche.»

Alexander la miró con asombro.

— «Muy bien, puedo decírtelo en pocas palabras. Estaba en la sala de fotocopias desde las ocho y había preparado la puerta que da a la oficina de tu marido para que no estuviera bien cerrada, de modo que podía ir de la sala de fotocopias a la oficina sin que nadie se diera cuenta. Entonces esperé a que él saliera. Pensé que con suerte iría al baño, y eso fue lo que hizo alrededor de las nueve. Fui muy rápido a su ordenador con la tarjeta SD preparada, cambié las tarjetas de memoria y volví a la sala de fotocopias. No tardé ni treinta segundos.»

— «Genial, hiciste un buen trabajo», le halagó Monika. Luego sonrió con ternura y le dio un beso.

Alex continuó:

— «De repente, mi colega Baum entró en la sala, lo que me sorprendió un poco. Pero no notó nada. Solo quería hacer unas cuantas fotocopias. Después salimos juntos, y nos encontramos con Pobler frente a la puerta. En ese momento tu marido volvió del baño y al pasar nos preguntó qué hacíamos ahí tan tarde. Hubo un breve intercambio de palabras y se metió de nuevo en su oficina».

— «¿Y luego?», preguntó Monika impaciente.

— «Los dos querían invitarme a una cerveza, pero no acepté, diciendo que tenía una cita. Salí de la escuela, los dos colegas probablemente me siguieron de lejos, me subí al coche, conduje trescientos metros hasta el cruce de Matterstrasse y aparqué. Entonces te llamé y esperé a Daniel, que llegó bastante tarde. Serían las diez y cuarto cuando apareció».

Monika le había escuchado atentamente y le había observado de cerca.

— «Bueno, entonces todo fue bien, ¿no? Supongo que no has leído el periódico ni has escuchado las noticias.»

— «No. Normalmente leo el periódico durante el desayuno, y hoy no he podido hacerlo porque estoy en una reunión conspirativa con la Sra. Zander.» Sonrió. «¿Tu marido sospecha de mí?»

Monika le miró con una expresión relajada.

— «Mi marido no ha dicho nada ni lo dirá.»

Alex obviamente no entendió qué quería decir y puso cara de extrañeza.

— «¿Qué quieres decir?»

— «Mi marido está muerto», dijo Monika, mirando a Alex fijamente.

Alexander no parecía entenderlo ni siquiera ahora.

— «¿Qué quieres decir con que está muerto? ¿Te refieres a económicamente muerto, por la compañía?»

Monika sonrió fríamente ahora, incapaz de ocultar una cierta satisfacción.

— «Está muerto en todos los sentidos de la palabra, y tú no pareces saber nada al respecto. Me alegro de no haberme enamorado de un asesino.»

Mientras disfrutaba de la confesión de amor de Monika, al mismo tiempo Alex estaba sorprendido.

— «Por favor, no me cuentes historias tan espeluznantes por la mañana temprano. Todavía no entiendo qué es lo que intentas decir.»

— «Mi marido fue asesinado anoche.»

Ahora la miró con incredulidad y miedo.

— «¿Qué? ¡No es posible!»

— «Es como te digo. Y tal vez sea mejor así.»

Se detuvo, puso la mano derecha sobre la izquierda de él y le miró tiernamente. El puro horror se expresaba ahora en el rostro de Alex.

— «¡Es espantoso! ¿Cómo sucedió?»

— «No lo sé. Como mi marido no volvía a casa y no contestaba al teléfono, me puse nerviosa y sobre las once fui a la escuela a buscarle. Fue entonces cuando le encontré tirado en el suelo, en un charco de sangre. Alguien le había golpeado hasta matarle.»

— «¡Es horrible! No sé qué decir... ¿Quién podría hacer tal cosa?»

— «Yo tampoco lo sé. Estoy completamente desconcertada. Pero me alegro de que tú no hayas tenido nada que ver en este asunto.»

— «Por favor... ¿Me crees capaz de hacerlo?»

— «No, por supuesto que no. Sé que eres una buena persona.»

Hubo una pausa. Se abrazaron tiernamente.

— «Mis condolencias», dijo Alex después de un rato.

— «Gracias, lo superaré. De todos modos, hace muchos años que nuestro matrimonio solo existía sobre el papel, y tú lo sabes.»

Después de un momento, Monika continuó en un tono diferente, que reflejaba cierto miedo.

— «Sin embargo, ahora hay un problema. Eres una de las últimas personas que estuvo en la escuela con mi marido, y te quedaste allí hasta tarde. Básicamente eres un sospechoso. Serás interrogado por la policía. Necesitas una coartada.»

Parecía preocupada y distante al mismo tiempo.

— «Por supuesto, no puedes decir que pasaste la tarde con Daniel, porque eso plantearía preguntas, y es un asociado de Messerschmidt. Tal conexión no debe conocerse bajo ninguna circunstancia. ¿Hay algún lugar donde puedas conseguir una coartada?»

Alex pensó por un momento.

— «Espero que Ulla me ayude. Sin embargo, tenemos cierta tensión en este momento... Ella desconfía de mí y teme que la esté engañando.»

— «Intenta hablar con ella y hacer las paces. Una buena coartada es vital para salvarte. Podría llegar a ser un problema serio si no lo consigues. Si hay sospechas de asesinato, la policía no se andará con contemplaciones.»

Alex la miró consternado, y en ese momento le quedó claro que tenía un problema real y que necesitaba resolverlo por su cuenta.

— «¿Crees que funcionará eso de la coartada?»

— «Supongo que sí. ¿Cuál es la mejor manera de comunicarme contigo, si es necesario?»

— «Definitivamente no por teléfono. Es posible que intervengan mi teléfono y mis conexiones, porque tengo todas las papeletas para ser sospechoso. Puedes enviarme un correo electrónico si hace falta, pero de forma encriptada. Nuestra contraseña será "piscina cubierta". Espero que todo vaya bien.»

— «Yo también lo espero. Estoy segura de que la policía me interrogará pronto. Después de todo, la muerte de mi marido me beneficia.»

Se inclinó hacia Alex, le acercó la cabeza y le besó apasionadamente.

— «Cuando el agua vuelva a su cauce, no habrá nada que se interponga en nuestro camino.»

Se despidieron con ternura, con repetidas promesas de amor, y luego se separaron. Alex estaba aturdido mientras la veía abandonar el aparcamiento.

3 Viene la policía

Estaba saliendo de la ducha cuando sonó el timbre de la puerta. No esperaba a nadie. Fue justo antes de las ocho de la mañana. ¿Tal vez sería uno de los vecinos?

Salí del baño y cogí el auricular del interfono.

— «Hola. ¿Quién es?»

Una profunda voz masculina respondió.

— «Agente de policía Schmidt. ¿Es usted el Sr. Alonso?»

Me sobresalté.

— «Sí. ¿Qué ocurre?»

— «¿Podríamos hablar un momento?»

Me costó mucho disimular la molestia en mi voz.

— «Acabo de salir de la ducha y estoy en albornoz. No es muy buen momento. ¿De qué se trata? ¿No podían haberme avisado antes?»

— «Le llamamos, pero no contestó.»

Recordé que había activado el contestador automático por la noche y olvidé cambiarlo al modo normal esta mañana.

— «Nos gustaría hacerle unas preguntas. Es bastante urgente, pero si no le va bien ahora, puede venir a la comisaría más tarde.»

Lo pensé durante un momento. Iba a ir al instituto Schiller a última hora de la mañana, pero probablemente lo podría encajar antes de ir.

— «Bueno, podría ir en una hora. ¿Por quién debo preguntar y dónde exactamente?»

— «¿Sabe dónde está la comisaría? Friedrich-Engels-Strasse número 22.»

— «Sí, sí, lo sé.»

— «Bien, entonces preséntese allí al inspector Sauer, despacho 212.»

— «De acuerdo, pero dígame, ¿es por el semáforo en rojo que me salté el otro día?»

— «No», dijo la voz en el receptor. «Se trata de un crimen y usted debe ser interrogado como testigo.»

— «¿Cómo dice?»

— «No puedo explicárselo desde la calle, lo siento.»

— «Muy bien, entonces le veré más tarde.»

Colgué y volví al baño. ¡Visita de la policía a las ocho de la mañana! ¿Es que uno no puede ducharse en paz? ¿Qué quieren de mí? ¿Una declaración como testigo? ¿Un crimen? ¡Yo no he visto nada ni he oído nada! ¡Que me dejen de cuentos!

Además, fue embarazoso tener a la policía aquí. Seguramente los vecinos lo habrían escuchado todo. Y luego habría cotilleos y risitas. Abrí un poco la ventana del baño y por la rendija vi un coche patrulla abajo. El policía iba de uniforme y acababa de entrar. Seguro que todo el mundo lo comentaría en el vecindario.

Mi reputación es sumamente importante para mí. Trabajo como autónomo, y mi prestigio es la base de mi sustento, por lo que no me gusta que ni siquiera la más mínima sospecha caiga sobre mí por una tontería.

¿Un crimen? Probablemente un malentendido o una confusión; yo no sé nada de ningún crimen. Molesto, terminé mi aseo matutino y me vestí. Quería acabar con el asunto de la policía lo antes posible y luego visitar al Sr. Lochberger en su escuela.

Anoche, después de la llamada telefónica de Lochberger a Becker, hice un mantenimiento remoto de sus ordenadores y encontré un virus en su tarjeta de memoria, aunque era un antiguo virus que había aparecido hacía más de quince años y que había destruido archivos de todo tipo. No pude entender cómo el director había cogido ese virus. En realidad, solo podía ser porque hubiera usado la tarjeta en otro ordenador infectado. De hecho, únicamente se vieron afectados los datos de la tarjeta SD del director. No había ningún *malware* en su disco duro ni en otras partes de la red de la escuela. Esto indicaba que mi hipótesis era correcta. Lochberger probablemente había conectado su tarjeta a otro ordenador, en su casa o en cualquier sitio, y se contagió el virus. Pude recuperar parcialmente los datos y restaurarlos en la tarjeta, con lo cual el *notebook* del director estaba bien de nuevo.

Me vestí, me preparé un café y traté de deshacerme de mi mal humor. ¡Una visita de la policía antes del desayuno! ¡Lo que no me pase a mí…!

No tengo nada en contra de la policía, y en especial de la policía alemana. Trabajan muy bien y además hay leyes en este país que te protegen de acciones arbitrarias. Como antiguo extranjero, lo aprecio mucho. En mi país de nacimiento, Argentina, hace unas décadas las condiciones eran malas bajo la dictadura militar, similares a las del Tercer Reich en Alemania. Los policías podían ir a cualquier casa a las cuatro de la mañana y llevarse a alguien para interrogarle, para «testificar», y a menudo esa persona ya no volvía, desaparecía sin dejar rastro, era asesinada.

Gracias a Dios, mi madre se fue de Argentina conmigo a tiempo. Llegamos a Berlín en 1955, cuando yo tenía solo tres años. Nunca conocí a mi padre, pues mi madre era madre soltera. Cuando en 1955, en Buenos Aires, conoció a Helmut, un empresario berlinés que quería casarse con ella, aceptó la proposición y se mudó a Berlín para vivir con él. Sin embargo, el matrimonio no iba a ser tan rápido como se esperaba. En ese momento, el hombre todavía tenía pendiente el proceso de divorcio, pero el asunto se alargó y su esposa trató de evitarlo.

Durante dos años vivimos con Helmut en su espaciosa villa y mi madre esperaba el divorcio, que se retrasaba una y otra vez. En ese momento no me importaba, no podía entenderlo todo todavía. Para mí, las nuevas circunstancias eran agradables y excitantes. Teníamos un gran jardín, había un pastor alemán con el que me encantaba jugar y nuestra criada Carina me mimaba mucho.

Helmut era bastante adinerado y a menudo íbamos en su Mercedes todos juntos, los fines de semana, al Wannsee o de excursión por los alrededores. Fue una época maravillosa y aprendí alemán muy rápido, porque hasta los tres años solo había oído y hablado español. Cuando nos mudamos a casa de Helmut, él puso como condición que en esa casa solo se hablaría en alemán.

«El chico tiene que aprender alemán correctamente, o de lo contrario no llegará muy lejos aquí. El español se lo puedes enseñar más tarde», dijo Helmut a mi madre en aquel entonces. Fue una decisión sabia, aunque me hizo olvidar enseguida los pocos restos de mi lengua materna. Mi madre se atuvo a sus instrucciones de hablar en alemán conmigo. Por desgracia, ya no volvió a pensar en enseñarme español. Más tarde, estando ya en la universidad, empecé a aprender el idioma por mí mismo.

Mi madre solo sabía unas pocas palabras de alemán cuando se mudó a Berlín y le costó mucho trabajo aprenderlo, prácticamente al mismo tiempo que yo.

En realidad, todo eso parece una pesada broma de la historia familiar. La madre de mi madre era judía alemana y había emigrado a Argentina en 1931 con su novio español, Joaquín, quien más tarde fue su marido. Los nazis le habían parecido un gran peligro ya en una etapa muy temprana. Por lo tanto, mi abuela tuvo que aprender español en esa época, y cuando su hija, es decir, mi madre, nació en 1932, el idioma en casa era exclusivamente el español, porque mi abuelo era español y además vivían en Argentina.

Como resultado, mi madre creció sin ningún conocimiento del alemán, y las pocas palabras que había escuchado de su madre cuando era muy pequeña se le olvidaron rápido. Así, en dos generaciones sucesivas en nuestra familia, un niño no aprendió el idioma de su madre, lo cual es muy extraño.

Aún hoy, después de más de cincuenta años en Alemania, mi madre no habla alemán sin errores. De lo único que puedo acusarla es de su pereza. Nunca ha estudiado a fondo la gramática alemana. Todavía no es capaz de diferenciar el dativo del acusativo, y constantemente comete errores que se le perdonarían a una principiante, pero que son un poco embarazosos en alguien que lleva viviendo en el país tanto tiempo. Pero siempre ha sido una madre cariñosa y buena, y le debo mucho, así que nada importan unos pocos acusativos erróneos. Especialmente en Berlín, donde la frase *Ich liebe dir* siempre fue considerada como el alemán correcto, en vez de *Ich liebe dich;* y de todos modos, nadie lo notaba.

Desafortunadamente, la boda no se llevó a cabo porque Helmut murió en un trágico accidente de tráfico en 1958. Fue un gran golpe y muy duro para nosotros. Por eso mi madre conservó su apellido de soltera, Alonso, y esa es también la razón por la que todavía tengo este nombre aun siendo alemán.

Como autónomo en Alemania, a menudo comprobé que mi nombre creaba ciertas barreras. Habría podido tener un acceso más fácil a clientes si me llamara Emil Schulze o Hans Schmidt. Cuando oyen Winfried Alonso, muchos se sorprenden y luego preguntan: «¿De dónde es usted?». Mi nombre despierta cierta desconfianza, y solo cuando cruzo este primer umbral la gente se da cuenta de que no soy tan diferente de otros conciudadanos. Soy alemán desde hace mucho tiempo, desde que mi madre solicitó la nacionalidad para los dos en 1970.

Mi abuela, que emigró en 1931, se llamaba Katharina Birnbaum, y yo hubiera preferido el nombre Birnbaum en vez del exótico Alonso. Pero me he conformado, y a mi edad ya no tengo ninguna intención de cambiar las circunstancias de mi vida.

Mi pequeña empresa de informática ha venido funcionando muy bien durante años, y no tengo motivos para quejarme. Me va bien aquí. Cuando veo algún reportaje de televisión sobre Argentina siento cierto dolor. Es muy triste que ese país, antaño tan rico, esté ahora tan arruinado, y que sus habitantes vivan cada vez más en la pobreza y la miseria. Nunca estaré lo suficientemente agradecido a mi madre por habernos venido a Alemania.

Una mirada al reloj interrumpió el curso de mis pensamientos. Era hora de ir a ver a la policía. Lentamente terminé mi café y me preparé para salir.

4 Interrogatorio

— «Por favor, no me pase ninguna llamada durante la próxima hora», dijo el detective inspector Sauer a su secretaria, que acababa de salir de su oficina.

Frente a él estaba sentado el Sr. Degen, subdirector de la escuela Schiller de Lundenburg, un hombre de unos cincuenta años, con un rostro amable, de hombros anchos y complexión robusta.

— «Me alegro de que haya podido venir tan rápido», comenzó Sauer la conversación. «Es increíble lo que ha pasado.»

— «Sí, estamos todos sorprendidos. ¡Terrible!» replicó Degen.

— «¿Tiene alguna sospecha? ¿Hay alguien en la escuela que tuviera problemas con el director?», preguntó el inspector, frunciendo el ceño.

— «No. No le encontramos ningún sentido. Por supuesto, siempre hubo un poco de roce con un profesor u otro, pero todo estaba dentro de los límites de la normalidad. En la vida profesional hay conflictos de vez en cuando; no será diferente aquí con usted, supongo.»

— «Sí, claro, y matarse por ello es algo bastante raro.» El inspector sonrió un poco maliciosamente ante su propia broma.

— «Bueno, no puedo imaginar que ninguno de mis colegas haya cometido un crimen tan brutal», dijo Degen defendiendo el honor de su profesión.

— «Oh… ¿Sabe? Uno puede imaginarse muchas cosas siendo policía durante treinta años, como yo. Y además, no tienes por qué hacerlo personalmente.»

— «¿Está pensando en un asesinato por encargo? Eso me suena demasiado extravagante.»

— «Bueno, por el momento, todo lo que puedo decir es que, como Sócrates, yo solo sé que no sé nada.» Sauer sonrió y se encogió de hombros. «Tendremos que ser metódicos si queremos llegar a alguna parte. Empecemos por lo de anoche. ¿Hasta qué hora estuvo ayer en el trabajo?»

— «Me fui alrededor de las cinco, tuve citas personales.»

— «¿Y dónde estuvo entre las nueve y media y las diez y media?»

— «Bueno, está llegando a un punto…»

— «A todos los profesores les vamos a preguntar lo mismo, y no puedo hacer una excepción con usted.»

— «Es obvio, Sr. Sauer. Bueno, estuve en casa desde las ocho, con mi esposa, y vinieron unos amigos.»

El inspector tomó notas en un bloc de papel.

— «¿Puede decirme los nombres de sus visitantes? Tenemos que comprobar todos los detalles, es algo rutinario.»

— «Sí, lo entiendo perfectamente. Nos visitaron el Sr. y la Sra. Kiesberger; viven en Lundenburg, en la calle Herzog.»

— «Gracias, he tomado nota. Su jefe estuvo en la escuela hasta muy tarde, ¿no es así? ¿Lo hacía a menudo?»

— «Sí, era bastante habitual, aunque no hasta tan tarde como ayer; normalmente se iba entre las siete y las ocho.»

— «¿Había otros colegas en la escuela anoche? Y en tal caso, ¿cuánto tiempo estuvieron?»

— «No puedo responder a esa pregunta exactamente, porque nunca sabemos quién está en el edificio. No tenemos reloj para fichar, y los profesores entran y salen cuando les conviene, quiero decir fuera de las horas de clase.»

— «¿Así que no sabe si el Sr. Lochberger estuvo solo en la escuela anoche, digamos a partir de las ocho?»

— «Todo lo que sé es que, al parecer, tres profesores estuvieron en la sala de al lado de la oficina del director hasta las nueve. Supongo que estaban haciendo fotocopias.»

— «Ya veo. ¿Y cómo lo sabe?»

— «El Sr. Lochberger me escribió un correo electrónico alrededor de las nueve y cuarto, en el que afirmaba que había sido víctima de un ataque informático. Su *notebook* se había contaminado con un virus.»

El inspector frunció el ceño y miró interrogativamente a Degen.

— «Espere un momento, deje que se lo explique. El jefe fue al baño alrededor de las nueve, y cuando regresó, los profesores Strasser, Baum y Pobler salían de la sala de fotocopias y aparentemente estaban a punto de irse. Todos se despidieron de él. Cuando Lochberger quiso seguir trabajando, su PC emitió un mensaje de alarma por un ataque de virus. Los datos de su tarjeta SD habían sido destruidos. Él creía que los tres profesores habían infectado su *notebook* durante su ausencia.»

El inspector había escuchado con atención y parecía escéptico.

— «Es una historia un poco fantasiosa. A mí me parece poco realista. ¿Cree que es posible?»

Degen movía la cabeza atrás y adelante, indeciso.

— «Todo esto suena a una pesada broma de algunos alumnos, pero cabe dentro de lo posible. Sin embargo, no veo cómo este incidente podría estar relacionado con el asesinato.»

— «Yo tampoco puedo saberlo. Entonces, ¿qué puede decirme sobre esos tres profesores? ¿Tenían algún conflicto con su jefe? Cuénteme todo lo que se le ocurra.»

— «Bueno, ha habido algunos problemas con ellos de vez en cuando, eso es cierto. Pero realmente no los clasifico como potenciales asesinos.»

— «Se supone que no debe hacer eso, Sr. Degen, no debe catalogar a nadie, solo debe ayudarnos a solucionar este rompecabezas. ¿Cómo eran en su trato con el director?»

— «Con Strasser hubo ciertos problemas al principio. Llegó a la escuela relativamente mayor, ya tenía cerca de cincuenta años, y sin experiencia docente.»

— «¿Cómo puede ser eso?

— «El Sr. Strasser no había conseguido un trabajo de profesor después de aprobar las oposiciones, creo que fue a principios de los ochenta, y luego trabajó un tiempo en educación para adultos.»

— «¿Y entonces por qué fue aceptado de repente en la profesión docente?», preguntó el detective.

— «Después del cambio de milenio hubo una gran escasez de profesores de español. Aprender español se puso de moda entre nuestros estudiantes y hubo una demanda imprevista. Strasser había estudiado español, por lo que fue contratado debido a esa falta de profesores.»

— «¿Y se integró bien en la escuela?»

— «En realidad, sí. Las cosas no siempre fueron bien al principio, pero eran cosas menores, sin gran importancia. El Sr. Strasser es un tipo bastante reservado, pero se lleva bien con los alumnos.»

— «¿Y qué tal Baum y Pobler?»

— «Bueno, Baum a menudo es algo testarudo y ha tenido algunas disputas con el jefe, pero no sé los detalles exactos. Y Pobler, al ser el colega más antiguo, se toma algunas libertades, incluyendo ciertas impertinencias. Pero lanza su veneno verbalmente, no le creo capaz de ningún acto violento.»

El inspector sonrió.

— «Todo suena tremendamente armonioso. Así que, desde su punto de vista, no hay nada serio que pueda indicar alguna hostilidad particular entre estos profesores y el director.»

— «No, no diría que hubiera enemistad, aunque recuerdo que el jefe en ocasiones fue un poco duro con los colegas en cuestión, por varias razones. A veces, una tarea de clase supuestamente fue calificada de manera incorrecta, otras veces los estudiantes se quejaron de un trato injusto, y cosas por el estilo.»

— «Ya veo», murmuró el inspector, con expresión pensativa.

— «Entonces, ¿el director tenía tiempo para revisar el trabajo de clase de los estudiantes?»

— «Normalmente no, pero si un estudiante se queja, entonces por supuesto hay que investigar el asunto. Como le he dicho, eran asuntos menores, pero siempre hay colegas que pueden fallar en esto o aquello, y en tal caso el trabajo del director es hablar con los profesores.»

— «¿Alguna vez ha tenido usted la sensación de que quizá el director no lo hizo con mucho tacto?»

El Sr. Degen sonrió tímidamente.

— «Por supuesto, cada uno tiene su propio estilo al tratar con sus semejantes. A veces sí me daba la impresión de que el jefe era un poco autoritario e intimidaba a algunos colegas. Pero cada uno es como es, y al fin y al cabo es cuestión de gustos.

— «No siempre se ganan amigos con ese tipo de comportamiento. ¿Algún profesor ha dejado recientemente la escuela antes de tiempo? Es decir, ¿ha habido jubilaciones anticipadas o traslados a otros lugares?»

El Sr. Degen pensó por un momento.

— Varios colegas se trasladaron, sobre todo por razones familiares o personales. También ha habido casos de jubilación anticipada en los últimos años, porque algunos profesores no querían trabajar hasta el límite de edad legal.

El inspector sonrió.

— «Eso no hay quien lo entienda. ¡Esta gente tiene un chollo de trabajo y quieren dejarlo antes de tiempo!»

El Sr. Degen también estaba sonriendo ahora.

— «Bueno, puede usted unirse a nosotros como interino durante un mes, a modo de prueba, y a ver si entonces le sigue pareciendo un chollo de trabajo.»

— «Solo ha sido una broma», se disculpó Sauer. «Ya sé que la enseñanza es un trabajo agotador en estos tiempos.»

Degen mostró su acuerdo encogiéndose de hombros.

En ese instante llamaron a la puerta. El Sr. Sauer gritó: «Un momento, por favor». Se levantó y abrió la puerta de par en par. Intercambió unas palabras con un hombre que aparentemente estaba esperando, y luego regresó a su escritorio.

— «Ya está ahí fuera mi próxima visita. Este asesinato nos está dando un montón de trabajo extra», se quejó Sauer. «Pero volvamos a los tres profesores: Strasser, Baum y Pobler. ¿Hay algo más que pueda ser importante para nosotros?»

— «No lo sé. Bueno, el Sr. Strasser se jubila ahora antes de tiempo, cuando acabe el curso escolar, un año antes de la edad de jubilación.»

El inspector reflexionó un momento.

— «¿Cree que esta jubilación anticipada tiene algo que ver con su actitud hacia el director?»

El Sr. Degen hizo una mueca con los labios y se encogió de hombros como para expresar que era difícil saberlo.

— «Eso me recuerda que Strasser escribió una carta al jefe, hace cosa de un año. Era muy negativo hacia él, casi insultante.»

El inspector levantó las cejas.

— «Interesante. ¿Podría darme una copia de esa carta?»

— «Sí, claro. Se la enviaré por correo electrónico.»

— «Gracias, eso estaría bien. Bueno, hablaremos con todos los maestros en persona, y así podremos hacernos una idea. Otra pregunta: ¿cómo se regula el acceso al edificio de la escuela? ¿Cualquier profesor puede entrar con su llave cuando quiera?»

— «Sí, así es. El edificio lo cierra el conserje por la tarde, alrededor de las seis, pero todos los profesores tienen llave y pueden entrar en la escuela a cualquier hora del día o de la noche.»

— «Ciertamente es un riesgo para la seguridad. Supongo que no tienen ningún control de entrada.»

— «Correcto, siempre ha sido así.»

— «Entonces, cualquier persona podría haber entrado en el edificio de la escuela anoche, por ejemplo un vagabundo. ¿No sería mejor disponer de un control electrónico de entrada?»

— «Sí, claro, pero como suele ocurrir, las finanzas son el factor decisivo. No tenemos dinero para ponerlo, y el condado no lo financiaría. Un sistema electrónico de esos se va fácilmente a unas cuantas decenas de miles de euros.»

— «Ya veo. Por supuesto, sería difícil poder tenerlo.»

El Sr. Degen estuvo de acuerdo.

— «El tema de la seguridad es, sin duda, una patata caliente. Hemos tenido varios casos de personajes sospechosos que han intentado usar los baños de los estudiantes en los últimos meses. No estoy seguro de que este concepto de edificios escolares abiertos sea sostenible a largo plazo.»

El inspector Sauer levantó las cejas con una mirada crítica.

— «Su jefe podría seguir vivo si hubieran tenido controles de entrada.»

El Sr. Degen guardó silencio con consternación e hizo un gesto de impotencia.

— «Muy bien», dijo el inspector levantando su mano izquierda con un gesto que expresaba que en ese momento no podía encontrar ningún sentido al asunto.

— «Intentaré entrevistar a todos sus colegas en los próximos días. Después de todo, las vacaciones escolares comienzan en cinco días. ¿Cree que será posible que pueda hablar con todos los profesores antes de que empiecen las vacaciones?»

— «No lo sé, probablemente algunos ya estarán fuera el primer día de fiesta.»

— «¿Podría averiguar quiénes se van inmediatamente y pasarme una lista, para poder pedirles que vengan a principios de semana?»

— «Sí, puedo hacerlo. Le enviaré por correo electrónico la lista de nombres y podrá organizar todo lo demás.»

— «Genial, así lo haremos. Sr. Degen, muchas gracias por su visita. Estaremos en contacto. Si se le ocurre cualquier cosa que nos pueda interesar, por favor llámeme o escríbame de inmediato. Aquí tiene mi tarjeta.»

— «Gracias, lo haré. Y por cierto, seguiré aquí las próximas dos semanas. No tengo programadas las vacaciones hasta mediados de agosto, así que puede localizarme en casa.»

— «Bueno, trataremos de arrojar algo de luz sobre el tema, y espero tenerlo más claro después de hablar con sus colegas. Debe haber un enemigo o un motivo. Un asesinato raramente se produce por nada. Tenemos que encontrar el motivo y ese será nuestro primer y principal objetivo. Gracias de nuevo por su cooperación, Sr. Degen.»

— «De nada. Que tenga una buena tarde, Sr. Sauer.»

— «Una buena tarde es fácil de decir. Todavía tengo la rueda de prensa a las cuatro en punto. Y los periodistas son tremendamente curiosos, pero no podré decirles mucho hoy. Hasta pronto, cuídese.»

5 Muchas preguntas

Mi apartamento no estaba lejos de la comisaría central de la policía, así que fui a pie. No me sentía cómodo con ese asunto, y no tenía la menor idea de lo que la policía quería de mí. Mientras reflexionaba sobre la cuestión, lo único que se me ocurrió fue el semáforo en rojo y mi aparcamiento en la zona de estacionamiento prohibido, pero el policía había hablado de «un crimen».

Llegué al edificio de cristal de la policía y en la recepción pregunté por el inspector Sauer.

— «Despacho doscientos doce, segundo piso», dijo el oficial con brusquedad, sin cambiar la expresión de la cara.

Tomé el ascensor y subí al segundo piso. Estos edificios públicos suelen parecerme repulsivos. Largos pasillos en horribles tonos de gris y muchas puertas cerradas detrás de las cuales se deciden los destinos. Me paré frente al despacho doscientos doce, leí «Inspector Sauer» en la placa de identificación, dudé unos segundos y luego golpeé dos veces.

— «¡Un momento, por favor!», dijo una fuerte voz masculina desde el interior e inmediatamente la puerta se abrió una rendija y se asomó una cabeza de pelo gris que me miró de manera inquisitiva.

— «Buenas tardes. Me llamo Alonso. Tengo una cita con usted.»

— «Hola, Sr. Alonso», respondió amablemente el oficial sin salir de detrás de la puerta. «Me va bien, pero por favor tome asiento un momento. Ahora tengo una reunión, aunque no tardaré mucho. Le avisaré enseguida.»

Asentí con la cabeza, la puerta se cerró de nuevo y me senté en una de las tres sillas de madera que había enfrente. La mesita de al lado estaba vacía, no había revistas. En el extremo izquierdo del aparentemente interminable pasillo, dos ancianas estaban sentadas frente a otro despacho; por lo demás, todo estaba desierto. Nunca antes había estado aquí, en este nuevo edificio, porque por suerte rara vez tenía contacto con la policía.

Hace unos años hubo un incidente en el que la policía me puso de los nervios. Durante semanas, unos agentes vinieron a verme y me pedían una y otra vez declaraciones como testigo sobre un robo que había ocurrido en nuestro vecindario hacía poco.

Una noche, alrededor de la una, oí fuertes voces fuera, una mujer que pedía ayuda a gritos. Todavía estaba despierto y abrí la ventana, pero no pude ver nada. Se podía oír con claridad el grito de una mujer, en algún lugar cercano, en la oscuridad. Nadie más que yo parecía escuchar, ninguna otra ventana se abrió; todos los vecinos debían estar profundamente dormidos. Como las súplicas de la mujer no cesaban, llamé al 112 y el agente que me atendió dijo que enviaría un coche patrulla de inmediato, pero que primero necesitaba mis datos.

Después me fui a la cama, porque los chillidos cesaron justo después de mi llamada. Pronto me quedé dormido, pero una hora más tarde sonó el timbre de mi puerta. Somnoliento, me tambaleé hacia el interfono. Dos policías querían hablar conmigo sobre mi llamada de emergencia.

Estaba realmente indignado por haber sido sacado de la cama en mitad de la noche, pero pulsé el botón de abrir la puerta principal. Dos jóvenes oficiales se apresuraron a subir. Les dejé entrar, pues de lo contrario habrían despertado a los vecinos hablando en voz alta en el hueco de la escalera.

— «No llamé a la policía para que me sacaran de la cama», dije enfadado.

— «Lo sentimos», afirmó uno de los dos uniformados. «Estamos buscando a la mujer que ha oído gritar, pero no hemos encontrado nada por aquí. ¿Puede decirnos algo más? ¿De dónde cree que venían los gritos exactamente?»

— «Si supiera algo más, ya se lo habría dicho por teléfono», refunfuñé, somnoliento y malhumorado. «No, no tengo ni idea de dónde venían los gritos. Lo único que sé es que estaba fuera, en algún lugar cercano. Es todo lo que puedo decirles, y tampoco vi nada. La próxima vez lo pensaré dos veces antes de hacer una llamada de emergencia, si me van a despertar a las dos de la mañana para agradecérmelo.»

El oficial se disculpó por las molestias, diciendo que esperaba haber obtenido más detalles. Después de todo, era posible que se hubiera cometido un crimen. Los dos se despidieron y bajaron las escaleras. Todo estaba tranquilo de nuevo, pero no pude volver a dormirme durante horas. Otros residentes de la casa también se habían despertado, y al día siguiente, un vecino curioso del piso de al lado me preguntó qué había pasado esa noche y por qué la policía vino a verme.

Entonces tuve que contar toda la historia varias veces a toda la comunidad, y cuando apareció en el periódico que una joven había sido atacada y robada en las cercanías, la emoción fue grande y la policía vino de nuevo para grabar mi declaración. Los policías no vinieron un solo día, sino varios. Sin embargo, siempre eran agentes diferentes. Me hicieron las mismas preguntas una y otra vez, lo que casi me llevó al borde de la desesperación. Eso fue hace cinco años. En ese momento juré no escuchar más gritos de mujeres por la noche. Y ahora estos pelmazos quieren que testifique de nuevo. ¿Sobre qué? ¿Un crimen? Todo esto debe ser un malentendido.

La puerta del despacho doscientos doce se abrió de repente y salió un hombre de unos cincuenta años que me resultaba familiar. Me saludó brevemente con la cabeza, pero se alejó rápido. Ya había desaparecido en el hueco de la escalera cuando me di cuenta de que era el subdirector de la escuela Schiller quien acababa de pasarme por delante.

— «Pase», me llamó una voz resuelta desde dentro, y entré en la oficina. El inspector se levantó, se acercó a mí y me tendió la mano.

— «Sauer. Me alegro de verle. Le agradezco que haya podido venir, es bastante urgente. Y lamento haberle hecho esperar, tenemos mucho que hacer hoy. Siéntese.»

— «Tengo mucha curiosidad por saber qué es tan urgente. Un oficial de policía me dijo por el interfono esta mañana que se trata de un crimen. Sin embargo, no sé qué se supone que tengo que ver yo con ningún crimen.»

— «Tanto mejor», dijo el inspector con una ligera sonrisa. «He preparado algunas preguntas y me gustaría que las respondiera espontáneamente.»

Asentí con la cabeza y miré al inspector con expectación.

— «Primera pregunta: ¿conoce al Sr. Lochberger?»

— «Por supuesto que conozco al Sr. Lochberger. Es uno de mis clientes.»

— «¿Podría describir brevemente la naturaleza de su relación?»

— «Con mucho gusto. El Sr. Lochberger es el director del Liceo Schiller aquí en Lundenburg, y nos conocimos hace dos años cuando ampliaron la red de ordenadores. El personal tuvo ciertas dificultades técnicas y fui contratado para ayudar con la ampliación. Las redes son mi especialidad, y soy profesional autónomo. Así es como se produjo el contacto y desde entonces he ido muchas veces a la escuela para ayudar con cualquier problema, y además tenemos un contrato de mantenimiento para todo el sistema informático.»

— «¿Y a usted qué le parecía el director, era agradable o más bien de trato difícil?»

Su forma de preguntar me desconcertó.

— «¿Por qué usa el tiempo pasado cuando habla de él? Llamó a mi oficina anoche y luego quiero visitarle en el colegio.»

El inspector se mostró un poco avergonzado y se disculpó.

— «Tiene razón, hay que tener cuidado con el lenguaje, así que me corrijo: ¿cómo le parece que es?, ¿hay algún problema para tratar con él?»

— «No, en absoluto. No hay ni ha habido ninguna dificultad; al contrario, hasta ahora siempre ha sido una relación de trabajo muy constructiva. Es un tipo simpático y también conoce sus asuntos, es decir, los ordenadores. Por supuesto, eso hace que el trabajo sea más fácil que cuando el cliente sabe poco o nada sobre el tema.»

— «Acaba de decir que habló con él por teléfono anoche. ¿De qué se trataba y cuándo fue esa llamada?»

— «Yo personalmente no hablé con él. Mi compañero de trabajo, el Sr. Becker, estaba de guardia anoche y fue quien habló con él, y luego me lo contó. El Sr. Lochberger tenía problemas con un virus en su ordenador, y por eso nos llamó, sobre las nueve y cuarto. Pidió al Sr. Becker que arreglara su ordenador mediante control remoto. Llegué a casa unos cinco minutos después de esa llamada y me ocupé de inmediato. Pero ahora tengo curiosidad por saber por qué pregunta tan intensamente sobre mi relación con el Sr. Lochberger y su escuela.»

— «Supongo que aún no ha leído ni escuchado ninguna noticia local.»

Este comentario me preocupó.

— «Cierto, no he tenido tiempo de hacerlo, sobre todo porque su gente llamó al timbre de mi puerta justo antes de las ocho y me pidieron que viniera. ¿Qué es lo que debería haber leído en el periódico?»

El inspector levantó las cejas, evidentemente con algunas noticias desagradables que anunciar.

— «Ha habido un intento de asesinato del director de la escuela.»

— «¿Qué? ¡No puedo creerlo!».

Estaba consternado.

— «Desafortunadamente, así es. Y ahora estamos tratando de averiguar quién podría estar detrás de ello.»

— «Ya veo. ¿Y cómo está el Sr. Lochberger?»

El inspector apretó los labios.

— «Ha sido herido de muerte.»

— «¡Por el amor de Dios!», se me escapó. Me quedé en *shock*.

— «Bueno, esa ha debido ser la reacción de todos los que le conocían. La cuestión ahora es quién puede haber tenido interés en intentar quitarle la vida al director. ¿Tiene alguna idea? Por cierto, ¿dónde estaba entre las nueve y media y las diez?»

— «Di un paseo desde las ocho y media hasta las nueve y veinte, y luego estuve en casa sin volver a salir. Como le decía, llegué a casa unos cinco minutos después de que Lochberger llamara. Mi colega Becker estuvo en la oficina hasta poco antes de las diez y yo me ocupé por control remoto del ordenador del Sr. Lochberger hasta las diez y media. Puede verlo en los registros de mantenimiento.»

El inspector tomó nota de mis declaraciones y continuó con el interrogatorio.

— «¿Conoce a alguien del personal docente?»

— «Sí», respondí, todavía bastante aturdido por las malas noticias. «Conozco al subdirector, el Sr. Degen, por supuesto. Él también suele estar por allí para las cuestiones de la red. Además, tengo un viejo amigo, compañero de estudios, que es profesor allí, el Sr. Strasser.»

El inspector siguió preguntando sin mover ni un músculo de la cara.

— «Sí, he oído el nombre de Strasser. ¿Cómo describiría al Sr. Strasser, en cuanto a su actitud hacia la escuela y en particular respecto a su administración?»

Pensé por un momento que Alexander me había contado muchas historias de la vida escolar cuando de vez en cuando nos reuníamos para tomar una cerveza. De hecho, a veces había criticado la gestión de la escuela, y también había expresado su ira hacia el director de forma bastante explícita. Pero probablemente no era el momento idóneo para dar esos detalles.

— «No sé gran cosa sobre lo que opina el Sr. Strasser de la administración de la escuela; no recuerdo que me lo haya comentado.»

— «Bueno, me sorprende un poco, porque dice que son buenos amigos, ¿no?»

— «Sí, lo somos. Después de todo, nos conocemos desde hace muchos años y nos vemos a menudo para charlar un rato.»

— «¿Más o menos con qué frecuencia se ven?»

— «Yo diría que una o dos veces al mes, depende. Salimos a cenar y hablamos cada uno de lo suyo.»

— «Supongo que Strasser hablará del colegio alguna vez, ¿no?»

— «Por supuesto, claro que nos contamos cosas de nuestros trabajos. Trabajamos en mundos completamente diferentes, yo en procesamiento de datos y él como profesor de idiomas. No hay demasiadas coincidencias, y por eso es interesante conocer cosas de otro campo profesional.»

— «¿Cuándo fue la última vez que vio a su amigo Strasser?»

Pensé un momento.

— «Este fin de semana pasado no, el anterior, el domingo por la noche.»

— «¿Y no le habló entonces de ningún conflicto con el director o de problemas escolares?»

— «No, al contrario; estaba entusiasmado con su inminente jubilación, y hablamos del futuro y de lo que podríamos hacer en los años que nos quedan de vida.»

— «Está bien.»

El inspector se aclaró la garganta y ahora puso cara seria.

— «Sr. Alonso, fuimos a verle esta mañana porque el registro telefónico de la escuela indica que usted fue el último contacto del Sr. Lochberger. Tal vez su colaborador notó algo en esa llamada telefónica que pudiera ayudarnos a aclarar el asunto. Por favor, pregúntale si escuchó a otra persona de fondo, o si algo le pareció sospechoso.»

— «Se lo preguntaré. Me dijo que el director, desde luego, estaba nervioso por tener de repente ese virus en su ordenador. Pero el Sr. Becker consiguió calmarle. Tenemos experiencia en estas cosas. Sin embargo, hay una cosa extraña: el virus de la tarjeta de memoria del director era de los años noventa del siglo pasado.»

— «A ver, no lo entiendo bien; explíquemelo, por favor. ¿Cómo puede llegar un virus tan antiguo al ordenador del director, cuando hay tan buenos antivirus instalados en todas partes?»

— «Lo mismo me pregunto yo», dije pensativo. «Realmente, en mi opinión, solo hay una explicación posible. El director debió utilizar la tarjeta en otro ordenador infectado, y ahí es donde se contagió el *malware*. Cualquier ataque a través de la red de la escuela habría sido bloqueado por el sistema.»

El inspector tomó notas.

— «¿También sería teóricamente posible que alguien hubiera tomado la tarjeta de memoria del ordenador principal y la hubiera puesto en otro ordenador infectado?»

Lo consideré por un momento.

— «En principio, sí, pero no sé con qué propósito. ¿Por qué alguien haría tal cosa? Una travesura de un alumno podría ser concebible. ¿Pero por qué un asesino montaría un teatro así? Me parece absurdo.»

— «Bueno, de momento no hay una conexión directa con el asesinato», admitió el inspector. «Pero podría ser que el asesino quisiera mantener a la víctima en el trabajo el mayor tiempo posible. Probablemente asumió que el Sr. Lochberger trataría de resolver el problema esa misma noche y que estaría en la escuela hasta tarde.»

— «Puede ser, pero me parece bastante especulativo.»

— «Bueno, le voy a decir algo… Cuando llamó a mi puerta antes, el Sr. Degen, del Liceo Schiller, estaba sentado aquí conmigo. Me dijo que ayer, alrededor de las nueve y cuarto, el Sr. Lochberger le escribió un correo electrónico afirmando que sus colegas Strasser, Baum y Pobler habían metido un virus en su computadora mientras iba un momento al baño. Lochberger sospechó inmediatamente de esos profesores, pues salieron de la sala de fotocopias y la puerta que conecta con el despacho del director no estaba bien cerrada, porque la cerradura había sido manipulada. Además, el Sr. Strasser es sospechoso porque parece ser que escribió una carta a su jefe hace un año, la cual el Sr. Degen consideró hostil.»

Yo me quedé consternado por esta información y algo perplejo.

— «No sé nada de eso. Y ahora no me diga que sospecha que Strasser es un asesino…»

— «En este momento todos son igualmente sospechosos, cada profesor, cada alumno, el conserje e incluso los empleados de la limpieza», trató de tranquilizarme el inspector. «Pero quiero hablar con todos los profesores lo antes posible para aclarar estos misteriosos sucesos.»

— «Bueno, estoy seguro de que eso será lo mejor. Una historia realmente extraña. Un ataque de virus, puede ser, pero un asesinato, ¡imposible! Conozco a Strasser desde hace mucho tiempo, ¡y no cometería un asesinato!»

— «De todos modos, necesitamos hablar con él urgentemente. El lunes queremos conversar con el mayor número de profesores posible, y espero verle entonces.»

— «Eso supongo.»

— «Por mi parte, esto es todo por ahora, Sr. Alonso. Sus explicaciones sobre el virus y demás han sido muy útiles para mí; estas cosas no siempre son tan fáciles de entender para un lego como yo. Gracias de todos modos. ¿Estará disponible en los próximos días en caso de que tenga alguna pregunta más que hacerle?»

Asentí con la cabeza.

— «Sí, estaré en Lundenburg hasta finales de agosto; no haré vacaciones hasta el otoño.»

— «Genial, entonces nos mantendremos en contacto, y si se le ocurre algo más, llámeme, ¿de acuerdo?»

El inspector se levantó, y yo hice lo mismo. Nos despedimos con un apretón de manos y me dirigí a casa.

Mi cabeza zumbaba con todo lo que acababa de saber. ¿Era posible, entonces, que Alexander estuviera involucrado en un crimen, o incluso que él lo hubiera cometido? Pensé que era absolutamente imposible, pero por supuesto me asombré mucho con la historia del virus. Seguramente había una explicación bastante diferente. Era absurdo que mi amigo fuera culpado por tal cosa.

Tal vez los otros colegas que el inspector había mencionado estaban detrás del asunto. Decidí llegar al fondo de la cuestión y hablar cuanto antes con Alex. Tendría que refutar rápidamente todas las sospechas del inspector hablando de manera abierta y honesta.

6 Reunión de personal

El subdirector se encontraba en el vestíbulo del nuevo edificio, esperando a que se calmara el caótico murmullo de voces de los profesores presentes. El edificio principal había sido cerrado por la policía para los forenses, y se habían colocado ochenta sillas en el vestíbulo del edificio contiguo para que la reunión del personal se celebrara en ese improvisado lugar. La luz del día se filtraba sin obstáculos a través del techo de cristal de la moderna construcción, y con ella los rayos del sol, que por la mañana ya elevaban la temperatura en el piso superior a más de treinta grados. Desde que se construyó el nuevo bloque, hace más de diez años, los alumnos y los profesores sudaban en clase durante el verano. El aire acondicionado no se había contemplado por razones de coste, y las ventanas solo podían abrirse hacia el jardín de la escuela porque en la parte delantera el ruido de la calle era demasiado fuerte. Todo el mundo se quejaba en verano de este edificio sobrecalentado, que la prensa local había alabado en la inauguración como una «perla de la arquitectura moderna». El arquitecto, Hans Hinterhuber, incluso ganó un primer premio por su idea de un bloque de hormigón con techo de cristal y revestimiento de madera.

Poco a poco el ruido se fue apagando cuando los asistentes se dieron cuenta de que el Sr. Degen quería empezar a hablar.

— «Estimados colegas», comenzó su discurso, y su voz sonó angustiada y sombría. «Nuestro director, el Sr. Lochberger, fue asesinado anoche. En este momento estamos todos aturdidos y todavía no podemos creer que algo así haya sucedido en nuestra escuela.»

Miró alrededor del círculo. Se veían rostros serios por todas partes, con lágrimas aquí y allá.

— «Estos dramáticos y tristes acontecimientos —continuó el vicedirector— exigen un cambio en nuestro programa para los últimos días del curso escolar. Esta mañana he tenido una reunión con la policía y me han ordenado anunciarles la citación para una entrevista. Dada la escasez de tiempo antes del inicio de las vacaciones, no se enviarán citaciones por escrito, y por esta notificación mía de hoy se consideran realizadas. También enviaré esta información por correo electrónico a todos los que deban acudir. Por favor, firmen la lista de asistencia que está circulando para saber quiénes están ausentes hoy y, por lo tanto, deben ser advertidos individualmente.»

Se detuvo un momento y buscó con la mirada por dónde andaba la lista.

— «Todos nosotros, así como la policía, estamos desconcertados por el asesinato. De momento, nadie tiene ni idea. La policía judicial espera obtener pistas entre ustedes y por eso es tan importante que todos asistan a las entrevistas antes de que empiecen las vacaciones. Para evitar cualquier malentendido, vamos a ser interrogados como testigos, no como sospechosos. Sin embargo, el inspector Sauer me ha dicho hoy que, en principio, cualquiera que tenga acceso al edificio de la escuela es sospechoso.» Degen se aclaró la garganta, cogió el vaso de agua y bebió un sorbo.— «Concretamente, me han encargado que les pregunte quiénes de ustedes tienen pensado irse en cuanto empiecen las vacaciones. Estas personas serán las primeras en ir a la entrevista. Por lo tanto, les pido que añadan en la lista la fecha prevista para sus vacaciones. Los que van a partir en breve deberán presentarse al interrogatorio a partir del lunes de la semana próxima. Las clases del lunes, es decir, nuestros proyectos previstos, solo podrán tener lugar aquí, en el nuevo edificio, porque el antiguo de momento está completamente cerrado para no entorpecer las investigaciones policiales. Todos los que puedan trasladar sus grupos fuera, por favor háganlo, o de lo contrario no podremos arreglarnos con el espacio que hay aquí. El miércoles de la semana que viene es nuestro último día de clase. Todo se llevará a cabo como estaba previsto, pero el programa de la tarde, la pequeña fiesta escolar, queda cancelada debido a los acontecimientos. Para recapitular: todos estamos obligados a asistir a los interrogatorios de la policía, y advierto de que nadie se lo tome a la ligera. Como he dicho, básicamente todos somos sospechosos. Así que, por favor, vayan a las entrevistas. A partir del lunes por la mañana. Hay una lista fuera del despacho del director con los nombres y los horarios de los compañeros que ya han sido convocados ese día.»

Ahora había una notable inquietud entre los profesores, y muchos de ellos hablaban en voz baja con sus vecinos de asiento.

— «¡Silencio, por favor! Les pido un poco de paciencia, pronto llegaremos al final de la reunión. ¿Hay alguna pregunta por su parte?»

El profesor Willig se levantó y tomó la palabra:

— «Me gustaría decir tres cosas. En primer lugar, en muchas conversaciones con colegas he escuchado la misma pregunta una y otra vez: "¿por qué nuestro director estaba todavía en el edificio tan tarde anoche?". Tal vez usted, Sr. Degen, podría decir algo al respecto. En segundo lugar, la cuestión de la seguridad ha pasado, por supuesto, a un primer plano para todos nosotros tras este terrible crimen. Muchos compañeros con los que he hablado dicen que ya no se sienten seguros, en especial cuando tienen clases por la tarde y hay poca gente en el edificio. Y en tercer lugar, si no deberíamos restringir el acceso nocturno al edificio a una hora relativamente temprana, digamos las seis, por razones de seguridad.»

El profesor se sentó y el Sr. Degen volvió a tomar la palabra:

— «No puedo decir mucho sobre su primera pregunta, Sr. Willig, acerca de por qué el Sr. Lochberger estuvo ayer en la escuela hasta tan tarde. Todo lo que sé es que estaba preparando papeles para la conferencia del martes. Por cierto, esa conferencia de profesores se aplaza hasta septiembre. El Sr. Lochberger a menudo estaba en el edificio largo tiempo, pero casi siempre salía entre las ocho y las nueve. No está claro por qué se le hizo tan tarde anoche. Y en cuanto a las otras cuestiones, hemos decidido en el consejo escolar que a partir de ahora no se podrá entrar en el edificio después de las siete. Todo el mundo debe haber abandonado la escuela, a más tardar, a esa hora. De todos modos, el edificio principal está precintado por la policía y se han cambiado las cerraduras. Nuestro vigilante ha recibido instrucciones de hacer una patrulla a las siete, y llevará a su perro cuando lo haga, por razones de seguridad. Así que, por favor, presten atención: las siete es la hora límite absoluta. Cualquiera que siga en la escuela después de esa hora estará cometiendo una falta y contraviniendo las medidas de seguridad. Y lo más importante, por favor, cierren siempre con llave cuando salgan a última hora de la tarde. No queremos que nadie pueda entrar en la escuela sin que se sepa.»

La profesora Pfeifel se puso en pie y tomó la palabra:

— «Eso mismo ya lo hemos comentado a menudo. No hay ningún control de entrada en las escuelas. Es un escándalo, no ocurre nada parecido en ninguna empresa de tamaño medio, y mucho menos en las grandes. También muestra el poco valor que se da a la educación en nuestra sociedad. Estamos dispuestos a aceptar que alguien se cuele fácilmente en el edificio por la noche. Un intruso puede esconderse sin ninguna dificultad y luego hacer sus fechorías. Esta situación es insostenible, y ruego que nos planteemos cómo cambiarlo después de las vacaciones. Creo que es una broma de mal gusto que la policía sospeche ahora que nosotros tenemos algo que ver con el asesinato, mientras los edificios de la escuela están abiertos a cualquiera en todo momento y no hay ningún tipo de control. ¿Qué ha planeado la Administración para cambiar esto?»

Degen puso cara de impotencia.

— «Todos ustedes saben que hemos hablado de este tema muchas veces, y todos mis acercamientos a las autoridades han sido infructuosos hasta ahora. Nos dicen con toda claridad que no pueden introducir una normativa especial para nuestra escuela. Si ese control de entrada fuera realmente necesario, habría que implantarlo en todo el país, y eso costaría muchos millones. Así que no recibiremos mucha ayuda del consejo regional. Si queremos cambiar algo, solo puede ser por iniciativa propia, y de momento no sé de dónde podríamos sacar los fondos. Pero voy a devolverles la pregunta a ustedes: durante las próximas semanas, me gustaría que pensaran qué podemos hacer. Luego lo discutiremos, al inicio del próximo año escolar, y tal vez haya una solución. ¿Alguna otra pregunta?»

Degen miró expectante a la sala. No se veía ninguna mano levantada.

— «Muy bien, pues queda levantada la reunión y vuelvo a insistir en que la lista que circula debe ser firmada por todos, y que la lista de citaciones de la policía estará disponible a partir del lunes. Les deseo un buen fin de semana y espero que todos podamos sobrellevar en cierta medida este duro golpe. Ha sido una experiencia terrible y probablemente nos acompañará durante mucho tiempo. Cuídense. Nos vemos el lunes.»

Algunos colegas se levantaron apresuradamente y se abrieron paso a través del abarrotado vestíbulo hacia la salida; otros seguían sentados y conversaban. En muy poco tiempo se había creado un ruido considerable y las discusiones se sucedían por doquier.

— «No entiendo por qué Lochi tuvo que estar aquí sentado hasta la medianoche», dijo el profesor Pobler a la persona que estaba a su lado.

— «Aquí solo se está tranquilo por la noche y podía trabajar en sus proyectos sin que le molestaran», le devolvió Strasser.

— «Bueno, tenía paz y tranquilidad cuando quería; siempre se encerraba en su cubículo. No se enteraba de nada de lo que pasaba en la escuela en todo el día.»

— «Venga, no exageres, tenía muchas citas. Creo que su agenda siempre estaba llena, pobre hombre», dijo el tercer miembro del grupo, la profesora Woller.

— «En mi opinión, todo se debe a una ambición exagerada y morbosa. Ninguna persona sensata se sienta en su escritorio a las nueve de la noche para mirar su PC. No estaba muy centrado, era demasiado ambicioso», exclamó Pobler.

El profesor Otter, que estaba al lado, interfirió:

— «Sí, era muy ambicioso, pero sobre todo quería demostrarnos en la próxima conferencia que su proyecto era un éxito.»

— «Schiller FIX… Eso es menos que nada», se burló Pobler, sonriendo. «Lochi era matemático, y para los matemáticos, al fin y al cabo, menos por menos es igual a más, que es la única manera de entender el asunto. Así que eso significa que una reforma con un gran menos delante multiplicada por un director con el mismo menos es igual a un más, es decir, Schiller FIX: "fantástico, innovador y excelente". ¡Ja, ja, ja!»

Los oyentes sonreían para sus adentros, pero Strasser dijo:

— «De todos modos, la gran mayoría estaba a favor, así que no tiene sentido quejarse.»

Pobler miró mordazmente a su colega:

— «La mayoría a favor, ¡qué tontería! La mayoría se acobardó y se abstuvo, ¡así fue! En la primera votación sobre este famoso modelo de Hinterwaldendorf, de ochenta colegas solo veintitrés votaron a favor, siete en contra y cincuenta se abstuvieron. Así es como surgió la decisión, y por tanto de mayoría nada. Lochi siempre fue bueno manipulando a todo el mundo.»

— «Bueno, es culpa suya si se dejan manipular. Yo voté en contra», dijo el profesor Hochdorfer, que estaba sentado al lado.

— «Sí, eres uno de los pocos que tuvo el valor suficiente para enfrentarse a la dirección, pero los demás estaban acojonados.»

— «Bueno, no te dejes llevar», dijo Strasser. «Yo también voté en contra, por cierto.»

— «Lo sé», dijo Pobler aprobándolo. «Pero no exagero, es un hecho.» Y hablando más bajo, casi en un susurro, añadió: «Solo hay que ver la reunión de personal de hoy. ¿Qué es lo que hacen? Compran bebidas y galletas para algunos eventos, pero cuando las cosas se ponen difíciles y necesitas ayuda para conseguir algo contra la dirección de la escuela, no dicen nada. ¿O acaso no es así?»

— «Vamos, exageras un poco. Hoy vuelves a estar de mal humor, ¿no?», dijo Woller. «Vete a casa, tal vez haya algo bueno para comer…»

— «En casa siempre hay algo bueno. La cuestión es que Lochi ya no necesita comer nada, está bien apañado», respondió Pobler.

— «Oye, eso es de muy mal gusto. Parece como si te alegraras de su destino», le reprendió Strasser.

Hochdorfer intervino con una sonrisa:

— «Qué sospechoso, creo que tendré que decir en el interrogatorio policial que el colega Pobler ha hecho unos comentarios muy despectivos.»

— «Como digas alguna tontería a la policía, yo sacaré a relucir cosas muy diferentes, amigo mío», le respondió Pobler.

Strasser se quedó perplejo e increpó a los adversarios:

— «Dejaos ya de bobadas, será mejor que nos vayamos todos. La mayoría ya se han ido y nosotros estamos aquí sentados como si no tuviéramos nada que hacer.»

La sugerencia recibió la aprobación general y los profesores se levantaron, recogieron sus cosas y salieron del vestíbulo, continuando la conversación.

Strasser y sus colegas estaban a punto de salir cuando la estruendosa voz del subdirector sonó detrás de ellos:

— «¡Pobler, Baum, Strasser! Por favor, acompáñenme un momento a la sala de reuniones.»

Alexander Strasser adivinó que probablemente no se trataba de una coincidencia, y un escalofrío le recorrió la espina dorsal.

Pobler refunfuñó desganado:

— «Ahora nos va a preguntar si matamos a Lochi porque anoche estuvimos en la escuela hasta tarde.»

Baum se rio sarcásticamente:

— «¡Eso sí que sería el colmo!»

El Sr. Degen estaba en el largo y oscuro pasillo donde se encontraban la sala de profesores, las aulas de las asignaturas y las salas de reuniones, esperando mientras sus colegas se acercaban lentamente.

— «Me gustaría hablar con ustedes un momento, señores, de uno en uno. Comencemos por usted, Sr. Strasser.»

— «Tome asiento», le pidió el subdirector después de cerrar la puerta.

— «Anoche estuvo en la escuela hasta muy tarde, Sr. Strasser.»

— «Sí, tenía que hacer unas fotocopias para el proyecto.»

— «Iré al grano», dijo el Sr. Degen. «Hay un correo electrónico del Sr. Lochberger, de anoche a las nueve y cuarto, en el que afirma que su ordenador estaba contaminado por un virus. Escribe que sospecha de usted y de los otros dos compañeros porque estuvieron en la sala de fotocopias de al lado hasta las nueve. ¿Qué dice a eso?»

Strasser se horrorizó ante esta revelación y apenas pudo disimular su sorpresa.

— «Bueno, Sr. Degen, usted no creerá que yo tengo algo que ver con el asesinato, ¿verdad?»

— «No, realmente no lo creo. Pero en este momento no se trata del asesinato, sino de la tarjeta de memoria del jefe.»

— «Realmente no sé de qué me está hablando», dijo excitado Strasser. «No sé nada de ninguna tarjeta SD. Solo estaba en la sala de al lado haciendo fotocopias.»

— «El Sr. Lochberger fue al baño alrededor de las nueve, y hasta ese momento su PC funcionaba sin problemas. Cuando regresó del baño, usted acababa de salir de la sala, ¿correcto?»

— «Sí, así es, había terminado mi trabajo y salía de la sala de fotocopias cuando Lochberger se acercó a nosotros; los profesores Baum y Pobler estaban conmigo.»

— «El Sr. Lochberger encontró un virus en su ordenador después de su breve pausa. Antes de ir al baño, todo había funcionado sin problemas.»

— «Puede ser, ¿pero por qué sospecha de nosotros?»

— «Bueno, no había nadie más en el edificio excepto ustedes, y el jefe se dio cuenta de que la puerta que da a la sala de fotocopias estaba abierta. Entonces es obvio que, para él, uno de ustedes tenía que ser el culpable.»

Strasser se había puesto pálido y estaba obviamente muy incómodo.

— «No tuve nada que ver con eso, créame.»

— «La cuestión es si la policía le creerá, Strasser. Ya conocen los hechos y hay alguna sospecha contra usted.»

— «¿Sospecha de qué?», exclamó Strasser. «¿Están tratando de inculparme por el asesinato?»

Degen se quedó en silencio y parecía estar pensando.

Strasser vio la mirada penetrante de Degen, esperando una respuesta. Se encontraba en un dilema: ¿qué debía hacer? En un instante sus pensamientos volaron. Tenía que librarse de la sospecha de asesinato a toda costa, pero confesar el robo de los datos le convertiría en el principal sospechoso.

— «Lo siento, no puedo decir nada sobre esta acusación, aparte de que es falsa. No tengo nada que ver con el problema del virus del Sr. Lochberger.»

— «Muy bien, tomaré nota de su declaración. Ahora hablaré con el siguiente. Que tenga un buen fin de semana.»

— «Igualmente, Sr. Degen.»

El subdirector le acompañó a la salida y luego avisó a los otros dos profesores para hablar con ellos individualmente.

Pobler respondió indignado y enfadado ante las sospechas:

— «Sr. Degen, usted sabe que esto es el colmo de la insolencia. Llevo treinta años en esta escuela, ¿y ahora se atreve a venirme con estas acusaciones tan ridículas? No estoy dispuesto a continuar esta conversación, y exijo la presencia de un consejo de personal que sea testigo y grabe esta imposición. Es todo lo que tengo que decir en este momento, Sr. Degen. Que tenga un buen fin de semana.»

Con eso, se levantó sin más y atravesó la puerta para salir del edificio.

— «¡Vaya follón!», gritó a su colega Baum, que esperaba. «¡Esto parece un jardín de infancia!»

Mientras tanto, el subdirector se quedó en la puerta y pidió al último colega que pasara a la sala.

— «Sr. Baum, el Sr. Pobler es algo propenso a los arrebatos emocionales. Espero que podamos hablar con calma y objetividad. Anoche estuvo en la sala de fotocopias con el Sr. Strasser hasta eso de las nueve, ¿es correcto?»

Baum respondió a la pregunta de forma afirmativa.

— «Hay un correo electrónico del Sr. Lochberger, de anoche, en el que afirma que su ordenador se contaminó con un virus mientras estaba un momento en el baño. En él dice que sospecha de usted y de los otros dos compañeros porque la puerta entre la sala de las fotocopias y su despacho estaba abierta. Alguien había manipulado la cerradura. ¿Tiene algo que decir sobre esto?»

— «Todo lo que puedo decir es que no tuve en absoluto nada que ver con ese asunto. La acusación es bastante absurda, pero encaja bien con la retorcida visión del mundo que tenía Lochberger, que veía enemigos por todos lados entre el personal y probablemente por ello él mismo a menudo se comportaba con hostilidad.»

Baum miró al subdirector enfadado y desafiante:

— «Lo siento, es todo lo que tengo que decirle, y lamento que haya tal nivel de desconfianza en esta escuela. No estoy preparado para más interrogatorios en este momento, haré mis declaraciones a la policía el lunes. Adiós, Sr. Degen.»

Degen puso cara de desconcierto cuando Baum se levantó y salió enérgicamente de la habitación.

Bueno, había sido un éxito total, pensó el subdirector, y se dirigió a la sala de profesores, al PC, para comprobar si había correos electrónicos recientes antes de abandonar él también el edificio de la escuela.

7 La viuda informa

Monika Lochberger había acertado: la policía tenía mucha prisa por hablar con ella. A eso de las once de la mañana sonó el timbre de su casa y dos agentes de paisano estaban plantados en la puerta.

— «Buenas tardes, Sra. Lochberger, somos de la policía judicial. Nos gustaría hacerle unas preguntas».

En ese momento, los dos le mostraron sus credenciales. Los miró fugazmente. Una tal Sra. Steiger y un tal Sr. Graf estaban ante ella.

— «En primer lugar, nuestro más sincero pésame por la muerte de su marido. ¿Tiene unos minutos?»

— «Sí, por supuesto. Por favor, entren.»

Condujo a los agentes por el pasillo hasta el gran salón y les pidió que tomaran asiento.

— «Sra. Lochberger, sabemos que la conmoción por el crimen es todavía muy reciente y solo queremos interrogarla muy brevemente. Quizá tenga alguna información importante que nos ayude a encontrar al asesino.»

— «Lo entiendo perfectamente. Por favor, hagan sus preguntas; por supuesto que quiero hacer todo lo posible para ayudarles a resolverlo.»

— «¿Cuándo fue la última vez que tuvo contacto con su marido anoche, es decir, por teléfono?»

— «Fue justo después de las nueve, cuando le llamé y le pregunté por qué aún no estaba en casa. Dijo que tenía un pequeño problema con su ordenador y que por eso se retrasaba, pero que salía en unos minutos para volver a casa.»

— «¿Y qué pasó después?»

— «Bueno, solía perder la noción del tiempo cuando estaba enfrascado en algo, y no me extrañó que tardara. Como a las diez y media seguía sin llegar, llamé de nuevo a la escuela, pero nadie contestó al teléfono. Entonces le llamé a su móvil y no lo cogió; sonó un par de veces y saltó el contestador automático. Entonces empecé a preocuparme. Como seguí sin tener noticias suyas, me asusté y fui al colegio, que está a solo diez minutos de aquí. Su coche estaba en el aparcamiento de profesores, pero todas las luces del edificio estaban apagadas. Entré en el aparcamiento, tengo una llave y ...»

El inspector Graf la interrumpió:

— «¿Tiene la llave del aparcamiento? ¿También la del edificio de la escuela?»

— «No, solo para el estacionamiento, porque a veces llevaba a mi esposo a la escuela o le recogía, así que me dio una llave.»

Los dos oficiales asintieron con la cabeza y la Sra. Lochberger continuó:

— «Después de aparcar me dirigí a la puerta de acceso, que estaba abierta y pude entrar sin llave. Encendí las luces y me llevé un terrible susto. Mi marido estaba tirado en el suelo, en un charco de sangre. Me acerqué a él. Estaba tumbado boca abajo. Le toqué la cara y parecía sin vida. No tenía pulso. Entonces llamé inmediatamente al 112 y pedí una ambulancia. No estaba segura de si mi marido estaba muerto o solo inconsciente. Cinco minutos después llegó un coche patrulla. La ambulancia llegó poco después, pero el médico de urgencias solo pudo declararlo muerto. Luego llegaron sus colegas de homicidios y los forenses, y examinaron toda la zona.»

Respiró profundamente. Era obvio que el recuerdo la perturbaba en gran medida.

— «Sra. Lochberger, ¿tiene alguna sospecha de quién puede estar detrás de este crimen? ¿Tenía su marido algún enemigo?»

— «Realmente no tengo ni idea de quién podría hacer algo así. Y no soy consciente de ninguna enemistad. Siempre intentaba llevarse bien con todo el mundo, así que no creo que tuviera enemigos.»

— «Aún tenemos que interrogar a todos los profesores del colegio, pero tras las primeras conversaciones con el subdirector, el Sr. Degen, hay ciertos indicios de que su marido tenía conflictos con el personal. Sin embargo, también cabe la posibilidad de que un extraño entrara en la escuela y cometiera el asesinato. Pero aún no tenemos claro el motivo. ¿Sabe si su marido llevaba una cartera?»

— «Sí, claro, nunca salía de casa sin su cartera. La llevaba siempre en la chaqueta, en el bolsillo del pecho, con el DNI, el carnet de conducir, las tarjetas de crédito y dinero en efectivo. ¿No la encontraron?»

— «No, no encontramos nada en su cuerpo. Cuando usted llegó, ¿sabe si todavía tenía la cartera?»

— «Realmente no lo sé. Estaba tan conmocionada… Solo me interesaba su estado, y no presté atención al bolsillo de su chaqueta.»

— «Eso significaría que podría tratarse de un robo con homicidio. ¿Sabe cuánto dinero en efectivo podría llevar su marido?»

— «Aproximadamente unos cien euros, y siempre llevaba una tarjeta de crédito y otra de débito.»

— «Bueno, eso es todo por ahora. Aquí tiene mi tarjeta con el número de teléfono y el correo electrónico. Si se le ocurre algo que pueda ayudarnos, comuníquelo inmediatamente. Y por favor, envíenos los datos de las tarjetas de su marido, porque es posible que el asesino haya hecho compras con ellas.»

— «Sí, gracias, luego le enviaré los números. Espero que encuentren pronto al culpable.»

— «Haremos todo lo posible», dijo la inspectora Steiger.

El inspector Graf añadió:

— «Nos mantendremos en contacto con usted y la informaremos en cuanto haya algo nuevo.»

— «Por cierto, si quiere, podemos enviarle un miembro de nuestro equipo de psicólogos que ofrecen ayuda a las víctimas para procesar experiencias traumáticas. También puede pedir atención por teléfono, si de momento no desea hacerlo en persona.»

— «Muchas gracias, por ahora prefiero estar sola, pero si se me hace muy doloroso, entonces aceptaré con gusto su oferta y le llamaré.»

— «Sra. Lochberger, le deseo lo mejor, y de nuevo nuestro más sincero pésame, y como he dicho, nuestra oferta de ayuda sigue en pie cuando usted quiera.»

Acompañó a los agentes a la puerta y se despidió de ellos. Permaneció de pie mirándoles hasta que subieron al coche y se marcharon, y entonces cerró la puerta y respiró profundamente.

8 Rueda de prensa

Cuando el inspector Sauer bajó al sótano en el ascensor, poco antes de las cuatro de la tarde, se sintió bastante molesto por este caso de asesinato que probablemente ocuparía todos sus recursos en los próximos días. La sala de conferencias estaba ya relativamente llena, con una veintena de periodistas y gente de la televisión que esperaban el comienzo del acto. Se habían instalado cámaras de televisión y los periodistas se movían por la sala conversando.

Sauer se dirigió al atril y saludó a los presentes.

— «Buenas tardes, señoras y señores. Por favor, tomen asiento; la rueda de prensa comenzará en unos minutos. Estamos esperando a su colega de Televisión Sur, que llegará un poco tarde debido a problemas de tráfico.»

Un miembro del personal puso unas botellas de agua en las mesas y los periodistas se sentaron; algunos juguetearon con sus ordenadores portátiles.

Justo en ese momento, el periodista retrasado entró con su compañero cámara. Sauer se dirigió a la puerta, le estrechó la mano e intercambió unas palabras con él. El cámara desplegó su trípode y se preparó. Sauer volvió al atril y miró expectante a su alrededor. El murmullo se fue apagando poco a poco y todos los periodistas fueron centrándose en el orador.

— «Buenas tardes, señoras y señores, ya podemos empezar. Les doy la más cordial bienvenida a nuestra rueda de prensa de hoy, cuyo motivo es, por desgracia, muy triste. Anoche, entre las nueve y media y las diez, el director del Colegio Schiller de Lundenburg, el Sr. Lochberger, fue asesinado a golpes en la cabeza. El asesinato se descubrió anoche, alrededor de las once, cuando la esposa del director fue a la escuela a buscarle tras estar esperándole en casa mucho tiempo. Nuestros especialistas llegaron a la escuela antes de medianoche y comenzaron a recoger pruebas. La investigación sigue y por ello de momento no puedo darles ningún detalle.»

«Sin embargo, hemos encontrado algunas pistas que creemos que podrían llevarnos al autor o autores, aunque todavía son especulaciones. La cuestión del porqué del asesinato es, naturalmente, el centro de las investigaciones. Para ello, se interrogará a todos los profesores de la escuela en el transcurso de los próximos días. Hasta ahora, los interrogatorios a los miembros del personal no han aportado ningún indicio sobre el motivo del asesinato. De todos modos, es demasiado pronto para llegar a un veredicto final.»

«Este horrible crimen ha causado una verdadera conmoción en la escuela y en toda la ciudad de Lundenburg. El Sr. Lochberger deja esposa y quince años de trabajo exitoso en el Colegio Schiller, donde durante los últimos siete años implementó un importante concepto de reforma pedagógica llamado "Schiller FIX". Estas son las siglas de "fantástico, innovador, excelente". El proyecto ha tenido una buena repercusión en numerosos medios de comunicación y, gracias a la buena gestión de la escuela, el Sr. Lochberger consiguió aumentar el número de alumnos un quince por ciento en los últimos años.»

«Me gustaría aprovechar esta oportunidad para expresar mi más profundo dolor y empatía a toda la escuela, a los docentes, padres y estudiantes, y a toda la ciudad de Lundenburg. En este momento, esto es todo lo que puedo compartir con ustedes. Ahora son bienvenidos a hacer preguntas, pero comprendan que no puedo profundizar demasiado en los detalles mientras la investigación siga en curso.»

Sauer hizo una pequeña reverencia y así terminó su intervención, que fue respondida por los periodistas presentes con algunos aplausos. Se alzaron unas cuantas manos y comenzó el turno de preguntas y respuestas. Sauer dio la palabra al primer periodista haciéndole una señal con la mano.

— «¿Se puede descartar que alguien entrara en el edificio por la noche porque las puertas estuvieran abiertas?»

El inspector asintió y respondió:

— «Las puertas de entrada las cierra el conserje todos los días alrededor de las seis, y así lo hizo ayer, según su propia declaración. Sin embargo, como todos los profesores tienen llaves, es posible que alguien entrara en la escuela más tarde y se olvidara de volver a cerrar. Por el momento no tenemos una visión completa de quién estaba en el edificio anoche; esperamos que nuestras entrevistas lo saquen a la luz. Ahora, aquí delante, el caballero de la corbata roja.»

— «¿No se deberían sacar conclusiones inmediatas de este incidente y garantizar que las escuelas tengan un control de entrada eficaz en el futuro? En los últimos meses hemos oído hablar con frecuencia de vagabundos o personas de dudosa reputación que han entrado en edificios escolares y han utilizado los aseos, entre otras cosas, o al menos lo han intentado. También se han dado casos de alumnos acosados por personas ajenas a la escuela. Y ahora incluso tenemos un asesinato. ¿Cuánto tiempo vamos a esperar antes de decidirnos a proporcionar una seguridad eficaz a las escuelas? Después de todo, vivimos en la era de los atentados terroristas.»

El periodista estaba obviamente agitado y lo dejó ver en su tono de voz. Sauer respondió con un encogimiento de hombros e hizo un gesto de impotencia.

— «Conozco bien esos argumentos, ya hemos tenido discusiones de este tipo sobre el control de la entrada. Es una decisión política y debe resolverse en el ámbito de la política. Nosotros, como policía, solo podemos aconsejar. Seguramente sería útil ejercer presión sobre los responsables por parte de los padres o de la prensa, y entonces algo podría cambiar.»

Aquí el inspector sonrió abiertamente y dirigió una retadora mirada a toda la sala.

— «Adelante, informen de ello, señoras y señores de los medios de comunicación; sería bueno que el público lo supiera de primera mano. Por el momento, la situación aquí es la misma que en toda Alemania. En principio, cualquiera puede entrar en cualquier colegio durante el día. Por cierto, ese fue también el problema de la matanza de Winnenden hace unos años, el hecho de que los delincuentes violentos también tienen libre acceso a las escuelas. Ahora el caballero a la izquierda, de La Voz de Lundenburg.»

— «Me gustaría unirme al anterior colega, ampliar un poco más el tema y hacerles primero una pregunta a todos. ¿Alguno de ustedes ha visitado alguna vez una empresa con más de cien empleados en los últimos veinte años? ¿Pudo entrar sin más? ¿O había un portero que controlaba el paso o incluso una cerradura electrónica que solo podía abrirse con una tarjeta de identificación?»

El periodista hizo una pausa y recorrió la sala con la mirada. Se oyeron asentimientos y murmullos de aprobación por todas partes.

— «El Colegio Schiller tiene unos mil alumnos. No hay ningún establecimiento con semejante tamaño en toda Alemania que no tenga controles de entrada. ¿Por qué los profesores dejan que los políticos hagan esto, que ellos y los alumnos sean tratados como personas de tercera clase? Creo que es una situación absolutamente indigna y me gustaría saber si usted, inspector Sauer, quiere aprovechar este terrible crimen como una oportunidad para dirigirse a los políticos con reivindicaciones claras.»

El inspector se mostró visiblemente incómodo al responder a esta pregunta:

— «Tiene usted toda la razón en su crítica. Nosotros ya hemos debatido mucho estos problemas y hemos decidido ser activos y hacer las demandas apropiadas a nuestros parlamentarios estatales. No podemos seguir igual después de este terrible incidente, eso está absolutamente claro. Ahora el caballero… No, la señora de la última fila con una blusa verde.»

— «¿No podríamos aumentar la presencia policial alrededor de las escuelas por la noche? Al fin y al cabo, si el personal escolar sigue trabajando en los edificios a altas horas de la noche, corre un riesgo especial. ¿No tendría entonces sentido vigilar intensamente las escuelas en horario nocturno? Sobre todo porque la estación de tren está cerca y por la noche la escuela se convierte a menudo en lugar de encuentro de turbios personajes.»

— «Tiene toda la razón, y ya lo hemos hecho durante bastante tiempo. En los últimos años se han producido numerosas detenciones de traficantes de drogas en el recinto escolar o sus inmediaciones. Así que tenemos una mayor presencia alrededor de las escuelas en horas avanzadas de la tarde. Pero claro, no podemos ir al despacho del director cada hora y preguntarle si todo está bien.»

No hubo ninguna mano levantada más, lo que alegró al inspector, quien dijo a modo de conclusión:

— «Por supuesto, les mantendremos informados. Todos ustedes recibirán un correo electrónico tan pronto dispongamos de cualquier nueva información. Si hay algún avance importante en la investigación, daremos otra rueda de prensa. Sin embargo, por el momento no parece que podamos esperar la resolución del caso en los próximos días. Les agradezco mucho que hayan venido y les deseo que pasen una buena tarde. Muchas gracias.»

Los periodistas aplaudieron, algunos se levantaron de sus asientos y otros siguieron martilleando sus teclados. Los asistentes empezaron a dispersarse lentamente mientras el inspector permanecía en la zona de entrada manteniendo las últimas conversaciones con varios periodistas.

9 En la cervecería

Después de la intimidante conversación con el subdirector, Alex había salido de la escuela aturdido. Los pensamientos se agolpaban en su cerebro.

De repente se dio cuenta de que se había metido en una situación sumamente complicada. Sus maquinaciones en el ordenador del director habían atraído las sospechas hacia él. Si alguien descubriera que había robado la tarjeta, se enfrentaría a acciones legales. Y peor aún era el peligro que suponía la sospecha de que hubiera cometido un asesinato. Los otros dos compañeros probablemente podrían eximirse entre ellos de toda sospecha, ya que habían estado poco tiempo en la escuela y luego habían ido juntos a un bar. Por otra parte, él había estado mucho tiempo solo en el lugar del crimen y después de irse no había tenido contacto con nadie, excepto con el ayudante de Messerschmidt, cuando le entregó la tarjeta de memoria y recibió el dinero. Necesitaba desesperadamente una coartada para el momento del crimen, lo tenía aún más claro ahora que esta mañana.

Su compañera Ulla era la única que podía proporcionarle esa coartada. ¿Estaría dispuesta? Habían tenido muchas discusiones y problemas en los últimos meses, y la relación estuvo a punto de romperse varias veces. Tenía claro que él era el principal culpable, ya que seis meses atrás tuvo una aventura con una vieja conocida. Ulla lo había descubrió al cabo de unas semanas y quiso abandonarle. Sobrevivieron a esta crisis a duras penas, entre otras cosas con la ayuda de terapia de pareja, en la que hablaron durante unas semanas y decidieron empezar de nuevo.

Así que ahora quería que ella le proporcionara una coartada, ¿pero qué podía decir para convencerla? Ella estaba muy suspicaz desde su infidelidad, lo cual ahora era un gran problema. No podía contar a Ulla lo del robo de la tarjeta de memoria, y en consecuencia no podía decirle que había esperado a Daniel en el coche hasta pasadas las diez de la noche para entregarle la tarjeta y cobrar su parte. ¿Y si lo hiciera? Probablemente calificaría el asunto como ilegal, y entonces sería el fin de la coartada.

Se preguntó si se habría tragado su historia sobre la juerguecita con los tres ingleses. De no ser así, no podría darle ninguna prueba convincente. Así que, por el momento, estaba sin coartada. Tampoco podía esperar ayuda de Monika Lochberger, que no confesaría nunca que mientras esperaba a su esposo había pasado la tarde con un profesor de la escuela.

Condujo el coche fuera de la ciudad y dio un largo paseo por el bosque para despejarse.

Ulla ya había vuelto del trabajo cuando él llegó a casa.

— «Hola, Ulla, querida», la saludó y fue a abrazarla, pero ella le evitó.

— «Estoy limpiando y tengo las manos sucias, ten cuidado.»

Le entregó un pequeño ramo de flores que había escondido a sus espaldas, le sonrió amablemente y habló con un tono animoso.

— «Cariño, ¿por qué no dejas la limpieza para mañana y entonces yo te ayudo? ¿Qué tal si vamos a la cervecería al aire libre, que hace muy buen tiempo?»

— «Gracias, muy amable», dijo ella, sonriendo encantada con las flores. «Sí, salir a cenar estaría bien. Me alegro de que la semana haya terminado», dijo entonces. «Voy a cambiarme.»

La cervecería Dionysos estaba llena de gente. La mayoría de las cincuenta mesas ya estaban ocupadas cuando llegaron alrededor de las siete de la tarde. Muchos clientes se sentaban a la sombra de los viejos castaños y un fuerte murmullo de voces se apoderaba del lugar.

Ulla y Alex habían encontrado una mesa libre y pidieron rápido sus bebidas cuando el camarero pasó zumbando.

— «Ah, por fin se acabó semana…», comentó Ulla, dando un profundo suspiro.

— «Sí, yo también me alegro», asintió Alex. «Ha sido una semana intensa.»

— «Dime, ¿ha habido un asesinato en la escuela? Lo he leído en el periódico.»

— «Sí, anoche alguien mató al director. ¡Horrible!»

— «¡Es espantoso! ¿Quién podría hacer algo así?»

— «No lo sé, estamos todos desconcertados.»

— «Es como en las novelas policíacas americanas, ¡en Lundenburg! Ya no me atrevo a salir a la calle de noche.» Ulla parecía asustada.

Alex se detuvo y puso cara de preocupación.

— «Lo peor para mí es que estuve hasta tarde en la escuela, así que ahora soy sospechoso.»

— «¿Qué? ¿No estarás hablando en serio?»

— «Me temo que sí.»

Ulla esperó con expresión preocupada sus revelaciones.

— «¿Qué pasó? Cuéntame.»

— «No ha pasado nada, pero el jefe siempre la ha tenido conmigo, sobre todo después de la carta un poco furiosa que le escribí el año pasado.»

— «Eso no fue muy inteligente por tu parte, está claro. Es obvio que así no vas a ganarte las simpatía de nadie.»

Alex se quedó callado y puso cara de arrepentimiento.

— «¿Y quieres decir —continuó Ulla pensativa— que ahora te relacionarán con el asesinato? ¿Por qué estuviste tanto tiempo en la escuela? Eso ya es sospechoso en sí mismo, ¿no?»

— «Tienes mucha razón, eso es exactamente lo que me temo. Salí del edificio a las nueve y diez, y el director todavía estaba trabajando. La hora del asesinato fue entre las nueve y media y las diez, según dice el periódico.»

— «¿Y por qué llegaste a casa tan tarde anoche? Ya eran las once y media. ¿No tendrás nada que ver con el asesinato, no?», preguntó Ulla preocupada.

Alex puso los ojos en blanco y lanzó un profundo suspiro.

— «No me estarás preguntando eso en serio, ¿verdad?»

Ulla guardó silencio y se encogió de hombros.

— «Cuando salí de la escuela me encontré en el aparcamiento con los tres ingleses que están visitando el colegio. Son jóvenes, están haciendo un proyecto de inglés con nosotros, ya te lo conté.»

— «¿Y qué pasó con los tres ingleses?», preguntó Ulla.

— «Hablamos un poco y luego decidimos ir a tomar algo. Fuimos al Pferdestall, porque ellos no conocían ese bar y yo quería enseñarles algo típicamente alemán, algo especial. El sitio estaba lleno, casi no conseguimos asiento, ya sabes que no puedes ir sin reserva.»

— «¿Y luego tomasteis algo?»

— «Bueno, el tiempo pasó muy rápido, y olvidé qué hora era. De repente eran las once y cuarto, y nos fuimos. Esta mañana han vuelto a Inglaterra. Ayer era su último día, así que estuvieron contentos de tener un poco de fiesta anoche.»

— «Está bien, entonces tienes una coartada. Te habrán visto allí, ¿no?», preguntó Ulla.

— «No lo creo. Estaba tan lleno que la camarera apenas recordará la cara de nadie. No había ningún conocido entre los clientes. En todo caso, ninguna cara me resultó familiar.»

— «¿Y los ingleses? Son testigos y seguro que pueden declarar.»

— «En principio, sí, pero solo conozco sus nombres de pila. No tengo más información de ellos, únicamente sé que son de tres lugares diferentes de Inglaterra. Encontrarlos sería muy difícil.»

— «Bueno, ¡qué fastidio! ¿Entonces qué podemos hacer?»

— «Lo mismo me pregunto yo. De todos modos, es demasiado arriesgado para mí esperar que alguien me haya visto en el bar. Si nadie se acuerda de mí, entonces no tengo coartada y puedo ser considerado culpable del asesinato.»

Ulla torció el gesto y negó con la cabeza.

— «No podemos consentirlo. ¿Y si dijera que estuviste conmigo toda la noche desde las nueve y media?»

Alex puso una cara como si de repente le hubiera tocado la lotería.

— «Es una gran idea. Esa es la solución, cariño.»

— «Sin embargo, me arriesgo a ser acusada de perjurio, porque estoy segura de que me tomarían juramento en un juicio por asesinato. No sé si podré hacerlo», dijo pensativa, mirando a Alex con dureza.

— «Cariño, si no me ayudas, lo veo todo muy negro. Sin coartada, estoy perdido.»

— «Eso es malo para ti», dijo Ulla, con un repentino tono gélido en su voz. «Solo puedes esperar que la policía te crea.»

— «Pero, por favor, no pensarás en serio que soy un asesino, ¿verdad?»

— «No, eso no, pero tampoco me creo tu historia sobre los ingleses. Por cierto, podías haberme llamado anoche y no me habría pasado horas preocupándome y esperándote. Recordé cómo me traicionaste hace medio año con esa chica. Se suponía que entonces también habías salido a tomar algo con compañeros de trabajo.»

— «Por favor…», la interrumpió Alex desesperadamente.

— «No, tengo la sensación de que me estás mintiendo de nuevo, y si es así, ya es hora de que me digas la pura verdad. Porque no me apetece construir el resto de nuestras vidas sobre mentiras.»

— «Pero Ulla, ¿te has vuelto completamente loca? No tengo nada con ninguna otra mujer, te juro que solo te quiero a ti. Te prometo que no volverá a ocurrir que vuelva a casa a altas horas de la noche sin avisarte. Simplemente me olvidé de llamarte ayer. Lo siento. Por favor, perdóname.»

De repente se oyeron unas voces en toda la terraza: «¡Hola, Sr. Strasser ¡Hola, Sr. Strasser!» Alex se giró y vio un grupo de alumnos de su clase de noveno curso que irrumpía entre las filas de mesas hacia la suya, sin dejar de gritar «¡Hola, Sr. Strasser!»

Llegaron a su mesa y sonrieron tímidamente, cuatro chicas y un chico. Alex se sintió avergonzado por todo aquello y les siseó:

— «No gritéis tanto, no hace falte que todo el pueblo sepa que estoy en la cervecería. Y vosotros, ¿qué hacéis aquí?»

— «Pero Sr. Strasser, no sea tan antipático, solo nos alegramos de verle», le dijo su alumna Andrea en tono de reproche. «Estamos aquí para tomar una Coca-Cola. No hay ninguna ley que lo prohíba, ¿verdad?»

— «Vale, está bien, solo que no quiero que gritéis tanto. No da una buena imagen, Andrea.»

— «De acuerdo, Sr. Strasser, ya nos callamos. Que tengan una buena noche usted y su esposa. Adiós.»

El grupo desapareció tan rápido como había llegado y se sentaron en una mesa libre en el otro extremo de la cervecería.

— «Estas son las cosas "buenas" de ser profesor», dijo Alex con resignación a su compañera. «Sobre todo, porque no tienes ni un segundo de privacidad cuando vives en la misma ciudad donde está la escuela.»

— «Bueno, no ha sido tan malo, solo son niños», defendió Ulla a los estudiantes.

— «Hola, Sr. Strasser», sonó otra voz detrás de Alex, esta vez masculina.

Se giró y miró con asombro al hombre que estaba detrás de él.

— «Buenas noches», dijo Alex. «¿Nos hemos visto antes?»

— «Hasta ahora no», dijo el extraño caballero. «Estaba cenando con dos amigos que se acaban de ir. He oído a unos jóvenes decir su nombre. No se oye este nombre muy a menudo. Supongo que usted es el Sr. Strasser del Colegio Schiller, ¿verdad? Pero no quiero molestarle esta noche, cuando está disfrutando del final del día con su esposa.»

— «Mi compañera, la Sra. Schulze», dijo Alex con una mirada insegura.

— «No se inquiete, Sr. Strasser. Mi nombre es Sauer, inspector Sauer. Estoy llevando el caso del asesinato de Lochberger, y de ahí mi interés por ustedes los profesores.» Esbozó una sonrisa de oreja a oreja y continuó: «Sin ánimo de molestarle, y me despediré enseguida, quería preguntarle si seguirá aquí la semana próxima o estará ya de vacaciones.»

— «No, no tengo planeadas mis vacaciones hasta más tarde, así que estaré aquí.»

— «Bien, estupendo, entonces le ruego que venga a verme en algún momento del lunes. Espero que también lo hagan todos sus colegas.»

— «Seguramente. Nos vemos entonces.»

— «Bien. Que tengan una buena noche y un buen fin de semana.»

— «Gracias, igualmente, inspector.»

Alex esperó unos instantes hasta que el policía se alejó lo suficiente.

— «¡Maldita sea! ¿Te das cuenta ahora de que ya están sobre mí? Quiere hablar conmigo el lunes y me preguntará qué pasó en la escuela y por qué yo estaba allí tan tarde. Probablemente cree que soy el asesino. Necesito tu ayuda, la coartada. De lo contrario, podría pasar las próximas semanas detenido. ¿Es eso lo que quieres?»

— «Por supuesto que no, Alex. Muy bien, estuviste conmigo desde las nueve y cuarto, y pasamos el resto de la noche en casa. ¿Satisfecho?»

— «Ulla, mi amor, se trata de nuestra vida, no de mi satisfacción. Sabes que te amo y que deseo vivir el futuro contigo. Si tú también quieres, entonces debes ayudarme.»

— «Eso suena a chantaje», desafió Ulla con mirada indignada. «Lo pensaré, no quiero prometer nada ahora. Por cierto, mañana estaré en Múnich con Inge. Ya hablaremos el domingo.»

Alex hizo un gesto de desesperación, le lanzó una enfadada mirada y luego refunfuñó resignado: «Se hace tarde, vámonos».

10 Buscando ayuda

La mañana del sábado brilló con un sol como los de las fotos promocionales de los viajes por el Mediterráneo. El cielo azul, el canto de los pájaros, el aire templado… Era glorioso. Me senté en el balcón a desayunar y ojear el periódico. En la sección local leí un informe sobre el asesinato de Lochberger. Al parecer, la policía aún no había llegado a ninguna conclusión. Las especulaciones iban desde un ladrón drogadicto hasta un estudiante que quería vengarse por un examen suspendido. Esto último me parecía un poco exagerado. Un estudiante difícilmente podría ser tan miserable y estúpido como para dejarse llevar hasta un asesinato y destruir así su propio futuro.

En medio de estos pensamientos, sonó el teléfono. Era Alex y me sorprendió recibir una llamada suya tan temprano.

— «¡Hola Alex! ¡Cuánto tiempo sin saber de ti! Estoy leyendo en el periódico un artículo sobre vuestro caso. Es una fea historia, ¿eh?»

— «Sí, realmente bastante desagradable», aceptó Alex. «De hecho, es de lo que quería hablarte. Pero sé que es muy temprano y que probablemente aún estés desayunando, así que ahora no quiero entretenerte demasiado. ¿Puedo ir luego a tu casa?»

— «Pues claro, estoy en casa y de momento no tengo nada planeado. No creo que salga hasta esta tarde. ¿Cuándo quieres venir? ¿Digamos en una hora?»

— «Oh, sí, sería genial. Si te va bien, me gustaría ir sobre las once.»

— «Estupendo, entonces te veo en un rato. Hasta luego.»

No había preguntado de qué se trataba exactamente, pero después de que el inspector me preguntara ayer sobre Alex, se me ocurrió que podría tener algo que ver con el interrogatorio policial. Una premonición inquietante me asaltó. No, probablemente Alex solo quería hablar un poco del asunto y quizá también averiguar si el inspector me había dicho algo acerca de él. Bueno, en poco tiempo sabría lo que tenía en mente.

Ahora mismo, lo único que quería era disfrutar de la mañana de verano. Iba a ser otro día caluroso. A eso de las diez, el termómetro ya marcaba veinticuatro grados a la sombra. Había extendido el toldo a primera hora de la mañana, pues de lo contrario no se podría aguantar mucho tiempo en ese balcón orientado al sur.

El cielo brillaba con su más bello azul celeste, en el jardín de abajo su cuidador se afanaba en podar los rosales y en la casa de al lado la señora Graf estaba sentada en la terraza de la planta baja. Estaba desayunando tranquilamente con su hijo adolescente y de vez en cuando se oían fragmentos de la conversación. Era el epítome de una idílica mañana de verano.

Me gusta sentarme en balcones con una hermosa vista, sobre todo cuando hay tranquilidad alrededor. Mi trabajo conlleva mucho ajetreo y tensión, y el ocio contemplativo es la mejor terapia de relajación para mí.

La pasada noche iba a ir a recoger a Susanne al aeropuerto porque habíamos planeado un largo fin de semana juntos, pero me llamó para cancelarlo, pues le había surgido una cita urgente. Así que no nos veríamos hasta el próximo fin de semana.

Tenemos una relación de fin de semana, desde hace quince años. Muchas veces hemos hablado de vivir juntos, pero hay obstáculos importantes. Ella tiene sus clientes y contactos comerciales en la zona de Hamburgo, y yo los tengo aquí, en la zona de Stuttgart. Dado que ambos somos autónomos, renunciar a nuestros clientes supondría una desventaja económica considerable para uno de nosotros. Y luego, por supuesto, está la cuestión crucial de si realmente seríamos felices viviendo juntos. Reconozco que me he acostumbrado a la vida de soltero. Una vida sin necesidad de acuerdos constantes sobre cada pequeña cosa. Una existencia espontánea con mucho trabajo y también mucha paz y tranquilidad en mis propias cuatro paredes, sin miedo a discusiones enervantes o por nimiedades cotidianas.

Así que lo que en un principio era una solución temporal de vivir separados se ha convertido en un acuerdo permanente en el que nos hemos acomodado bien. Nos vemos cada dos fines de semana, en Hamburgo o en Lundenburg. El reencuentro es siempre una gran alegría, y el tiempo que pasamos juntos es un placer para ambos. No hay ningún hábito en nuestra relación, ninguna rutina diaria, excepto durante las vacaciones, cuando viajamos juntos durante dos o tres semanas. Sin embargo, entonces nos hacemos una idea de lo que sería vivir juntos todo el tiempo y a todas horas, y solemos estar bastante contentos de volver a nuestras propias casas y seguir con nuestras vidas.

Casarse o no casarse, ese fue un tema frecuente en los primeros años de nuestra relación. Mientras tanto, la cuestión se ha solucionado sola. Ambos somos económicamente independientes y estamos comprometidos profesionalmente, ninguno de los dos quiere mudarse, ninguno quiere arriesgarse a tener perjuicios en su trabajo. Además, los dos hemos estado casados antes y ambos tuvimos que arrepentirnos.

Mi teléfono móvil sonó de repente, interrumpiendo el hilo de mi pensamiento. De nuevo Alex estaba al aparato.

— «¡Hola Winfried! ¿Qué pasa? Llevo cinco minutos llamando a la puerta. ¿No me oyes?»

— «Oh, lo siento, estoy sentado en el balcón y no he oído nada. Un momento, por favor, te abro en un minuto.»

Dejé entrar a mi amigo Alex y nos sentamos fuera.

— «Hacía tiempo que no nos veíamos», dije. «Dos semanas, ¿no?»

— «Sí, cuando estuvimos en Dionysos. Por cierto, anoche también estuve allí, con Ulla.»

— «¿Cómo estáis ahora? A ella no la he visto desde hace casi un año.»

Alex parecía avergonzado.

— «Llevamos un tiempo en la cuerda floja. Por alguna razón no puedo llevarme bien con esta mujer. Creo que somos demasiado diferentes.»

— «Puede que sí. Para mí es difícil juzgarlo, prácticamente no la conozco. A veces he tenido la sensación de que la escondes.»

— «Puede que en eso tengas algo de razón. En realidad no me siento cómodo estando con ella y otra gente. Su forma de actuar y de hablar a menudo me molesta sin que pueda precisar por qué exactamente.»

— «Imagino que entonces prefieres no estar juntos en público. ¿Puedes hablar con ella de tus problemas?»

— «Me temo que no. Es incapaz de mantener una conversación franca sobre ninguna dificultad. En cuanto surgen problemas entre nosotros, se pone como loca y entra en pánico, y luego afirma que no hay ningún problema, que me lo estoy inventando. Niega rotundamente cualquier conflicto y afirma, por el contrario, que todo es maravilloso y que soy yo quien lo estoy arruinando todo con mis constantes críticas.»

— «Bueno, lo que me dices suena un poco neurótico. ¿Queréis seguir juntos?»

— «No lo tengo claro, pero ella no deja de hablar de nuestro futuro y de querer vivir conmigo. A cualquier insinuación mía de que necesito un poco más de espacio y menos relación, ella responde negativamente. De verdad te digo que no sé qué hacer.»

— «¿Y qué ha dicho de que te mudes a Dörflingen? ¡Estarás a más de ciento cincuenta kilómetros de distancia!»

— «Bueno, al principio estaba completamente en contra, pensaba que era demasiado lejos, demasiado rural, pero después de varias visitas empezó a encontrar la casa y los alrededores bastante agradables, y dijo que sí podía imaginarse viviendo allí. El año que viene dejará de trabajar y entonces quiere mudarse conmigo.»

— «Por supuesto, para entonces deberías haber resuelto tus problemas de pareja. Siento que las cosas no vayan bien entre vosotros. Me pareció una pena que rompieras con Silvia, la verdad es que era una mujer muy inteligente y simpática. Nunca entendí por qué la dejaste.»

— «Estás poniendo el dedo en la llaga, amigo», dijo Alex con un suspiro. «Entonces iba por mal camino, con la impresión de que Silvia y yo no teníamos futuro. Ambos sentimos una profunda insatisfacción. Todo parecía atascado en una rutina uniforme. Luego, supongo que en vacaciones estuve un poco loco y me enrollé con Ulla, y me metí en una relación que, en retrospectiva, ha resultado problemática.»

— «Estoy seguro de que se puede arreglar. Si quieres, puedo intentar mediar entre vosotros.»

— «Bueno, tal vez acepte tu oferta», dijo Alex. «Pero en realidad no he acudido a ti por mis problemas de pareja, sino…» Se detuvo, obviamente buscando las palabras adecuadas.

— «Entonces, ¿cuál es tu principal problema ahora?», pregunté impaciente.

— «Es sobre el asesinato. Creo que la policía sospecha de mí porque el jueves estuve allí hasta las nueve de la noche y al director le mataron poco después.»

— «Sí, eso parece un poco sospechoso, pero es que además también fuiste un poco hostil con tu director.»

— «¿De dónde has sacado eso?», preguntó Alex, sorprendido.

— «Ayer hablé con el inspector Sauer. Me llamó porque yo tenía una estrecha relación profesional con el director, ya que me encargo del mantenimiento de los ordenadores. Por eso me han interrogado, y el inspector también me hizo algunas preguntas sobre ti. Evidentemente, él ya sabía muchas cosas por el subdirector, como que Lochberger había escrito un correo electrónico a su adjunto Degen esa noche. El director le escribió que tú y dos colegas estabais en la escuela, y que creía que le habíais introducido un virus en su ordenador. Sospechaba de vosotros porque la puerta que da a la sala de fotocopias no estaba cerrada. Al parecer, la cerradura había sido manipulada.»

— «Maldita sea», susurró Alex.

— «¿Y tú qué dices de eso?»

— «Lo admito, contaminé su tarjeta de memoria con un virus.»

Me sentí como si me hubieran echado un jarro de agua fría.

— «¿Por qué? ¿Cuál era el objetivo?» Sacudí la cabeza y levanté la ceja izquierda. «¿Cómo se te ocurrió una idea tan estúpida?»

— «Me retiro de la escuela en unos días, y era la última oportunidad para una pequeña venganza.»

— «Lo siento, me parece una tontería. Eso podría esperarse de un alumno, pero no de ti.»

— «Fue una broma estúpida, ya lo sé, pero no tuve nada que ver con su muerte.»

— «Yo te creo, pero será necesario que convenzas a la policía, no a mí. Seguro que tienes una coartada de dónde fuiste al salir de la escuela. Lo único que importa es que estuvieras con alguien que pueda atestiguarlo, y eso no será un problema, ¿verdad?»

— «Sí, ese es exactamente el problema, Winfried. Salí de la escuela un poco después de las nueve y, me da vergüenza confesarlo, di una vuelta por el barrio chino porque me sentía frustrado con Ulla.»

Me sorprendió mucho esta confesión de mi amigo.

— «¿Y estuviste con alguna chica que pueda testificar, si es necesario, que charló contigo?»

— «No llegué a eso en absoluto. Primero fui a un bar en Stuttgart y vi a las strippers. Luego, todo el ambiente me asqueó de repente y me tomé otra cerveza en un pub y volví a Lundenburg a eso de las once. A las once y cuarto estaba en casa y Ulla ya estaba en la cama.»

— «Es decir, ¿nadie que pueda atestiguarlo te vio entre las nueve y las diez de la noche?»

— «Así es. Hoy hablé con Ulla y le conté una historia diferente, que anoche tomé una copa con tres ingleses, pero no se la creyó y por eso se niega a proporcionarme una coartada. Sospecha que estuve con otra mujer. Es que no quiero decirle que estuve en un local de striptease.»

— «Bueno, es una situación complicada», dije, momentáneamente perplejo ante el problema en que se había metido mi amigo. «¿Y qué vas a hacer?», le pregunté, poniendo cara de que me parecía que el asunto no tenía solución.

— «Iba a preguntarte si podías ayudarme.» Alex me miró expectante. «Si confirmaras que estuve contigo y que nos tomamos una cerveza juntos, el asunto quedaría arreglado, ¿no?»

— «Me encantaría hacerlo, hombre, pero hay un problema.».

— «¿Qué problema hay?»

— «El inspector me preguntó ayer específicamente cuándo fue la última vez que te vi, y le dije que el fin de semana anterior, lo cual es cierto. Ahora no puedo decir que estuviste conmigo anoche, porque eso le chocaría y me quitaría credibilidad.»

— «¡Mierda!», maldijo Alex para sí mismo. «¿Qué hago ahora?»

— «Supongo que no tendrás más remedio que decir la verdad.»

— «Pero eso no me supondrá una coartada, y dudo de que el inspector me crea.»

— «No veo otra manera», dije. «Además, después de todo, existen métodos forenses muy desarrollados para condenar a un asesino. Supongo que los forenses también harán su trabajo en este caso.»

— «Pero tengo miedo de que me encierren por sospechoso y tener que estar en prisión preventiva durante meses. No sobreviviría a eso.

¿No crees que podríamos intentar contar que anoche estuvimos juntos tomando una cerveza?»

— «Alex, por favor, entiende que no puedo caer en contradicciones, y una historia como esa sería contraria a mi primera afirmación. Si llegara a los tribunales, me tomarían juramento y tarde o temprano tendría que desmentirlo, y sería condenado por perjurio. Sería muy perjudicial para mí; un autónomo que hace declaraciones falsas puede hacer las maletas e irse. Se corre la voz muy rápido y dejas de ser digno de confianza. Así que, por favor, no me pidas eso. Si no hubiera hablado ya con el inspector, la situación sería diferente, pero él tomó nota de mis declaraciones y ahora no hay forma de que pueda alegar algo completamente distinto.»

— «De acuerdo, entiendo tu punto de vista. Supongo que tendré que buscar una alternativa.»

— «¿Por qué no vuelves a hablar con Ulla y se lo cuentas todo? Tal vez cambie de opinión.»

— «Supongo que es la única solución que me queda», dijo Alex con resignación.

— «¿Y cuánto has avanzado con tu mudanza?», pregunté, tratando de dar un rumbo diferente a la conversación.

— «La mudanza está hecha. Todavía hay dos cajas con utensilios de cocina y otros trastos que ya no necesito. El siguiente inquilino los vio y se interesó por ellos. ¡Ah, me olvidaba! Mis diarios siguen ahí y quiero traértelos, porque estaré en el sur durante los meses de invierno y la casa estará vacía mucho tiempo. Alguien podría entrar, y si mis notas privadas cayeran en manos de otra persona me sentiría muy incómodo. Por cierto, después de las vacaciones me gustaría hacer una fiesta de inauguración en mi nuevo domicilio de Dörflingen, ¿vendrás?»

— «Por supuesto, puedes contar con ello.»

— «Bueno, entonces espero convencer a Ulla mañana. Hoy está en casa de una amiga en Múnich.»

— «Cruzaré los dedos por ti. Llámame y hazme saber cómo ha ido todo.»

— «Tengo que ver al inspector el lunes; la policía nos ha citado a todos los profesores para interrogarnos. Ya lo estoy temiendo.»

— «Todo irá bien, no te preocupes demasiado. Si eres inocente, no pueden hacerte nada.»

— «Bueno, supongo que todavía tienes una fe ciega en la Justicia y el Estado, ¿no?»

Nos despedimos. Observé a Alex desde la ventana, pensativo, esperando por su bien que su novia le ayudara en esta difícil situación.

11 Crisis de pareja

Alexander estaba desesperado. Poco después de su desayuno dominical juntos, Ulla volvió a enfrentarse a él y le cubrió de acusaciones y sospechas por celos. La llamada de su «colega» el viernes por la mañana la había puesto de los nervios. Ella le preguntaba inquisitivamente por los detalles de su supuesta visita al bar con los ingleses, y al parecer no lograba convencerla. Se enredó en contradicciones y, al final, ella le dijo francamente a la cara:

— «Ahora tengo claro que me estás engañando. Debes pensar que soy estúpida, ¿no? Fue lo mismo la última vez, me mentiste y luego te reuniste con esa mujer griega a mis espaldas. ¡Lárgate ya! Quizás puedas conseguir una coartada de tu nueva novia, porque conmigo no cuentes. Si crees que voy a seguir dejando que me engañes, te equivocas. No tengo ganas de seguir así.»

Alex se estaba enfadando, estaba indignado por estas acusaciones.

— «¿Sabes qué? Estoy harto de tus constantes reproches y de tus celos teatrales. Ayer no estuve con otra mujer, te lo he dicho cien veces. Tal vez deberías probar la psicoterapia. Y si vas a seguir dándome la lata con estas estúpidas acusaciones, recojo mis cosas y me largo.»

— «Ajá, así que el señor se está preparando para irse. Bueno, eso está bien, probablemente ella ya tenga una habitación reservada para ti en su apartamento. No me importa que te vayas ahora mismo, puedo vivir sin ti, no necesito a un imbécil mentiroso como tú. ¿Por qué no coges tus cosas y te vas ya? Deja las llaves en el buzón.»

Se sintió sorprendido y consternado por esta reacción inesperadamente violenta. Al mismo tiempo, sintió un cierto alivio. No había esperado que esta relación conflictiva y problemática con Ulla terminara tan pronto. Sin embargo, no quiso mostrar su secreta alegría. En cambio, se hizo el ofendido.

— «Eres una histérica y me voy con el mayor placer. Así no tendré que volver a escuchar toda tu palabrería.»

Ulla ya estaba en la puerta del apartamento con el bolso colgado del hombro.

— «Te deseo lo mejor para el futuro», dijo sarcásticamente, cerrando la puerta tras de sí.

Alex se quedó atónito. No había pensado que Ulla le negaría rotundamente una coartada. ¿Qué iba a hacer ahora? Mañana comenzaría el interrogatorio policial, y él era uno de los primeros en la fila. No podía demostrar que no estaba en el colegio en el momento del crimen. Peor aún, si alguien le hubiera visto dentro de su coche cerca de la escuela hasta poco antes de las once de la noche, se usaría como prueba definitiva en su contra.

¿Quién podría darle una coartada? ¿Quedaba aún alguna posibilidad? Reflexionó y repasó la lista de sus conocidos y amigos, pero algunos trabajaban en la escuela y otros estaban descartados por otros motivos. Después de todo, lo que pedía era mucho. ¿Proporcionaría él una coartada a alguien y asumiría el riesgo de una declaración falsa? Probablemente no, tuvo que admitir para sí mismo.

Ahora se arrepentía de todo. Era una gran pesadilla. ¡Qué idea tan descabellada la de robar los datos del director! Y por unos míseros diez mil euros, una nimiedad. Solo eso ya podría acarrearle una condena de prisión. ¡Y luego el asesinato! No estaba planeado ni previsto. Todo esto no era un golpe perfecto, era una pura locura y para él probablemente el fin de su vida como la había conocido hasta ahora.

Durante el próximo interrogatorio saldría a la luz que había estado en la escuela con Lochberger durante mucho tiempo esa noche. Por lo tanto, se le consideraría sospechoso, y seguro que le meterían en prisión preventiva. Al fin y al cabo, él era quien estuvo más tiempo en la sala de fotocopias, pues Baum y Pobler llegaron cuando él ya había terminado su fechoría.

¿Realmente iba a ir a la cárcel? No tenía la menor intención de aceptar esta idea. Tenía que solucionarlo como fuera, de eso sí estaba seguro. Pero si se marchaba emitirían una orden de busca y captura, probablemente para toda Europa. ¿Dónde iba a ir?

Alexander se quedó pensando durante mucho tiempo, y una cosa le quedó rápidamente clara. La fuga solo tendría alguna oportunidad de éxito si pudiera obtener papeles falsos. Tenía suficiente dinero en efectivo, pero incluso eso tenía que estar bien organizado. No quería andar con varios miles de euros en la mochila. Además, era de esperar que bloquearan sus cuentas y tarjetas de crédito, y entonces todo acabaría pronto. No podía recorrer Europa con su autocaravana, porque la matrícula pondría a la policía sobre su pista. Lo mejor sería venderla, porque al fin y al cabo ya no le servía de nada. ¿Pero cómo encontrar un comprador tan rápido? Podría preguntar a Winfried, que alguna vez le había expresado su deseo de tener un vehículo de acampada. Tendría que hablar con él lo antes posible, porque el tiempo apremiaba.

12 Planes de viaje

Mi teléfono móvil sonó mientras conducía el coche por la parte occidental de Stuttgart. Era poco antes de las doce y un tranquilo ambiente dominical cubría la soleada ciudad. Alex estaba al aparato.

— «Hola Winfried. Ya sé que nos vimos ayer, pero tengo que irme mañana por un tiempo y hay algunas cosas que quiero comentarte. ¿Estarías libre ahora o por la tarde?»

— «Acabo de salir para ir a hacer una pequeña excursión a los Lagos del Oso. Si te apetece, ¿por qué no nos vemos allí? Podemos hablar mientras caminamos, ¿qué te parece?»

— «Es una gran idea, a mí también me conviene tomar el aire. Puedo estar ahí en veinte minutos, ¿te va bien?»

— «De maravilla. Entonces, te veo dentro de un rato. Estaré en el primer aparcamiento, supongo que habrá plazas libres a esa hora.»

Media hora después estábamos caminando por el camino del bosque junto al lago. El aire era agradablemente fresco y con un delicado aroma de plantas forestales y coníferas. Era un cálido día de mediados de verano y había muchos excursionistas con sus mochilas por el lugar. Los patos y los cisnes hacían sus rondas y el canto de los pájaros puntuaba la idílica escena.

— «Entonces, ¿qué vas a hacer? ¿Dijiste que te ibas? Pero precisamente ahora, cuando todos los profesores van a ser interrogados mañana. ¿No prefieres declarar antes de marcharte?»

— «Winfried, lo he pensado durante mucho tiempo, y no tengo ninguna posibilidad de salir de esta sano y salvo. No tengo coartada para cuando ocurrió el asesinato. Ulla me echó de casa y no va a ayudarme. Si no puedo nombrar a nadie como testigo exculpatorio, entonces todas las sospechas recaerán sobre mí y me encerrarán. No quiero correr ese riesgo. Por eso me voy ahora y espero que el asesino sea detenido pronto. Después podré volver, pero hasta entonces no.»

— «Creo que es una locura», dije. «¿A dónde vas a ir? Te buscarán por toda Europa. Si te reclaman por asesinato, se publicará tu foto y no pasarás desapercibido mucho tiempo.»

— «Lo sé, y por eso tengo que tomar algunas precauciones. Primero, mi autocaravana. Si salgo con ella me atraparán en un minuto, todo lo que tienen que hacer es buscar el número de matrícula. Y eso me lleva directamente a mi primera pregunta. Quiero venderla, y quiero hacerlo rápido. Me preguntaba si te interesaría. Solo tiene dos años, te la dejaría a precio de ganga. Si no, te pediría que la vendieras por mí.»

— «Me gusta tu autocaravana», dije. «Pero no la puedes vender así, de repente. Y yo me sentiría mal por aprovecharme de tu situación.»

— «Lo he meditado bien y ya he tomado una decisión.»

Charlamos brevemente sobre la autocaravana. Alex la había comprado hacía dos años, cumpliendo su sueño de muchos años tras heredar algo de dinero de un tío suyo. Le dije que no tenía una gran cantidad en efectivo en ese momento, pero me respondió que de todos modos prefería varios pagos pequeños durante un tiempo, porque no quería viajar con un montón de dinero en la maleta.

— «Después de unas semanas puede que te arrepientas.»

— «Puede que sí», dijo Alex pensativo. «Podríamos acordar una opción de recompra, digamos por un año. Si todo va bien y vuelvo a estar a salvo, podría recomprarte la autocaravana al mismo precio. Mientras tanto, la habrías utilizado gratis. ¿Qué dices a eso?»

— «Es una oferta tentadora», tuve que admitir. «¿Y cuánto dinero necesitas ahora mismo?»

Alex dijo que de momento no necesitaba nada, pero temía que pudieran congelar sus cuentas si le buscaban por orden judicial. Por lo tanto, prefería dejarme el dinero a mí y recibir cantidades pequeñas de forma regular. La mejor manera de hacerlo sería con una tarjeta de crédito a mi nombre. Acepté y le daría una tarjeta Visa que no había usado en mucho tiempo.

— «Genial. Bueno, esto resuelve una cuestión importante. También necesito una nueva identidad, si es posible, pero probablemente en eso no podrás ayudarme, ¿verdad?»

Todo estaba ocurriendo demasiado rápido para mí, y primero quería aclarar algunas cosas básicas.

— «Antes de meternos en historias de detectives, por favor dime exactamente lo que en realidad sucedió. He leído el periódico y sé que tu director fue víctima de un crimen. Sé que aún no han atrapado al asesino. Sé que estuviste en la escuela hasta las nueve de la noche, en la sala de al lado del director. Y ahora eres sospechoso de asesinato y no tienes coartada. Ayer me contaste que saliste de la escuela a las nueve y que, en lugar de ir a casa con tu novia, supuestamente estuviste dando vueltas por dudosos bares de los barrios bajos. Tu amigo Goethe diría: "Oigo el mensaje, pero no lo creo"».

— «¿Por qué? No seas más papista que el Papa… ¿Nunca en tu vida has ido a un local de striptease?»

— «Bueno, se hacen muchas cosas a los veinte y a los treinta años, pero ya hemos pasado esa edad, ¿no?»

— «No, en absoluto», dijo desafiante. «Después de todo, ayer te dije que estaba cabreado con Ulla por hacerme enfadar tanto con su terquedad y sus celos morbosos. Por eso tenía ganas de ver chicas simpáticas y charlar un poco.»

No pude evitar sonreír.

— «¿Y entonces conociste a una simpática señorita y tuviste una agradable charla con ella?»

— «No, ya te lo dije ayer. Estaba de mal humor y vi algunos números de striptease. Pero pronto me harté y volví a casa.»

— «Y por eso ahora no tienes coartada, chico listo. Seguro que te ha visto alguna de esas mujeres, o quizá hablaste con alguna. No se puede estar una hora en un sitio sin que nadie te vea y sin hablar con nadie. Puedes decirme muchas cosas, pero eso no me lo creo.»

— «Pues no te lo creas.»

— «No, no te vas a librar tan fácilmente. Deberías volver y preguntar a las chicas si recuerdan que estuviste allí el jueves por la noche. Vuelve a ponerte la misma ropa, que eso les refrescará la memoria.»

— «Eso sí que es una chifladura. No voy a volver a ese antro y preguntar a todas las tías si se acuerdan de mi cara bonita porque estuve allí hace tres días. Se morirían de risa o pensarían que estoy completamente loco.»

— «Si yo estuviera en tu lugar, no me importaría mucho lo que pensaran. Cuando las perspectivas son acabar entre rejas, yo preferiría que se rieran de mí tres docenas de chicas antes que correr ese riesgo. Si quieres, te acompaño, y si es necesario, les explico de qué va todo esto.»

— «Es una gran oferta, Winfried, pero creo que será mejor olvidarlo. ¡Es una auténtica tontería!»

— «Pero huir sin más, y al hacerlo despertar al máximo las sospechas de la policía, ¡sí que es una tontería! Esa es, pues, la lógica superior del señor filólogo.»

— «Deja tus comentarios sarcásticos, por favor.»

— «Nos conocemos desde hace casi cincuenta años y nunca he visto un comportamiento tan descabellado y confuso por tu parte. A ver, comienza con tu trabajo nocturno en la escuela. ¿Por qué estuviste en la fotocopiadora hasta las nueve de la noche? Con este buen tiempo de verano, no es normal, siempre has intentado terminar antes. Algo va mal, pero aún no sé qué es. Y no puedo evitar pensar que no me estás contando toda la verdad, y eso de la supuesta venganza con el virus también me parece un poco inverosímil.»

— «Por el amor de Dios, ¿tú también vas a empezar a sospechar de mí? A este paso, podría coger una cuerda y colgarme del primer árbol que encuentre.»

— «No se trata de sospechar. Quieres mi ayuda, y te la daré con gusto y en la medida en que pueda. Sin embargo, no me gusta que me cuenten medias verdades ni cuentos de hadas, y tu historia del striptease lo es, ¿verdad?»

Alexander no contestó; había un grupo de caminantes que se acercaba a nosotros en ese momento.

— «El inspector me ha dicho que en el pasado pareces haber mostrado una actitud hostil hacia el director. Me habló de una carta insultante. Si eso lo saben en tu escuela, ¿no tienes nada mejor que hacer que quedarte en el cuarto junto a tu jefe hasta las nueve de la noche? Es algo que clama al cielo, ¿no te das cuenta? ¿Y te parece raro que se sospeche de ti, después de semejante hazaña?»

Alexander siguió en silencio y se limitó a mirar al frente.

— «¿Por qué estabas en la escuela tan tarde? La policía te lo preguntará sin duda, y tu explicación sobre las copias no es muy convincente; van a reírse de eso. Soy tu amigo, no un policía. Si quieres que te ayude, sería bueno que me dieras un poco más de información sobre lo que realmente pasó.»

Poco a poco me fui convenciendo a mí mismo de la indignación y la ira.

Alex se limitó a mirarme un momento con cara de enfado; algo parecía estar maquinando en su interior, pero permaneció obstinadamente en silencio.

— «No quieres hablar. De acuerdo, entonces te diré algo que podría sorprenderte.»

Alex me miró con escepticismo.

— «Tu director me llamó a las nueve y cuarto de la noche del jueves.»

Ahora puso cara de horror.

— «¿Qué? ¿Por qué a ti?»

— «Sabes que tengo un contrato de mantenimiento para todos los ordenadores de la escuela.»

— «Sí, me lo has mencionado en alguna ocasión», dijo Alex, mirándome con desconfianza.

— «Llamó a mi empresa porque su ordenador no funcionaba bien. Cuando regresó del baño, su escritorio le informó de repente del virus que tú le metiste. Estaba bastante preocupado, pero mi compañero Becker le calmó y le prometió que lo arreglaríamos.»

— «¿Y lo conseguisteis?»

— «Sí, en un par de horas el problema estaba resuelto. Anoche volví a mirar los archivos de registro de ese incidente. Al hacerlo, me di cuenta de algo que inicialmente no había notado. La configuración del ordenador de Lochberger era diferente antes del incidente que después.»

— «¿Qué quieres decir?»

— «Es obvio que alguien cambió la tarjeta SD.»

Alex se sobresaltó visiblemente.

— «¿Cómo puedes estar tan seguro?»

— «Todos los ordenadores de la red se registran con todo detalle en cada momento. Además, cada soporte de datos tiene un identificador, es decir, un número de identificación único. Hay una entrada en el registro a las nueve y dos minutos. Se extrajo una tarjeta SD del portátil y se introdujo otra tarjeta inmediatamente después. Las tarjetas tienen diferentes identificadores. El intercambio de las tarjetas debió producirse durante la pausa del director para ir al baño. A las nueve y siete, cinco minutos después, según el archivo de registro del ordenador, se reanudó el trabajo. En otras palabras, no solo pusiste un virus en su ordenador, sino que robaste su tarjeta de memoria. ¿Qué hiciste con la tarjeta robada? Después de todo, tu director tenía sus archivos de trabajo almacenados allí, y está claro que eran importantes para él.»

Miré a Alex. De repente se puso un poco pálido y miró al suelo.

— «¿No crees que ya es hora de que hables sinceramente conmigo?»

Alex se detuvo y me miró apesadumbrado.

— «Vale, tú ganas.»

— «Bien, te escucho.»

Comenzó a contarme, a regañadientes y de manera vacilante, lo que había hecho aquella noche en la sala del director, y admitió haber robado la tarjeta de memoria. Me explicó todo sobre su colaboración con Messerschmidt, el rival de Lochberger, y confesó también que sus motivos eran la codicia y la venganza. Ahora yo entendía por qué no podía presentar una coartada, ya que cuando se produjo el crimen él había estado esperando en su coche cerca de la escuela hasta que Daniel, el socio de Messerschmidt, recogió la tarjeta de memoria robada. Me sorprendió esta confesión de mi amigo.

— «La cosa pinta mal», dije después de escuchar toda la historia. «Pero no te entiendo… Tenías toda tu vida laboral detrás y una vida de jubilado sin preocupaciones por delante, ¿y tenías que meterte en un asunto tan feo? Has trabajado honradamente toda tu vida y no has hecho nada deshonesto, ¿por qué tienes que cometer ahora acciones criminales, tan cerca de tu jubilación?»

— «Acciones criminales…», respondió en tono de burla. «No exageres.»

En ese momento estuve a punto de explotar, y mi tono se hizo más agudo.

— «Mi querido amigo, parece que no te das cuenta de las implicaciones de tus acciones hasta el día de hoy. Por supuesto, el robo de datos es un delito, especialmente en el contexto de una relación laboral. Incluso podrían anularte o reducirte la prestación de jubilación por ello, por deslealtad grave a tu empresa. ¿Dónde está tu inteligencia? ¿Ese Messerschmidt agita diez mil euros delante de tus narices y tú apagas tu cerebro y piensas que necesitas empezar una segunda carrera como maestro ladrón?»

Me puse de mal humor, molesto por la obtusa actitud de mi amigo.

— «Quería vengarme de ese tipo que hizo de mi trabajo un infierno durante años, con acoso e insolencia. Y todo habría salido de maravilla, si no hubiera muerto esa misma noche.»

— «Así que tu sentido de la injusticia no está muy desarrollado. El robo no es un delito menor, ni existe el derecho a la venganza; tienes algo elaborado en tu cerebro que no se ajusta a la realidad. Aunque todo hubiera salido según tu plan, tu director se habría enterado por mí de lo que te dije antes, es decir, de que su ordenador había sido manipulado. Habría sospechado inmediatamente de ti. Si se te habría podido condenar, no lo sé, pero en cualquier caso te habrías metido en un buen lío. Me sentiría más cómodo si al menos lo reconocieras.»

Ahora Alex parecía más tranquilo.

— «Estás hablando como un fiscal», comentó.

— «Un fiscal te dirá cosas muy diferentes, pero yo no puedo aceptar que mi mejor amigo tenga tan poca visión del bien y del mal.»

— «Yo... Admito que todo esto fue una idea estúpida. La pregunta es: ¿qué puedo hacer ahora?»

Le miré con una expresión todavía agitada; mi sermón no había dejado de surtir efecto, obviamente.

— «Veo dos opciones para ti, y ninguna es agradable. Ve a la policía y cuenta lo que me acabas de decir. Entonces tal vez te creerán y te acusarán de robo y traición de secretos oficiales, lo que podría suponer dos años de cárcel, y quizá te libres por no tener antecedentes. O no te creerán, en cuyo caso probablemente te meterán en prisión preventiva por sospecha de asesinato, y lo que pase después es difícil de predecir.»

— «¿Y qué me aconsejas que haga?»

— «Buena pregunta», contesté. «Si yo fuera tú, por supuesto no querría ir a la cárcel. Tampoco creo que los años de prisión contribuyan positivamente al desarrollo del carácter. Si fueras un extraño, diría "¡A la cárcel con él!", pero como tu amigo, no puedo pensar eso. La vida en la cárcel podría destrozarte.»

— «¿Entonces puedo asumir que vas a ayudarme a escapar?»

— «Qué otra opción tengo… Después de todo, no podría dormir tranquilo si supiera que estás en prisión.»

Se produjo una pausa en nuestra conversación. A estas alturas ya habíamos rodeado el lago y estábamos en la orilla opuesta, justo antes del merendero Castillo del Oso. Había muchos caminantes por ahí. La zona boscosa de los Lagos del Oso era un destino muy popular.

Se podía oír la banda de música en la distancia. Dije a Alex que le invitaba a una cerveza y caminamos lentamente los últimos quinientos metros hasta el jardín, donde la mayoría de las mesas ya estaban ocupadas por gente que aprovechaba el caluroso día de verano para salir. Esperamos en la cola del autoservicio durante unos minutos y conseguimos una cerveza y salchichas blancas con pretzels. Tuvimos suerte porque se liberó una mesa, que tomamos de inmediato.

El sol de agosto brillaba en un cielo azul sin nubes, los niños corrían de un lado a otro por el césped y los perros retozaban alrededor de sus dueños. La banda de música empezó a tocar de nuevo y la melodía sonó a través de los amplios prados, y Alex y yo brindamos por el futuro con nuestras jarras de cerveza al son de la marcha Viejos compañeros.

Sin embargo, ese futuro no parecía brillante para mi amigo, y ambos lo sabíamos. De todos modos, iba a intentar ayudarle a escapar en la medida de lo posible, porque estaba convencido de que no era un asesino. Además, esperaba que el culpable fuera atrapado pronto, y entonces Alex podría volver y el problema estaría resuelto.

— «Antes has hablado de una nueva identidad o de documentos nuevos. Puede que sepa algo que te interese. Seguramente te sorprenderá», dije después de una pausa mientras terminábamos la merienda.

— «A ver qué me cuentas», dijo Alex, limpiándose la espuma de la cerveza de la boca y mirándome expectante.

— «Es una larga historia, pero te la resumiré. Una vez trabajé para un chatarrero como conductor durante dos semanas, cuando era estudiante. Era un tipo con un pasado turbio como traficante de armas, y tenía conexiones en círculos oscuros del casco antiguo de Stuttgart. Llegué a él a través de la bolsa de trabajo de la oficina de empleo. Luego nos encontramos varias veces en Stuttgart durante años y a menudo intercambié algunas palabras con él. Una vez me dijo que su hijo, que tenía más o menos mi edad, se había dedicado al negocio de la chatarra. La última vez que vi al viejo fue hace más de treinta años, en el centro de Stuttgart, y ya nunca más he sabido de él. Pero el destino quiso que hace dos años recibiera una llamada de un hombre que necesitaba desesperadamente ayuda con su red informática. La dirección estaba en el casco antiguo de Stuttgart, detrás de la iglesia Leonardo, un barrio un poco cutre, pero el hombre se había montado un apartamento muy elegante con una oficina en el último piso de la casa. Su línea de negocio era la chatarra, y mientras yo jugaba con su ordenador, me habló de cómo su padre había creado la empresa. Sin embargo, había muerto hacía unos años. Se me ocurrió que su padre podía ser el hombre para el que yo había trabajado de joven como conductor, y resultó ser así. Entonces nos pusimos a hablar, y me contó bastante sobre su padre y su carrera como chatarrero. Pronto tuve el problema de la red resuelto y el hombre estaba contento.

Charlamos de unas cosas y otras, y se le escapó que podía ayudarme si yo necesitaba nuevos papeles. Siempre podría conseguir algo. En ese momento no me interesaba, pero dije en broma que era bueno tener recursos por si acaso, y que acudiría a él si me hacía falta.»

— «Vaya historia…», se maravilló Alex.

— «Si quieres, puedo llamarle. Probablemente siga viviendo allí. Supongo que no será barato. Creo que dijo algo así como mil euros por un nuevo pasaporte, con DNI y carnet de conducir, en aquel entonces.»

— «Eso sería genial, Winfried. Así podría dormir tranquilo y salir pronto. Mañana a primera hora iré a hacerme las fotos; me afeitaré la barba, un pequeño cambio no estará mal.»

— «Bueno, hoy es domingo y los interrogatorios comienzan mañana por la mañana; el tiempo se acaba. ¿Qué harás mañana?»

— «Podría ir a mi médico de cabecera a primera hora y pedirle un justificante de enfermedad. Eso me daría dos o tres días. Pero entonces supongo que tendré que desaparecer.»

— «Parece que te vas a tomar unas largas vacaciones.»

— «¿Crees que podrás conseguir los papeles en tres días?»

— «No lo sé, ya veremos. Si no, tendré que enviártelos por correo de alguna manera. Haz una lista de todo lo que tenemos que hacer. Primero la autocaravana; vamos a necesitar una factura de venta y la documentación. Y luego las finanzas. ¿Algo más? Quiero que lo pienses bien. ¿Cómo vas a viajar? ¿En avión o en tren?»

— «En tren, que no hay lista de pasajeros.»

— «Si quieres, puedes coger el coche de mi hijo. Él no volverá hasta dentro de seis meses. Está en los Estados Unidos y su VW Golf no se utiliza para nada.»

Alex se puso muy contento con mi oferta y nos dispusimos a regresar a la ciudad. En mi casa arreglamos algunas últimas cosas. Le di la tarjeta de crédito y las llaves del coche de mi hijo. Alex quería estar preparado por si acaso y partiría mañana mismo si las circunstancias lo requerían.

Después de esa tarde Alex ya no volvió a su apartamento, sino que se quedó en mi habitación de invitados. Me entregó las llaves de su antiguo apartamento y también las de su casa en Dörflingen, y le prometí que me encargaría de todo.

13 Balance provisional

El lunes por la mañana hubo mucho tráfico de gente en la sede de la policía. Los profesores del Colegio Schiller acudieron en masa. El inspector había calculado diez minutos para cada conversación, lo que significaba que podía escuchar a seis profesores por hora, al igual que su colega Müller. Dado que el personal docente estaba formado por unas ochenta personas, se necesitaba al menos un día entero para interrogar a todos los profesores. Los policías trabajaron sin descanso y con determinación.

Las primeras entrevistas comenzaron a las nueve, y a las dos de la tarde ya habían interrogado a casi sesenta profesores. Había algunos justificantes de enfermedad, y unos cuantos profesores no habían aparecido a pesar de haber sido citados. El inspector quería tratar con ellos personalmente al día siguiente. Alexander Strasser era uno de los que no habían venido. Sauer tenía especiales expectativas con el interrogatorio de Strasser y se sintió algo desconcertado cuando este hombre, contra el que secretamente albergaba fuertes sospechas, simplemente había hecho llegar un comprobante de que estaba enfermo.

A las tres de la tarde, el inspector se sentó con su colega Rainer Müller e intercambiaron conclusiones provisionales.

— «Bueno, ¿qué has averiguado, Rainer?», comenzó la conversación el inspector.

— «No mucho», dijo su colega, «pero algunos me han dicho que había cierto descontento entre los profesores por el estilo de gestión del director. Supuestamente, algunos han dejado la escuela en los últimos años porque no estaban de acuerdo con la dirección del Sr. Lochberger. Pero también hay otros que ponen a su jefe por las nubes.»

— «Sí, yo he oído lo mismo. También he observado que la mayoría evitan hacer declaraciones propias. Muchos dicen: "He oído que..."»

— «Exactamente, o también "Hay rumores que dicen que..." Así que todo es muy vago.»

— «Por cierto, me gustaría disponer de una lista con los nombres de los que han dejado la escuela y se han mudado en los últimos años. Haremos que los investiguen.»

— «Bien, yo también lo había pensado.»

— «¿Y qué tal con los conflictos o la hostilidad hacia el director?»

— «A mí algunos me han dicho que ese nuevo concepto en la escuela, llamado Schiller FIX, fue rechazado por gran parte del personal, pero el director lo habría impulsado amparándose en su posición.»

— «Sí, he oído algo parecido. Parece que el claustro no se preocupó lo suficientemente pronto. En una primera votación sobre el proyecto muchos profesores se abstuvieron, permitiendo que una minoría que apoyaba al director se impusiera. Así que este nuevo concepto se introdujo sin tener realmente una mayoría detrás.»

— «Eso se llama democracia. Si la mayoría se abstiene, esa gente luego no debería quejarse cuando una minoría lleva la voz cantante. ¿Tú has entendido de qué se trata ese programa FIX de Schiller? Yo no me he enterado.»

— «Me lo explicaron dos profesores que, de forma independiente, dijeron más o menos lo mismo. FIX es el acrónimo de Fantástico, Innovador y eXcelente. Se trata de un concepto de reforma con el que el director quiso distinguirse como un gran innovador pedagógico, en cierto modo como el Einstein de la pedagogía de los colegios. La idea principal es destinar una parte de las horas lectivas a los llamados cursos libres, es decir, a la enseñanza de temas que no se imparten normalmente en clase. Pueden ser cursos lúdicos, creativos, como pintura o cerámica, o actividades deportivas, o clases particulares de diversas materias.»

— «Bien, en principio eso suena positivo. ¿Dónde está el problema?»

— «Las horas para estos cursos gratuitos tienen que salir de algún sitio, porque no se puede imponer a los alumnos más horas lectivas. Y esas horas se sacan de las asignaturas troncales, como inglés, lengua o matemáticas. Así, en lugar de cuatro lecciones semanales, solo hay tres.»

— «¡Ah, así que es eso! ¡Ese es el secreto del gran FIX! Pero un momento… Mi hijo está ahora en séptimo grado y es su tercer año de inglés. Si ahora solo tuviera tres horas de inglés a la semana en lugar de cuatro, estaría muy mal, porque tiene muchas dificultades con la gramática y, además, no es el más rápido.»

— «Sí, ese argumento se ha esgrimido muchas veces. Parece que hay algo de verdad en ello, como acabas de decir. Los niños que no son muy capaces, probablemente se quedarán atrás si solo hay tres horas para las asignaturas básicas en lugar de las cuatro actuales.»

— «¿Y qué dicen sobre esto los que apoyan el glorioso nuevo modelo?»

— «Dicen que todos los estudiantes que tengan un poco de dificultad recibirán clases particulares, por las tardes, como parte de los llamados cursos gratuitos.»

— «Pues no sé, me parece extraño. En primer lugar, se quita una hora a los niños en cada asignatura básica, robándoles la oportunidad de practicar y repasar adecuadamente, y luego se repara el daño poniendo a las pobres víctimas en clases de recuperación. No me parece muy convincente.»

— «Bueno, tú no eres pedagogo, no tienes ni idea de metodología ni de didáctica. Y por cierto, este modelo no es completamente nuevo; al parecer, ya se puso en práctica con éxito en una escuela de pueblo en Hinterwaldendorf, una pequeña ciudad de la montaña bávara. Los expertos hablan del llamado "modelo Hinterwaldendorf". El director fue allí dos veces con su séquito para convencerse in situ de la grandeza del concepto. Luego, como pionero, quiso trasladarlo a un instituto grande por primera vez.»

— «Sigo opinando que mi hijo no debería recibir clases según un programa tan extraño y luego perder una cuarta parte del tiempo normalmente necesario para captar y aprender una determinada asignatura por culpa de los recortes de horas.»

— «Puede que tengas razón. Eso mismo se lo han planteado algunos padres y también algunos profesores del Colegio Schiller. Ha habido muchos enfados, sobre todo porque los horarios se han complicado muchísimo debido a esos cursos gratuitos. Algunos profesores se quejaron de que tenían que enseñar a muchos más alumnos debido a los cursos. Les pareció una carga adicional, por no hablar de la desarmonización de los horarios. He escuchado esta crítica una y otra vez. Eso, en sí mismo, ya era un motivo de peso para oponerse al director y a su equipo directivo.»

— «Puedo corroborar tus afirmaciones, porque así es más o menos como se expresaron los profesores conmigo. Sin embargo, no he escuchado que nadie tuviera intenciones asesinas por estos motivos. Y en cuanto a la animosidad personal, todos mantuvieron un perfil muy bajo. Sí he oído el nombre de Alexander Strasser un par de veces, pues se ve que una vez escribió una carta desagradable al director, y además tampoco se guardó su opinión crítica sobre la administración de la escuela.»

— «Yo tenía al tal Strasser en la lista, pero no se ha presentado. Llamó para decir que está enfermo. Ese hombre causa una impresión muy sospechosa. Estuvo en la escuela hasta más o menos las nueve de la noche del asesinato, supuestamente haciendo fotocopias. Después de un descanso para ir al baño, el director se dio cuenta de que había un virus en su ordenador. De inmediato informó por correo electrónico a su subdirector de que sospechaba de Strasser y otros dos profesores que también estaban en el edificio. Eso es todo lo que sabemos por ahora. Todavía no está claro si Strasser y sus amigos introdujeron realmente el virus en el ordenador del director. Sin embargo, sería difícil entender por qué Strasser iba primero a meter un virus en el ordenador y luego matar de inmediato al director.»

Su colega Müller se rio a carcajadas y el inspector le miró con desaprobación.

— «Müller, por favor, sé un poco más serio.»

— «Lo siento jefe, pero a veces tiene una vena muy divertida.»

— «Es que es difícil de imaginar. Strasser se jubila ahora, y tendría que estar loco para matar a su jefe en un momento así.»

— «Sí, estoy de acuerdo en eso. Pero después de mis treinta conversaciones con educadores de hoy, no me sorprendería que uno o dos de ellos no estuvieran del todo cuerdos. No hay más que ver la reforma que el director introdujo a bombo y platillo, en contra de todas las objeciones de que la calidad de la enseñanza podría resentirse.»

— «Bueno, los cambios en la calidad no podrían detectarse hasta dentro de diez años, si es que lo hacen. Y para entonces el creador de la reforma ya habría disfrutado de su jubilación. Pero ese es otro tema. Volvamos a Strasser. El hecho de que escribiera una carta agresiva a su jefe no me parece una prueba de que tuviera intención de asesinarle. En general, no veo el motivo.»

— «¿Y qué hay de los otros dos compañeros que estaban con él en la escuela tan tarde?»

— «Hemos escuchado a los dos. Salieron juntos de la escuela poco después de las nueve y fueron a cenar a un restaurante. Han nombrado testigos. No creo que sean sospechosos.»

— «Así que de nuevo Strasser. La antipatía y las molestias no son motivos para asesinar, ¿verdad? Y nadie ha dicho que Strasser sea un trastornado.»

— «Bueno, eso no siempre se reconoce a simple vista. Necesitaremos un informe psicológico si llega el caso. Además, también hay asesinatos en caliente. Quizá el director se cruzó con Strasser y se enfrentó a él por el ataque del virus, discutieron, subieron de tono y Strasser le golpeó.»

— «Uno puede especular sobre todo tipo de cosas. Pero realmente no puedo imaginar que ese profesor sea el asesino, no tiene sentido. Aunque, por otro lado, ¿por qué no ha venido a ser interrogado como los demás? Y el hecho de que estuviera en la escuela tanto rato, justo hasta antes del asesinato, también es extraño. De todos modos, eso lo hace muy sospechoso.»

— «Tenemos que interrogar a Strasser lo antes posible. Escríbele un correo electrónico, ahora no tenemos tiempo para enviarle una citación formal. Y ponle un plazo, porque el asunto es urgente. Dile que tiene que estar aquí mañana por la mañana, como muy tarde a las diez, y que si no viene pediremos una orden de arresto y un registro domiciliario. Hay que intimidarlo un poco.»

— «¿Y si tiene un abogado y alega que está enfermo y no puede ser interrogado?»

— «Entonces pensaremos en otra cosa. Pero no creo que eso sea probable. Si ya tuviera un abogado, aún sería más sospechoso.»

— «De acuerdo, le escribiré y le diré que le esperamos aquí mañana a las diez. Otra cosa: ¿hablaste con la esposa del director?»

— «Graf y Steiger fueron a verla y tuvieron una conversación con ella el viernes a mediodía. Parecía bastante tranquila. Obviamente, no estaba muy afectada por la muerte de su marido. Casi daba la impresión de que no le importaba en absoluto.»

— «¿Podría haber tenido algún interés en la muerte de su marido?»

— «Es difícil de decir. Todavía sabemos muy poco sobre sus relaciones matrimoniales. Además, hay que tener en cuenta que ella es la propietaria de la empresa para la que el director creó su software.»

— «¿Estás diciendo que Lochberger, además de su trabajo de director, tenía tiempo para diseñar programas de ordenador?»

— «Parece que sí. Al menos Degen me dijo que su jefe diseñó la mayoría de los programas de administración de la escuela. Como por ser funcionario no debe tener ningún otro trabajo remunerado, la empresa está a nombre de su esposa.»

— «Tendremos que investigarlo. Si la mujer es la dueña de la empresa, la muerte de su marido no cambia nada para ella. Pero tal vez haya un seguro de vida, deberíamos averiguarlo. En principio, un cónyuge siempre es sospechoso en caso de muerte del otro.»

— «Hay algo más que tenemos que comprobar. Es probable que Lochberger tuviera competidores en el mercado de esos programas. Todavía no tenemos información al respecto. Un rival en un mercado tan competitivo podría ser un enemigo y hasta un asesino.»

— «Bueno, creo que de momento ya tenemos suficiente para seguir adelante. ¿Por qué no pones a nuestro nuevo personal a trabajar en todas estas preguntas sin respuesta? Me gustaría tenerlo todo más claro antes de enfrentarme a Strasser.»

— «Muy bien, jefe, atraparemos al culpable. Hasta ahora hemos detenido a todos los que han cometido un asesinato aquí en Lundenburg.»

14 Pánico

Alexander se sentó en el sofá del salón de Winfried. En su tableta, leía las noticias de actualidad y tomaba notas para el próximo viaje. Tras ser echado por Ulla, había pasado la noche en casa de su amigo. No quería volver a su antiguo apartamento, porque la policía podría aparecer por allí en cualquier momento. Además, el apartamento ya estaba desalojado y habría tenido que conformarse con una incómoda estancia nocturna en un colchón de aire. Y para viajar a su nuevo domicilio en Dörflingen ahora no tenía tiempo, porque estaba a ciento ochenta kilómetros de Lundenburg.

Esa mañana había ido a su médico de cabecera y había fingido tener un trastorno intestinal y fiebre para conseguir el deseado justificante de enfermedad. A continuación, lo envió por correo electrónico a la escuela y a la jefatura de policía.

Después, se había afeitado la barba y se había puesto unas viejas gafas de concha. Con ese aspecto tan cambiado había ido a un fotomatón y se había hecho las fotos de carnet necesarias para conseguir sus nuevos documentos de identidad.

Con una nueva identidad en el bolsillo, se habría ido anoche mismo. Estaba en vilo y tenía claro que muy pronto la policía le buscaría.

En ese momento llegó un nuevo mensaje a su tableta. Abrió el programa de correo y precisamente era un mensaje de la policía de Lundenburg:

Estimado Sr. Strasser:
Hemos recibido su justificante de enfermedad. No obstante, debemos pedirle que se presente en la jefatura de policía mañana a las 10:00 para ser interrogado. Se trata de un interrogatorio urgente como testigo en un caso de asesinato. Solo podemos prescindir de la citación si presenta un certificado médico en el que conste que no puede asistir a un interrogatorio de diez minutos debido a una enfermedad aguda grave. En este caso, sería posible una audiencia de cabecera.
Si hace caso omiso de esta petición y no se presenta a la cita en la sala 212 con el inspector Sauer, como precaución solicitaríamos su inmediata presentación obligatoria en el juzgado. Además, se le podría imponer una sanción económica considerable.»

«Mierda —pensó Alexander—, no puedo quedarme sentado más tiempo. Tengo que salir esta noche y llegar a Francia antes de medianoche, y ponerme fuera del alcance de la policía. Winfried tendrá que enviarme los papeles. Dijo que tardaría tres o cuatro días en conseguirlos. No puedo esperar tanto tiempo.»

Hoy Winfried llegaría tarde a casa, pero ya habían hablado de todo lo esencial. Le había ofrecido el coche de su hijo, y le estaba muy agradecido, porque de lo contrario habría tenido que coger el tren y llevar un equipaje muy limitado. Había entregado las llaves de su casa en Dörflingen a Winfried, junto con un poder para utilizar la casa o, en caso de una ausencia larga, alquilarla. La mudanza estaba hecha y no quedaba nada importante en el antiguo apartamento de Lundenburg, salvo una caja con sus diarios. Habían acordado que Winfried los recogiera y los guardara. Esos diarios eran sus anotaciones privadas desde la edad de ocho años, y bajo ninguna circunstancia quería que cayeran en manos de la policía si hacían un registro domiciliario. Durante un tiempo había pensado en destruirlos, pero luego se resistió. Al fin y al cabo, había muchas horas de su vida en ellos. A veces había sacado uno u otro libro sobre cualquier etapa de su vida y se había maravillado de lo que esta le había exigido y de lo que había experimentado en forma de altibajos.

Winfried, su mejor amigo, debía guardar sus notas y leerlas. Estaban a salvo con él. Podía enviar los diarios a su hija Margret, que llevaba diez años viviendo en Australia, en caso de que ocurriera lo peor. Su contacto con Margret se limitaba, por desgracia, a correos electrónicos ocasionales en Navidad o por los cumpleaños. Su ex-mujer había intentado con éxito alejarle de su hija durante y después del divorcio. El contacto, que había sido tan estrecho en su infancia, se había roto.

Los diarios eran, en cierto modo, la quintaesencia de toda su vida. Cuando hacía balance de su propia vida, a veces le parecía que no había sido más que un fracaso permanente en todos los aspectos. ¡Qué sueños tenía a los veinte o veinticinco años! Los había anotado en su diario en sus años de juventud como expectativas de futuro. Quería ser escritor, periodista, artista independiente, músico… En ese momento aún no podía decidirse por un camino concreto. En cualquier caso, quería hacer algo extraordinario con su vida, ser famoso, influyente y rico. Esos eran los sueños de sus veinte años.

Sin embargo, la realidad de su vida posterior fue muy diferente. Se hizo maestro de educación secundaria, se casó demasiado pronto y encima con una mujer que en muchos aspectos no le convenía, y de repente se convirtió en padre de familia y tuvo que responsabilizarse de una hija. Después de que en las oposiciones no consiguiera una plaza de profesor, tuvo que buscar otros ingresos económicos y trabajó, entre otras cosas, como agente de seguros. De repente, había llegado a una dura realidad que estaba muy lejos de sus sueños y que no tenía nada que ver con la creatividad artística, la bohemia ni el idilio del escritor.

Divorcio, relaciones de pareja inestables y una lucha permanente por la existencia dando clases de informática, eso fue su glorioso día a día durante años. Y a esto hay que añadir un costoso fracaso empresarial. «He metido la pata en todo —se dijo a sí mismo— y ahora, cuando voy a jubilarme, soy tan idiota como para involucrarme en asuntos ilegales. Con un pie ya en la cárcel y, si no tengo cuidado, pronto con los dos pies y posiblemente de por vida. Oh, Alex, pedazo de idiota, ¿en qué lío te has metido?»

Había dicho la última frase en voz alta.

¿El balance de su vida? Se rio sarcásticamente para sí mismo. Un triste balance. «No pensemos en ello», se dijo, y se levantó para recoger sus cosas.

Llevó la maleta y el resto del equipaje al coche. Era un Golf ya viejo, pero el motor funcionaba bien. En el maletero había una tienda de campaña y un colchón de aire, así que sin duda podría quedarse en algún camping o ir de libre acampada. Ahora era temporada alta en toda Europa, y en julio y agosto sería difícil pernoctar en muchos lugares. Winfried había pensado en todo y le había proporcionado el equipo de acampada necesario. Era realmente un buen amigo.

A las siete de la tarde ya estaba listo para irse, escribió una breve nota de despedida a Winfried y dejó las nuevas fotos de carnet al lado. También escribió unas líneas de despedida para Monika, que metió en un sobre con su dirección y le puso un sello. Luego subió al coche. Sacó lentamente el Golf a la calzada, echó un último vistazo a la casa de Winfried y cogió la autopista en dirección a Francia, tras haber echado la carta para Monika en un buzón.

15 Los diarios

Cuando llegué a casa, alrededor de las siete de la tarde, me di cuenta de inmediato de que el Golf no estaba allí. ¿Alex ya se había ido? La nota sobre la mesa de la cocina lo aclaró:

Hola Winfried, tuve que salir urgentemente. Todo lo demás, en el casete.

En la cinta, Alex me explicaba por qué no podía esperar y se iba antes de lo previsto. Me había reenviado la citación policial por correo electrónico para mi información. Volvió a pedirme específicamente que fuera a su apartamento y recogiera la caja con los diarios. En ningún caso debería esperar demasiado tiempo, ya que de lo contrario el siguiente inquilino podría cogerlos, o la policía, en caso de que registraran el apartamento. Debía enviarle los nuevos documentos de identidad por correo certificado a una dirección de la que todavía no quería informarme. Por el momento, no sabía a dónde le llevaría el viaje. En casos urgentes me enviaría un correo electrónico, con un archivo adjunto encriptado. Habíamos acordado una contraseña para que, si era necesario, pudiéramos intercambiar mensajes sin que nadie tuviera posibilidad de leerlos.

Así que ahora ya era una realidad, se había dado a la fuga. Enseguida me corregí y cambié la palabra «fuga» por «vacaciones». Ahora tenía vacaciones indefinidas. Esperaba que se resolviera rápido el caso y pudiera volver pronto. Su encargo de sacar los diarios del apartamento era comprensible. Decidí hacerlo esa misma noche. Todavía era muy temprano y quería esperar a que oscureciera para no ser visto cuando entrara en su apartamento.

Ya eran las ocho. Encendí el televisor y estaban empezando las noticias del día. Protestas masivas en Hong Kong, manifestaciones en Bolivia, enfrentamientos entre manifestantes y la policía en Venezuela, condiciones similares a una guerra civil en Irán, atentados en Irak y saqueos en Francia por parte de manifestantes. Ese era el contenido del noticiero.

Podía dar la impresión de que el mundo se venía abajo, y no solo desde hoy. El gran problema, además de todos estos enfrentamientos violentos, era la cuestión del clima. Todo giraba en torno al clima. Por supuesto que el problema es serio y no soy un negacionista del calentamiento global, como algunos políticos de ciertos países. Soy muy consciente de la amenaza para nuestro planeta. Pero mientras la cuestión se minimizó durante décadas, parece que ahora la gente quiere ponerlo todo patas arriba de la noche a la mañana, sobre todo en Europa.

Los mayores contaminantes de la comunidad mundial, China, los Estados Unidos, Rusia e India, siguen quemando cantidades cada vez mayores de carbón como si no hubiera ningún problema climático, mientras que en Europa nos imponemos todo tipo de restricciones en nombre de la protección del clima. Es el sistema medioambiental europeo el que debe hacer del mundo un lugar mejor, aunque los mayores contaminantes estén fuera de Europa. No me convence esta perspectiva desequilibrada.

Deberíamos renunciar a volar, a los coches convencionales, al consumo de carne y a los hogares bien calentados. La compra de coches eléctricos nuevos es supuestamente el único camino hacia la felicidad ecológica, lo que es discutido de manera convincente por muchos científicos, y nuestros modernos coches de gasolina deberían acabar en el desguace lo antes posible.

Con estos consejos, algunos optimistas creen que pueden salvar el clima del mundo. ¿Pero qué pasa con las gigantescas operaciones de tala y quema en el Amazonas, Rusia y África? Nadie parece ser capaz de detener esta enorme destrucción medioambiental. Solo los incendios forestales de Siberia contaminan el clima con la misma cantidad de dióxido de carbono que todas las emisiones de Alemania en un año, según ha calculado un grupo de investigadores.

Los europeos deberíamos dar ejemplo, eso me parece lógico, pero por favor, con sentido de la proporción. En la actualidad, Europa está estrangulando sus industrias relativamente limpias y el resto del mundo sigue contaminando el planeta sin cesar. ¿Y quién paga la factura de estas ambiciones europeas de salvar el mundo? Por supuesto, como siempre, la llamada clase media, la gente como yo, en forma de precios más altos para todo, la vivienda, la calefacción, la electricidad y la gasolina. Reconozco que estoy desencantado de la política, como muchos de mis contemporáneos. Por eso no corro detrás de los flautistas de Hamelín políticos; al contrario, me repelen con sus gritos oportunistas.

El mapa meteorológico de la pantalla interrumpió mis pensamientos. Hice zapping durante un rato y luego apagué el televisor.

Al anochecer iba a ir al apartamento de Alexander. Todavía faltaba más de una hora para ello. El tiempo era seco y templado; un poco de ejercicio al aire libre me iría bien. Después de un largo paseo por mi barrio ya había oscurecido y ahora marchaba a paso ligero hacia la parte oriental de la ciudad. La campana de una iglesia dio las diez en punto. Todavía estaba a unos cinco minutos de mi destino.

La Fischerstrasse estaba desierta a esa hora, con solo unos pocos peatones solitarios. Aquí una señora mayor con un perro, y un poco más allá un grupo de cuatro jóvenes de aspecto árabe, todos vestidos con chaquetas con capucha, que llevaban puesta sobre la cabeza. Me causaron una impresión siniestra al pasar junto a mí, silenciosos y amenazantes.

La zona residencial no había mejorado en los últimos años, y uno se encontraba con todo tipo de personajes que no inspiraban mucha confianza. Más adelante había un refugio para indigentes, que a última hora de la tarde iban al supermercado Aldi para abastecerse de alcohol para la noche y volvían con bolsas de plástico llenas de botellas que traqueteaban.

Alex se había mudado aquí hacía unos veinte años. Por aquel entonces, esta era una zona residencial en la que dominaba la clase media. Con el tiempo se habían ido vendiendo muchos apartamentos, y los edificios antiguos, en particular, se llenaban cada vez más de compradores de orígenes más humildes. Las lenguas maliciosas ya hablaban de un nuevo distrito de proletarios. Alex se había quejado a menudo de esto. Hacía dos años se instaló en su casa una mujer joven, que vivía sola, pero que constantemente traía consigo a unos tipos de mal aspecto. Se divertían a todo volumen la noche entera y desesperaban a los vecinos con sus ruidos.

«Todo el barrio se está empobreciendo poco a poco —me dijo una vez Alex—, cada vez hay más gentuza.» En su momento le contradije y le critiqué por su lenguaje arrogante y clasista. Sin embargo, después de haber paseado por la zona varias veces, desarrollé una cierta comprensión de sus puntos de vista.

El edificio de apartamentos donde había vivido durante muchos años ya estaba a la vista. Las luces estaban encendidas en la planta baja, y también en el primer piso. Había seis viviendas en la casa; en el segundo piso, a la derecha, estaba el apartamento de Alexander, y todo estaba oscuro en esa zona. La puerta del jardín chirrió al abrirla, lo que me molestó porque no quería llamar la atención y que me viera alguien.

Con cuidado, fui hasta la puerta principal, introduje la llave y la abrí. La placa de Alex ya había sido sustituida por una improvisada con el nombre de Kimmich. Lentamente y con cautela subí las escaleras hasta el segundo piso y luego me paré frente a la puerta de su apartamento. Del la puerta del otro lado del pasillo provenía música y se podían oír fragmentos de conversación de un hombre y una mujer.

No se oía nada en el apartamento de Alexander. Abrí la puerta sigilosamente y entré. La lámpara del pasillo había sido desmontada, dejando solo una bombilla desnuda colgando en su casquillo. Enseguida se notaba que aquí ya no vivía nadie. Caminé con cuidado por las habitaciones, haciendo esfuerzos por pisar con suavidad. El Sr. Fleischer, que vivía debajo de Alex, tenía un oído sensible. Lo último que quería era ser sorprendido por él en ese momento.

En medio del salón vacío había una caja de cartón atada. Pulsé el interruptor de la luz, pero siguió a oscuras. Con la caja salí al pasillo bajo la bombilla para leer la nota escrita en ella:

Estimado Sr. Kimmich: este paquete es para mi amigo Winfried Alonso. Contiene material didáctico y libros. Si encuentra el paquete aquí, no lo tire. Por favor, llámele para que pueda venir a recogerlo. Su número es 0178-9252017. Gracias. Alexander Strasser.

Por tanto, ese era el paquete del que me habló Alex. Con esto, mi misión estaba cumplida y decidí irme ya del apartamento. Con cuidado, abrí la puerta y entonces oí que alguien entraba por la puerta principal justo en ese momento. Dos personas hablaban en voz alta. Se oían pasos subiendo las escaleras. Solo llegaron hasta el primer piso, se abrió la puerta de un apartamento y luego se cerró con un fuerte golpe. Debía ser la familia afgana de la que Alex se había quejado a menudo porque siempre daban portazos.

Cuando todo volvió a estar tranquilo, saqué la caja y cerré la puerta del apartamento. En silencio y con mucho cuidado, salí de la casa.

La caja era pesada y mi apartamento estaba a más de dos kilómetros. Caminar por la ciudad de noche con un paquete así era llamativo y también tedioso. Por ello, bajé por la Fischerstrasse hasta la calle principal y llamé un taxi por teléfono. Al cabo de cinco minutos, un Mercedes se detuvo a un lado de la calle y me sentí aliviado cuando poco después llegué a casa y supe que la caja estaba a salvo conmigo.

16 Registro domiciliario

Este martes iba a ser caluroso. Intensamente, incluso ahora a las diez, el sol brillaba en un cielo azul de pleno verano sobre los dos policías uniformados frente a la casa número 18 de la Fischerstrasse. Uno de ellos llevaba una caja de herramientas en la mano. El agente Rohloff buscó en vano el nombre Strasser. Junto a uno de los timbres había una placa de cartón improvisada con el nombre Kimmich. El inspector Sauer había solicitado y obtenido una orden de registro con el argumento de que Strasser era sospechoso de haber participado en un asesinato.

Como era de esperar, nadie respondió a la puerta de la casa de Kimmich, y los agentes llamaron entonces a los timbres de todos los vecinos. Finalmente, la puerta se abrió y los hombres entraron en la casa y subieron las escaleras. En el primer piso, el Sr. Fleischer se asomó a la puerta de su apartamento y gritó teatralmente con una mueca de payaso:

— «¡Socorro! ¡La policía! ¿Qué quieren tan de madrugada? ¡Madre mía! ¿Son policías de verdad? ¿Tienen placa?»

Los agentes se detuvieron, sacaron sus placas y se las mostraron.

— «Solo estaba bromeando», dijo Fleischer. «Una broma de vez en cuando siempre viene bien, ¿no? Además, es obvio que son policías.»

El agente Rohloff sonrió:

— «Hace bien en pedirnos nuestra identificación. Últimamente hay muchos casos de falsos policías.»

— «Precisamente anoche dijeron algo de eso por televisión. ¿A dónde van? ¿Vienen a arrestar a mi esposa? Se lo merece, porque ayer me estuvo dando la lata todo el día.»

El agente Rohloff y su colega Widmann sonrieron.

— «No, no queremos llevarnos a su mujer. En realidad queremos ver al señor Strasser. Vive aquí en esta casa, ¿no?»

— «Bueno, vivía aquí hasta hace poco, pero creo que ya ha volado del gallinero», respondió Fleischer. «La semana pasada hubo un gran follón por aquí, con movimiento de muebles y mucho ruido. Había tres tipos corpulentos cargando todas las cosas de la casa. Por lo que sé, el apartamento ya está vacío.»

— «¿Hay un nuevo inquilino?»

— «Sí, un tal señor Kimmich vino la semana pasada, y creo que se mudará pronto. Ya ha puesto su nombre junto al timbre.»

— «¿Por casualidad tiene una llave del apartamento?», preguntó el agente Rohloff.

Fleischer dudó y miró con desconfianza a los policías.

— «De hecho, sí, tengo una. El Sr. Strasser me dio una llave por si pasaba algo, si se rompía una tubería o algo así.»

— «Eso es estupendo», dijo el oficial. «Entonces no tendremos que forzar la puerta y nos ahorraremos el trabajo de repararla. ¿Nos dejaría entrar?»

— «No sé si puedo», dijo el Sr. Fleischer, pensativo. «No quiero meterme en problemas. Puede que me acusen de allanamiento de morada.»

— «Venga, hombre, somos policías, ha visto nuestras placas, y tenemos una orden de registro. Se la puedo enseñar, si quiere.» Sacó un documento de su bolsillo, que Fleischer miró brevemente.

— «Sin las gafas no veo nada. Es como si me enseñara la factura de una lavadora. ¿Pero qué ha hecho el pobre Strasser para que le busquen?»

— «No puedo decirle nada, pero habrá oído hablar del asesinato en su escuela…»

Fleischer se asombró:

— «¿Que están buscando a Strasser por asesinato? ¡Me deja alucinado! No me lo habría imaginado nunca.»

— «No, no se le busca por asesinato, se le va a interrogar como testigo. ¡Hay una gran diferencia! ¿Nos va a dejar entrar en el piso?»

— «Un momento, cogeré la llave, si mi mujer no me lo prohíbe», se rio Fleischer y desapareció dentro de su apartamento.

Los agentes se quedaron en el pasillo esperando y, poco después, el hombre regresó.

— «Mi mujer está dormida, por suerte». Sonrió.

Subieron un piso y Fleischer les abrió la puerta. Caminando rápido por las habitaciones, de inmediato quedó claro que el apartamento había sido vaciado; solo quedaban dos cajas de mudanza junto a la pared del pasillo.

— «Bueno, este lugar parece estar vacío», dijo el oficial, con la caja de herramientas en la mano, que ahora ya no necesitaba.

— «¿Y esas dos cajas?»

— «No sé, echa un vistazo a ver qué hay, puede que un cadáver…»

El agente Widmann se puso unos guantes de látex y registró las dos cajas. En la primera había ollas y sartenes, y en la segunda un batiburrillo de objetos diversos: material de oficina, varios diccionarios y una agenda de bolsillo. El inspector la sacó y la hojeó. Había pocas anotaciones.

— «Nos llevaremos esta caja. Nuestro equipo de forenses buscará rastros de ADN. Creo que ya tenemos suficiente, ¿no?»

Su compañero asintió con la cabeza y se volvió hacia Fleischer:

— «Si ve al Sr. Strasser, dígale que se ponga en contacto con nosotros urgentemente, que nos gustaría hablar con él. Sería la forma más fácil de aclarar las sospechas que tenemos.»

— «Descuide, si le veo se lo diré», respondió Fleischer. «Pero ya no sé si quiero volver a verle, si es tan peligroso. Bueno, si viene, mejor que hable con él mi mujer. Ella puede pegar fuerte si es necesario.» Volvió a sonreír.

— «Bueno, ya lo hemos visto todo», se despidió el agente. «Muchas gracias.»

Los hombres salieron del apartamento, Fleischer cerró la puerta y despidió jovialmente a sus visitas con fingida comicidad:

— «¡Tómenselo con calma, amigos, pero hagan algo! ¡Hay demasiados ladrones en Lundenburg! Justo la semana pasada hubo dos robos aquí en nuestra calle. ¡Más vale que vigilen para que no nos roben hasta los calzoncillos! Y si mi mujer me vuelve a cabrear, les llamaré para que la pongan bajo custodia, al menos un día, y que se le bajen los humos.»

Los policías se rieron y el agente Rohloff dijo:

— «Preferimos no meternos con su mujer, pero lo de los robos sí es un verdadero problema, tiene razón. Seguiremos en ello y lo haremos lo mejor posible. Poder contar con vecinos tan amables como usted ayuda mucho. ¡Cuídese!»

17 Discusiones entre los profesores

Los docentes del colegio estaban sentados en pequeños grupos en la sala de profesores, que la policía había abierto de nuevo, y hablaban de cosas triviales. El ambiente festivo flotaba en el aire, era el penúltimo día del curso escolar y las clases del tercer trimestre terminaban hoy.

Por la tarde todavía había proyectos que preparar. Sin embargo, el tema predominante en este momento era el interrogatorio policial que había tenido lugar ayer y esta mañana. Los compañeros se informaron mutuamente sobre lo que la policía les había preguntado.

En ese momento, Pobler entró en la sala de profesores. Los compañeros de una de las mesas estiraron el cuello para verle llegar. El profesor Bierwisch le llamó, sonriendo:

— «Hola, Peter. ¿Te han descubierto?»

El hombre resopló despectivamente y se dirigió a la mesa donde le esperaban sus amigos.

— «Esos polis son una panda de peleles atontados», dijo enfadado. «¡Vaya cosas quieren saber! Tuve que explicarles nuestro nuevo sistema Schiller FIX, fantástico, innovador, excelente, tres veces antes de que finalmente lo entendieran.»

— «Eso no dice mucho de tus habilidades didácticas», dijo sarcásticamente la señora Tetzer desde la mesa de al lado.

— «Oh, Anna, siempre estás refunfuñando. Por supuesto, tú siempre lo sabes todo mejor, ¡eres la profesora del año!»

Pobler había pronunciado las últimas palabras con exagerada ironía.

— «Supongo que mi querido colega está celoso», replicó ella con una sonrisa. «Los estudiantes habrán tenido sus razones para elegirme. Solo tienes que pulir un poco tu enseñanza, aún tienes tiempo, ¡no te jubilas hasta el año que viene!»

— «Este año tendrás mi jubilación anticipada, la solicitaré hoy mismo. Por cierto, los policías querían saber si había algún colega que yo pensara que podía haber asesinado a Lochberger. Les dije que sí, que efectivamente existe esa colega, y se llama Anna Tetzer.»

Desde la mesa de al lado, la señora Matten-Degen protestó con voz aguda en su típico tono chillón:

— «Sr. Pobler, no grite tanto en la sala de profesores, que aquí a nadie le interesan sus vulgaridades. Además, es de muy mal gusto que haga bromas sobre un asesinato que nos ha conmocionado a todos. Pero parece que a usted no le ha afectado.»

— «¡Vale, Sra. Matten-Degen, no se ponga nerviosa! Aunque sea la esposa del subdirector, no tiene que reprender constantemente a todo el mundo. Además, está interfiriendo en una conversación privada que no le concierne en absoluto. Así que ocúpese de sus asuntos y limpie primero su propia casa.»

Pobler estaba furioso y resoplaba como un toro a punto de embestir en cualquier momento.

— «No te alteres», trató de calmarle la señora Woller. «Cuéntanos qué más te preguntó la policía.»

— «Me preguntaron por Alex. Querían saber qué pensábamos de él y cómo se comportaba con el director. Les dije que Alexander era una de las pocas personas del colegio que hablaba francamente con el viejo. Hay que reconocerlo. Por lo demás, es un gran solitario, básicamente un tipo aburrido.»

— «Al fin y al cabo, no todo el mundo puede ser un líder como tú, Pobler, siempre tan divertido y simpático. Solo hay uno de esos en cada escuela», dijo la señora Woller con una sonrisa.

— «Puede que sí», continuó Pobler, imperturbable. «Pero en el fondo no me extrañaría que Alexander pudiera cometer un asesinato. Siempre tiene una mirada tan astuta… Nunca sabes lo que realmente está pensando.»

— «Cada vez se pone mejor la cosa», intervino su colega Neumann. «Espero que no haya dicho esas tonterías a la policía. Y en esto tengo que llevarle la contraria. Strasser siempre dice abiertamente su opinión, también a la dirección de la escuela, aunque le perjudique. Muchos otros no lo hacen, porque siempre piensan si con ello arriesgan futuras oportunidades. Por eso hay tantos cobardes aquí en el colegio. No todos los que hablan ahora a lo grande están exentos.»

— «Sr. Neumann, ¿por qué se entromete? Solo lleva tres años con nosotros. No tiene ni idea de lo que realmente está pasando aquí.»

La profesora Tetzer intervino:

— «No hacen falta más de tres días para darse cuenta de que estás constantemente fastidiando y haciéndote el macho alfa. Pero si hay alguien en este cuerpo docente que merece que se le crea capaz de cometer un asesinato, es el que inició una pelea en el intercambio de alumnos con América el año pasado, demostrando su carácter violento y brutal.»

Todos los colegas de las mesas vecinas estaban ahora atentos y aguzaban el oído. Se hizo un notable silencio. La Sra. Tetzer lanzó una mirada triunfal al Sr. Pobler, quien se enojó y gritó con fuerza:

— «No voy a aguantar más tu insolencia, tus mentiras, tu…»

La señora Tetzer le cortó:

— «El único insolente aquí eres tú, y fuiste tú quien dio un puñetazo en la cara a mi pareja en un restaurante de Washington el año pasado porque no podías resistir sus argumentos. Si yo no hubiera intervenido y te hubiera sujetado, se habría montado un gran escándalo y habrías acabado en una cárcel americana, perdonavidas.»

La cara de Pobler estaba ahora roja como un tomate, y rugió furioso: «¡Vieja bruja mentirosa!» Luego se levantó y se dirigió apresuradamente a la puerta, dando un fuerte portazo tras de sí. Los compañeros empezaron a cuchichear y a hablar confundidos. Preguntaron a la Sra. Tetzer si realmente había ocurrido así.

Ella contó con detalle los acontecimientos de entonces y que Pobler se había enzarzado en una acalorada discusión con su pareja por algo sin importancia, tras lo cual acabó dándole un puñetazo en la cara.

— «Es un paleto primitivo, es todo lo que puedo decir al respecto. Me pone de los nervios que siempre actúe aquí como si fuera el dueño de la escuela.»

A unas cuantas mesas de distancia, Erika Campos estaba sentada con Sabine, una joven estudiante en prácticas, a la que tutelaba en sus funciones. La joven llevaba pocos días en la escuela y había escuchado atentamente la discusión entre Pobler y Tetzer.

— «Dime, Erika, ¿siempre hay tanta agresividad aquí? Ha sido bastante intenso.»

— «Hay grupitos que se gustan más y otros menos. Habrás oído hablar del asesinato de nuestro director la semana pasada. Por supuesto, todo el mundo sigue muy alterado, sobre todo porque ayer y hoy los compañeros han sido citados por la policía. Todos se preguntan quién puede ser el asesino. Básicamente, cualquiera que tenga algo que ver con la escuela es sospechoso.»

— «Es un asunto desagradable. ¿Eso significa que profesores y alumnos son igualmente sospechosos?»

— «Todavía no he oído nada de los estudiantes; de momento están buscando motivos en el profesorado, pero creo que es una tontería. No me imagino a ningún colega pensando en asesinar al director. Ni siquiera al Sr. Pobler. Siempre le gusta protestar, pero no hay nada detrás, solo es un bocazas.»

— «¿Hubo algún problema serio entre los profesores y el director?»

— «Ha habido discusiones de vez en cuando, pero nada realmente grave en mi opinión. Sin embargo, al parecer ahora sospechan de Strasser porque estuvo en la escuela hasta tarde la noche del asesinato y no se ha presentado al interrogatorio policial. Ayer llamó para decir que estaba enfermo.»

— «Y el director, en tu opinión, ¿cómo era?»

— «Bueno, ya sabes el dicho: De mortuis nil nisi bene. Voy a tenerlo en cuenta y solo te hablaré positivamente del fallecido. Era un buen organizador. Al mismo tiempo, le faltaba un poco de empatía. Era sobre todo un directivo. Como profesor, a veces necesitas un consejo paternal y el estímulo de tus superiores. A menudo hay conflictos con los alumnos o con los padres, y entonces, claro, quieres el apoyo del director. Pero en nuestro caso eso era un deseo vano, porque para él lo primero eran los padres, luego los alumnos, después otra vez los alumnos y solo al final nosotros, los profesores. Y eso frustró a algunos profesores; a mí también a veces.»

— «En la universidad no se aprende nada de estas cosas. Es un defecto de nuestra educación. No llegamos a tener una verdadera experiencia práctica hasta el final de los años de licenciatura.»

— «Sí, a mí me ocurrió igual cuando salí de la universidad y volví a ver una escuela por dentro después de cuatro años de estudio. Hay que superar bastantes obstáculos prácticos, empezando con el equipamiento. En la universidad y en el seminario de formación de profesores nos hablaban mucho de los modernos medios de comunicación en las aulas, pero aquí estaba de nuevo con una tiza y una pizarra polvorienta, y como mucho con un retroproyector defectuoso. Durante cuarenta años, apenas ha cambiado nada en la escuela. Aulas pequeñas y abarrotadas con treinta alumnos: eso ya lo viví en mi época de alumna. Hoy, por desgracia, no es mejor. Todos los políticos están gritando "¡Educación! ¡Educación! ¡Educación!", y nos sentamos aquí con el mismo equipo miserable que en mi juventud. El jabón, por ejemplo, no hay en la escuela, y los profesores tenemos que traerlo de casa, igual que las toallas. Durante un tiempo hubo dispensadores de jabón en los aseos, pero volvieron a desaparecer, ya que era demasiado caro para el país llenarlos regularmente. Es una vergüenza el trato que reciben las escuelas por parte de los mismos políticos que pontifican que la educación de nuestros hijos es su principal preocupación.»

— «Es realmente impactante, tienes toda la razón.»

— «Y luego está la situación de la competencia entre profesores; no te preparan para nada, y tampoco se habla de ello en la escuela de magisterio.»

— «¿Es un gran problema?»

La Sra. Campos bajó la voz e indicó a su pupila que había que ser discreto en este tema.

— «Por supuesto que es un gran problema», dijo casi en un susurro. «El director tiene sus profesores favoritos, especialmente entre los más jóvenes, que siempre cumplen sus órdenes e intuyen todos sus deseos. Como recompensa, consiguen un ascenso anticipado. Si, por el contrario, haces demasiadas preguntas críticas o comentarios que no convienen al director, puedes esperar tu ascenso hasta que te salgan canas. O si no, puedes cambiar de escuela, algo que ocurre mucho, por cierto.»

— «No suena muy bien», coincidió Sabine.

— «Algo parecido ocurrió cuando presentamos el nuevo concepto FIX. En la primera reunión antes de la votación, los partidarios del director se explayaron sobre los aspectos positivos de la reforma, lo que tuvo un impacto considerable en el ánimo general. Cualquiera que hablara en contra podía esperar que eso tuviera consecuencias negativas en su carrera. Así de sencillos son estos procesos de decisión.»

— «¿Y crees que esto podría tener algo que ver con el asesinato?»

— «No creo. Al fin y al cabo, los profesores están demasiado bien como para cambiar su jaula de oro por una celda con barrotes. ¿Qué ventaja podría obtener alguien con un asesinato? Básicamente, ninguna. El único motivo concebible sería la venganza. Pero para eso hay otros medios, además de la delincuencia. No puedo imaginar que un profesor haya cometido el crimen.»

— «Cualquiera puede entrar en la escuela, ¿verdad?»

— «Exacto, y por eso algún ladrón podría haber entrado por la noche en busca de algo de valor. Dije a la policía que debería buscar en el entorno criminal en lugar de interrogar a los profesores durante días.»

— «En realidad, es una barbaridad pensar que todos somos asesinos en potencia.»

— «Estoy de acuerdo contigo, Sabine, eso es exactamente lo que hay que decirles. Pero ya lo hemos superado y se acercan las vacaciones. No dejaremos que nos amarguen el día, ¿verdad?»

— «Seguro que no. Pasado mañana estaré sentada en el coche conduciendo hacia la isla de Rügen. Espero que el clima cálido se mantenga por un tiempo.»

— «Ah, vas a ir al Mar Báltico, qué bien. Yo primero estaré dos semanas en el Lago de Constanza, y luego ya veremos. Por cierto, espero no haberte frustrado demasiado al hablar de nuestra vida escolar. Puede que haya sonado demasiado sombrío. En general, trabajar en la escuela es divertido y hay muchos compañeros agradables. Desde luego, no pretendía dar una imagen general negativa.»

— «No, no lo hiciste, no te preocupes. Uy, ya son las once y media. Tengo otra reunión en unos minutos. Te veré esta tarde, ¿de acuerdo?»

— «Bien, volveré justo antes de las tres. ¡Hasta luego!»

18 Entre bastidores

No suelo leer los diarios de otras personas. Pero con Alex era un asunto diferente. Me había confiado explícitamente esos diarios y dijo que yo, como su mejor amigo, debía conocer todos los detalles de la historia de su vida.

Sin embargo, ahora tenía una sensación algo desagradable. No pude evitar pensar que me había enviado los libros en un momento en que algo parecía ir mal en su vida. ¿Era posible que estuviera involucrado en el crimen y temiera un amargo final? Estaba preocupado, rebuscando en la caja, hojeando aquí y allá.

Había unos treinta volúmenes de varios colores y tamaños, en diferentes formatos. También había libros más pequeños con tapas de polipiel, probablemente de su infancia, con un candado para mantener los secretos a salvo. Los libros tenían una etiqueta en el exterior con el periodo de tiempo de las anotaciones. Después de buscar un rato, los tenía todos más o menos ordenados y elegí uno que databa de tiempos recientes. Fue el diario que comenzó el año pasado, al inicio de las vacaciones de verano.

Hojeaba las páginas, que relataban impresiones cotidianas, experiencias escolares o conflictos con su novia Ulla. Durante los primeros diez minutos no encontré nada destacable, eran cosas de la vida diaria. Seguí mirando y al cabo de unos minutos di con una entrada que me asombró un poco:

2 de julio de 2017

La colega Friederike ya no me habla, parece que está ofendida y me ignora en todo momento. Me di cuenta hace unos días. Durante varios días no se la ha visto en la sala de profesores. Creo que está encerrada en su aula. Estoy seguro de que tiene que ver con el conflicto que ha tenido con mi clase de noveno grado durante varias semanas. Los alumnos se quejan de que se les llame a la pizarra y se les exponga delante de toda la clase si no dominan la materia. También hay calificaciones orales supuestamente exageradas. Cuando planteé la cuestión a Friederike con cautela, reaccionó de forma despectiva y brusca. Le propuse organizar un debate con la clase y le ofrecí estar presente como moderador. Rechazó mi sugerencia y finalmente me acusó de tomar partido por los estudiantes.

Mi intento de aliviar la situación fue infructuoso. Desde entonces, la comunicación entre nosotros es nula y ella me ignora de manera sistemática y en cualquier situación. No pensé que una colega con muchos años de experiencia en la escuela pudiera reaccionar de forma tan extraña.

Me sorprendió un poco que la relación entre los profesores no fuera tan buena como uno suele imaginarse desde fuera como profano. Esto me llevó a preguntarme si esos profesores eran realmente capaces de preparar a nuestros jóvenes para la universidad. Seguí leyendo.

27 de julio de 2017
Hoy ha sido el último día de clase y he repartido los boletines de notas. No hay nada especial, salvo que la clase es demasiado ruidosa si no pegas unos gritos para que se callen. Intenté por enésima vez concertar una cita con el director. Se trata del estudiante Albert Vogel, que se ha quejado de su nota en español oral. Lochberger me ha pedido que le facilite mis anotaciones sobre las calificaciones orales. ¡Otra broma de mal gusto! Probablemente se confabulará con el estudiante, como siempre, y se volverá contra mí. Seguro que tratará de obligarme a que le cambie la nota de español. Le he proporcionado los informes que me pidió, que demuestran que el alumno no puede recibir un BIEN, sino solo un PROGRESA ADECUADAMENTE. Lochberger ha visto la documentación, pero no me ha ofrecido una cita para comentarla.
Que haga lo que quiera. Por lo que a mí respecta, el asunto está cerrado. Estoy cansado de que siempre interfiera en mis calificaciones. Todo el mundo sabe que acostumbra a hacerlo. Franz Baum me contó que hace unas semanas Lochberger le obligó a repetir un trabajo de clase de alemán. Un alumno se dirigió al director alegando que los temas no se habían acordado. En cualquier caso, Lochberger se puso en contra del profesor y a favor de los alumnos, como ha hecho tantas otras veces. Es un escándalo. Debe saber que, como director y supervisor, tiene una responsabilidad con sus empleados. Al parecer, eso no pasa por su cabeza cuadrada de matemático.

Su relación con el director era bastante tensa, se notaba fácilmente en esta anotación. Seguí pasando páginas y abrí el diario más adelante.

23 de mayo de 2018
Hoy he vuelto a ver a Monika Lochberger. Me explicó de nuevo la situación del mercado de software en el sector escolar. Hay una competencia feroz y los Lochberger han tenido las mejores ventas durante mucho tiempo. Messerschmidt quiere mejorar su posición en el mercado y está interesado en las partes internas y el código de programa del software de Lochberger. Monika me dijo que quiere divorciarse de

su marido. Pero antes quiere hacerse con sus últimos módulos de software para poder seguir dirigiendo la empresa por su cuenta después del divorcio y cooperar con Messerschmidt. Su marido, sin embargo, mantiene sus programas estrictamente bajo llave. Los nuevos módulos están en el ordenador de la escuela y en su tarjeta SD, que siempre lleva consigo. Me preguntó si yo podría conseguir esos archivos. Eso sería muy bien recompensado por Messerschmidt. Me comprometí a medias. No puedo negarle nada. Es una mujer fascinante.

Me quedé atónito y apenas podía creer lo que acababa de leer. Al parecer, había una relación sospechosamente estrecha entre Alex y la señora Lochberger. Y me lo había ocultado hasta ahora. Según todas las apariencias, Monika Lochberger había incitado a mi amigo a robar los datos de su marido y venderlos a la competencia. ¡Así que Alex se había metido en este feo asunto por Monika!

Pero no me quedó del todo claro por qué una esposa, y dueña de un negocio, no podía encontrar otra forma de obtener los datos de su marido más que robándolos un tercero. ¿Y qué tenía que ver ese robo de datos con el asesinato? ¿Podría Monika haber ordenado la muerte de su marido? ¿Le habría encargado a Alex que lo hiciera y él habría estado dispuesto porque, por un lado, odiaba a su marido, y por otro la adoraba a ella?

Todo parecía preocupante y de momento oscuro. Cerré el diario. Se hacía tarde y no quería arriesgar mi saludable sueño con más revelaciones demasiado excitantes.

19 Otra visita

Monika Lochberger abrió la puerta y dejó pasar al inspector Sauer y a su colega Schmelzer. El inspector había concertado la cita el día anterior.

— «Un asunto puramente rutinario», le había dicho durante la conversación, pero la señora Lochberger era consciente de que, como única heredera de su marido, se encontraría entre el círculo de sospechosos.

Tenía a sus visitantes sentados en el salón y les había proporcionado una botella de agua mineral y vasos.

— «Por favor, sírvanse. Imagino que no aceptarían nada con alcohol, pero de todos modos el agua siempre va bien, y más con estas temperaturas de verano.»

— «Gracias, muy considerada», le contestó Sauer.

— «Ya han pasado algunos días desde el asesinato de su marido. ¿Se le ha ocurrido algo que pueda ser de ayuda para resolver el caso?»

— «No, por desgracia, absolutamente nada», dijo. «Todo el asunto sigue siendo un absoluto misterio para mí.»

— «Sra. Lochberger, como esposa del director, seguramente alguna vez estuvo presente en los eventos escolares, ¿no?»

— «Sí, claro, es inevitable.»

— «Posiblemente también habrá tenido contacto con miembros del profesorado. ¿Con quiénes ha tenido más trato?»

— «Bueno, con el adjunto de mi marido, el Sr. Degen, y su mujer, nos hemos visto dos o tres veces. Y también otros dos miembros de la dirección de la escuela, el Sr. Meinhard y el Sr. Reiher, han estado con nosotros alguna vez, pero por lo demás no hemos tenido relaciones personales con otros colegas.»

— «Hemos invitado a todos los miembros del personal docente para entrevistarlos y queríamos saber, entre otras cosas, si había alguna hostilidad entre los profesores y su marido. ¿Puede decirnos algo sobre esas posibles malas relaciones?»

— «Bueno, mi marido a veces me contaba los problemillas que tenía con algunos profesores. Pero tanto como hostilidad… No, eso sería ir demasiado lejos, nunca me habló de algo así.»

— «¿El nombre Pobler le dice algo?»

— «Sí, lo recuerdo. Mi marido me contó que ese profesor a veces causaba problemas. Creo que es uno de los veteranos del cuerpo docente y le gusta ejercer de líder de la oposición.»

— «Algunos profesores, al describirlo, han afirmado que Pobler es una persona agresiva. ¿Cree que podría estar relacionado con el asesinato de su marido?»

— «No podría responderle; después de todo, apenas le conozco. Solo le he visto unas cuantas veces, y siempre fue amable conmigo. Mi marido tampoco dijo nunca que se sintiera amenazado por él.»

— «¿El nombre de Baum le suena?»

— «Sí, también recuerdo ese nombre. Mi marido también tuvo algún problema con ese maestro, pero no recuerdo los detalles.»

— «Así que, personalmente, si la he entendido bien, usted no tenía demasiados contactos en el colegio. ¿Hay algún profesor con quien haya hablado a veces por teléfono?»

La señora Lochberger se detuvo un momento y pareció pensar. Entonces dijo que era posible, pero que en ese momento no recordaba haber hablado por teléfono con ningún compañero de su marido.

— «¿Qué opina del profesor Alexander Strasser? ¿Sabe que su marido recibió una carta de él un tanto ofensiva?»

— «Oh, sí, me lo contó en su momento; debió ser hace cosa de un año. Llamó al Sr. Strasser para hablar sobre algún desacuerdo durante las vacaciones, y supongo que este tipo se puso como loco y le escribió una carta impertinente.»

— «¿Y cómo reaccionó su marido ante eso? ¿Cuál fue su actitud al respecto?»

— «Pues imagine, ya había pasado por conflictos menores muchas veces, con ochenta profesores suele pasar de vez en cuando, pero siempre fue muy práctico al respecto. Era básicamente un gestor y nunca se tomaba esos conflictos como algo personal. Estaba mucho más interesado en que la escuela funcionara lo mejor posible. No le gustaba Strasser, pero tampoco era un gran problema para él.»

— «¿Tuvo usted algún contacto personal con el Sr. Strasser en algún momento?»

— «No lo recuerdo, pero no creo que lo haya tenido.»

— «Los colegas de su marido ya han sido interrogados por la policía. Es cierto que hay otros posibles sospechosos. Incluso podría haber sido un estudiante. ¿Usted qué opina?»

— «Yo lo descartaría por completo. Mi marido era muy popular entre los estudiantes. Se ocupó de todos, especialmente de los problemáticos.»

— «Muy bien, entonces los alumnos probablemente quedan eliminados. ¿Hay alguien que pudiera sacar provecho de su muerte? ¿Rivalidades profesionales, por ejemplo? Su marido era productor de software. Usted es la dueña de la empresa y, por lo que sabemos, solo hay otra empresa que les hace la competencia en este mercado tan limitado. ¿Qué contacto tiene con esa empresa competidora?»

— «Está hablando de la compañía Messerschmidt. Tenemos poco contacto, excepto en los congresos y ferias comerciales. Nos vemos una o dos veces al año, pero la interacción siempre se ha limitado a una pequeña charla. Mi marido desarrolló el mejor software, así que tenemos una cuota de mercado ligeramente superior a la de Messerschmidt. Como resultado, nunca han sido muy receptivos con nosotros, y por esa razón nunca hemos tenido un contacto más estrecho.»

— «¿Cree que es posible que su competidor se aproveche de la situación actual? Es decir, su marido ya no desarrollará nada más, y entonces puede que su ventaja en el desarrollo de productos disminuya y su competidor salga ganando.»

— «En principio, eso sería concebible, pero contamos con autónomos. Creo que ahora están tan bien formados que pueden seguir desarrollando nuestros programas sin mi marido.»

— «¿Qué le parece la idea de que el Sr. Messerschmidt pueda estar detrás del asesinato?»

— «Por favor… Me parece bastante inverosímil. ¿Qué podría ganar con ello? Como ya le he dicho, tenemos profesionales que pueden sustituir a mi marido. El asesinato no sería un medio útil para que un competidor sacara alguna ventaja.»

— «¿Ha hablado por teléfono con la empresa Messerschmidt últimamente?»

En el rostro de la Sra. Lochberger se reflejó una clara inquietud.

— «¿De dónde ha sacado esa idea?»

— «Como policía, estoy acostumbrado a hacer preguntas que a veces pueden sonar algo extravagantes para el entrevistado, pero le pido que responda. ¿Sí o no?»

— «Ahora mismo no lo recuerdo, pero creo que no.»

— «No tengo prisa. Esperaré con gusto hasta que se le refresque la memoria. Piénselo con calma y seguro que se acuerda.»

Era evidente que el malestar de la mujer iba en aumento. De repente, dijo bruscamente:

— «Sí, ahora lo recuerdo, estuvimos hablando por teléfono hace unos días sobre las nuevas normas y leyes de protección de datos. Al fin y al cabo, son cosas que nos afectan a los dos, no importa si competimos o no.»

— «Ya veo. ¿Y con el Sr. Strasser ha hablado por teléfono estos últimos días?»

El gesto de la mujer se endureció.

— «¿Sabe? Su interrogatorio se está haciendo un poco pesado… Trabajo sesenta horas a la semana y hablo por teléfono cien veces cada día. Es demasiado pedir que recuerde todas las llamadas.»

— «Sra. Lochberger, no quiero importunarla de ninguna manera, pero después de todo, el Sr. Strasser no es un contacto telefónico de su empresa, sino un profesor de quien sospechamos que puede estar relacionado con el asesinato de su marido. Desde ese punto de vista, me gustaría que pudiera recordar si habló o no con él por teléfono.»

La mujer apenas podía reprimir su nerviosismo. El inspector tuvo la impresión de que estaba muy insegura. Finalmente, tras unos instantes de vacilación, dijo:

— «Sí, hablé con el Sr. Strasser por teléfono. Me llamó la noche del asesinato, alrededor de las nueve. Lo que me dijo por teléfono me confundió mucho. Realmente no sabía lo que quería decir.»

— «¿Qué le dijo?»

— «Me dijo: "Sra. Lochberger, su marido sigue sentado en su despacho. Realmente lo siento por él, creo que usted debería cuidarle más. Trabaja demasiado y a largo plazo no será bueno para su salud". Esas fueron sus palabras. Al principio pensé que me estaba tomando el pelo. Iba a preguntarle qué intentaba decirme en realidad, pero para entonces él ya había colgado.»

— «Es extraño», dijo el inspector, pensativo. «¿Por qué no nos lo dijo antes, cuando le pregunté si había tenido algún contacto personal con Strasser en algún momento?»

— «Por contacto personal yo entiendo algo diferente. Al fin y al cabo, solo fue una brevísima llamada telefónica. No duró ni un minuto.»

— «¿Y qué pensó después de esa llamada? ¿Cómo reaccionó?»

— «Pensé que era bastante impertinente. Un completo desconocido se tomaba la libertad de darme consejos sobre la salud de mi marido. Tuve la impresión de que simplemente quería molestarme porque debía tener algo contra su director. En cualquier caso, poco antes yo había llamado a mi marido y le había preguntado cuándo volvería a casa. Me dijo que estaba a punto de salir, pero que aún tenía que ocuparse de unas pequeñas cosas. Pero yo conozco esas respuestas, y cuando se enfrascaba en una tarea, perdía la noción del tiempo.»

— «¿Ha tenido alguna otra conversación con Strasser?»

— «No.»

— «El Sr. Strasser también estuvo en la escuela hasta poco después de las nueve. Aparte de su marido, el Sr. Strasser y otros dos colegas, aparentemente no había nadie más en el edificio. ¿Lo mencionó su marido cuando hablaron por teléfono?»

— «No, no me lo dijo.»

— «Entonces, justo después del crimen, ¿no sospechó de inmediato de Strasser?»

— «Al principio no, pero cuando llegué a casa sí pensé en ello.»

— «¿Cree que Strasser sería capaz de cometer un asesinato?»

— «Creo que no. Pero le conozco muy poco, y no puede ponerse la mano en el fuego por nadie.»

— «Sí, es una pregunta difícil; por ahora tampoco nosotros podemos responderla. Bueno, por hoy, de momento, hemos terminado. Si se le ocurre algo más, llámeme. Aquí tiene mi tarjeta. Cualquier cosa puede ayudar, incluso por su propio interés.»

— «Sí, por supuesto», dijo la señora Lochberger, visiblemente aliviada por haber llegado al final del interrogatorio.

Los dos policías se despidieron. Monika Lochberger les acompañó hasta la puerta y luego la cerró tras ellos. Respiró profundamente y encendió un cigarrillo.

El inspector y su compañero caminaron sin decir palabra uno al lado del otro durante un rato, hasta que se aseguraron de estar fuera del alcance de su oído.

— «Bueno, ¿qué le parece, Schmelzer?», preguntó Sauer a su colega.

— «Tengo la impresión de que esta mujer oculta algo. Además, nos mintió cuando dijo que no había hablado por teléfono con nadie de la escuela. Ahora, al final, admitió de mala gana haber hablado con Strasser, pero la historia me parece muy poco creíble.»

— «Yo también tengo esa impresión. Si Strasser la llamó justo antes del asesinato, no sería para reprocharle que su pobre marido tuviera que trabajar hasta tan tarde. Es de risa.»

— «¿Qué otra razón podría haber tenido?»

— «Estaba a punto de hacerle esa misma pregunta, Schmelzer. Deje volar su imaginación, ¿qué podría haber pasado?»

— «Bueno, si Strasser es el culpable, y llama a la esposa justo antes del asesinato, seguramente tendría una buena razón. Todo indica que estaría confabulado con la esposa, que ambos habrían acordado algo, tal vez sobre el modo o el momento del asesinato.»

— «Bien hilado, Schmelzer. Veo que está progresando. Ahora solo hay que averiguar cuándo y con qué frecuencia se comunicaban, o quizás siguen haciéndolo. Me aseguraré de que todos los teléfonos y los contactos de correo estén controlados. El fiscal no se opondrá, tengo una sospecha razonable de asesinato.»

— «¿No deberíamos tener a la mujer bajo vigilancia?»

— «Sí, creo que sería conveniente. Arréglelo, Schmelzer. Creo que el nuevo agente en prácticas podría hacerlo

20 Creciente sospecha

A estas alturas, Alex llevaba ya cuarenta y ocho horas fuera y no había tenido noticias suyas. De momento tampoco tenía forma de contactar con él; tenía que esperar a que lo hiciera él.

Esta noche no tenía nada que hacer, así que fui a la caja que estaba en la habitación contigua y busqué de nuevo el diario del día anterior.

1 de agosto de 2017
He pasado los primeros días de las vacaciones tranquilo y relajado, y tengo previsto irme de vacaciones esta misma semana, este año a Inglaterra. Tengo mi furgoneta preparada y lista para salir.

Ahora mismo he bajado al buzón. Es la una de la tarde y he encontrado una carta de Lochberger, sin franquear, así que la ha traído en mano. En ella afirma que le he impedido varias veces concertar una cita con él por el asunto del estudiante Vogel. Y por eso se ha visto obligado a invitarme a una entrevista durante las vacaciones. La fecha es en la cuarta semana de las vacaciones, un martes. Este tipo es un maleducado, y me voy a vengar de él. Si cree que puede seguir acosándome así, se equivoca. Tendrá que pagar por esta insolencia.

3 de agosto de 2017
Hoy escribí una carta sarcástica a Lochberger. Quiero que sepa que mi jubilación anticipada puede tener algo que ver con él.

Ajá, pensé, así que esta es la carta de la que hablaba el inspector. Estaba pegada como copia en la página siguiente y decía así:

Estimado Sr. Lochberger:
A principios de las vacaciones de verano me envió una carta en la que afirmaba que «a pesar de varios intentos no había sido posible concertar una cita conmigo». Se trata del alumno Albert Vogel.

Esto es incorrecto. En los últimos días le he advertido varias veces de que este asunto debería estar resuelto antes de las vacaciones. Y cada vez usted ha dicho que no tenía tiempo. En este sentido, la culpa de que no se haya podido concertar una cita es totalmente suya.

No obstante, me ha citado en medio de las vacaciones para discutir la queja de este estudiante sobre su nota de español oral. Así que cree seriamente que voy a interrumpir o acortar mis vacaciones para discutir con usted mis calificaciones.

Su sugerencia es una insolencia. No voy a interrumpir mis vacaciones largamente planificadas para expiar su incapacidad de progra-

mar reuniones razonablemente. Rechazo la cita con usted en la cuarta semana de vacaciones y no la cumpliré. Sin embargo, involucraré al consejo escolar en el asunto. Por cierto, me pregunto por qué se inmiscuye constantemente en asuntos que no está capacitado para entender. Como matemático, difícilmente podrá juzgar el contenido de mis asignaturas de inglés y español. Y aun así, usted ha interferido en mis calificaciones en muchas ocasiones. En cuanto un alumno está descontento con su nota, solo tiene que llamar a su puerta y esperar, casi con total seguridad, que usted decidirá a su favor y en contra del profesor de la asignatura. Esto es escandaloso. Como director, en primer lugar, usted tiene una responsabilidad con su personal. Pero eso no parece importarle. No deja de parlotear con los alumnos y los padres, y luego se vuelve contra sus compañeros cuando surgen los conflictos. Como supervisor, usted tiene la obligación oficial de cuidarlos, y por supuesto también la obligación humana, pero tratar de abordar esta cuestión con usted es probablemente una tarea inútil.

Me alegro de que el próximo curso escolar sea el último para mí, porque hace tiempo que dejó de ser un placer tener que trabajar bajo su mando autoritario. Cree que puede dirigir una escuela al estilo de Luis XIV. Parece haber escapado a su atención que muchas cosas han cambiado en los últimos cincuenta años en lo que respecta al liderazgo. Le sugiero que piense en ello alguna vez.

Aparte de eso, también puede dar que pensar el hecho de que al menos siete compañeros hayan dejado nuestra escuela en los últimos años y hayan buscado empleo en otros lugares, en cada caso, por supuesto, con supuestas «razones personales». Sin embargo, todos sabemos que el descontento de los compañeros con el director fue la verdadera razón. Estoy deseando que llegue mi jubilación y disfrutaré mucho del tiempo lejos de usted.

Además, algunos de mis colegas se preguntan cuánto tiempo piensa permanecer en el cargo. Usted también podría renunciar antes y así hacer por fin algo bueno para toda la escuela.

Saludos cordiales y mis mejores deseos para su pronta jubilación.
Alexander Strasser

La postura del director me pareció muy autoritaria y mezquina. En el lugar de Alexander, me habría molestado igual tal insolencia. ¡Obligarle a interrumpir sus vacaciones! Tenía que admitir que ese era un comportamiento provocador y poco solidario por parte de su jefe. Hasta ahora no le conocía como superior, sino solo como un cliente cuyos ordenadores tenía que mantener. Sin embargo, ahora le veía desde la perspectiva de mi amigo, que aparentemente había sido víctima de sus arbitrariedades en varias ocasiones. La carta, sin embargo, desde mi punto de vista tenía un tono innecesariamente agresivo. Pero eso solo demostraba lo muy enfadado que estaba Alex.

Yo ahora solo esperaba que esas humillaciones no le hubieran afectado hasta el punto de cometer un acto violento por venganza.

Esa noche, de repente, no estaba tan seguro de que Alex no hubiera estado involucrado en el asesinato. Tal vez se había perdido el juicio durante una discusión, tal vez había habido un intercambio de agresividad con el jefe o había pasado algo imprevisto que desencadenara el crimen. O quizás había recibido una orden de Monika Lochberger para matar a su marido. Incluso eso, después de todo lo que había leído, ya no me parecía imposible.

Ahora estaba seriamente preocupado, porque si mis pensamientos eran correctos, Alex sería un asesino fugitivo. En tal caso, no tendría demasiadas posibilidades de escapar durante mucho tiempo. Además, a mí podrían acusarme de encubrir un delito, y eso me podría llevar a la cárcel.

Pasé esa noche sin poder dejar de pensar qué creer y cómo contactar con Alex sin poner a la policía tras su pista. Cuanto más tarde se hacía, más desorientado estaba. Y al día siguiente me esperaba una jornada de trabajo normal. Cansado, finalmente me fui a la cama.

Esa noche tuve pesadillas, sueños caóticos. Vi a Alexander discutir con un policía y le decía: «Sí, claro que maté al director. ¿Y usted quiere encerrarme? ¡Eso no va a ocurrir!» Y en esas sacó una pistola del bolsillo, apuntó al policía y apretó el gatillo. Oí un fuerte disparo y el policía cayó al suelo.

Empapado en sudor, me desperté. Eran las tres y media de la mañana y aún faltaban unas tres horas para tener que levantarme. Después de un sorbo de té del termo, me volví a acomodar en la cama y pronto caí en un sueño inquieto.

21 Pruebas y conjeturas

El inspector dio comienzo a la sesión de turno con los ocho miembros de la nueva Operación Schiller:

— «Compañeros, estamos aquí reunidos para ponernos al día del estado de la investigación. El asesinato del director Lochberger tuvo lugar hace unos días y tenemos algunas conclusiones iniciales. Primero, el resumen de los resultados del examen médico forense. Sra. Faller, ¿podría explicarlo brevemente?»

La mujer a quien se dirigió, de unos cuarenta años, delgada, con el pelo ondulado castaño oscuro y gafas con montura de asta, tomó la palabra.

— «La causa de la muerte, según el informe del forense, fue una fractura de cráneo con graves lesiones cerebrales debido al impacto de un objeto duro y contundente en la cabeza. Podría ser un palo de madera o un objeto similar. La muerte debió ser casi instantánea. La hora de la muerte ha sido fijada por el forense entre las 9 y las 10 de la noche. Al parecer, a la víctima le robaron, ya que no se encontró ningún efecto personal con él. Según su esposa, siempre llevaba una cartera con dinero en efectivo y tarjetas de crédito. Creemos que es un robo con homicidio. El forense han recuperado varios rastros de ADN del cuerpo. Esto podría ayudarnos a identificar al asesino cuando detengamos a algún sospechoso. No hay más en el informe del forense. ¿Tienen alguna pregunta?»

— «En su opinión, ¿serán fiables esos rastros de ADN?», quiso saber el agente Kugler. «Al fin y al cabo, a menudo provienen de familiares o personas del entorno cotidiano.»

— «Todavía no podemos decir nada concluyente al respecto. Hay rastros de varias personas, pero de momento no podemos decir nada de individuos concretos. Posiblemente algunas muestras corresponderán a miembros de la familia.»

El inspector Sauer volvió a tomar las riendas de la conversación:

— «Nuestro siguiente punto del orden del día es acotar los sospechosos. Hemos interrogado a unos ochenta profesores de la escuela y no hemos encontrado ningún indicio claro sobre un posible culpable. Sin embargo, hubo muchas insinuaciones de que la víctima era un jefe sumamente ambicioso y aplicaba reformas pedagógicas a veces en contra de la voluntad del personal, pues a la mayoría de los profesores les suponían una carga adicional. Por lo tanto, podemos suponer que hay bastantes profesores que estaban en clara oposición al director. Hemos seleccionado dos como sospechosos. Un profesor llamado Pobler fue descrito por varios de los interrogados como una persona de temperamento violento. Tenemos que investigar más. Hasta ahora, ha parecido cooperar durante el interrogatorio. Además, le falta un año para jubilarse y disfruta de una cierta libertad en el colegio; puede hacer un poco lo que quiera por ser el más veterano. En estas circunstancias, veo poco probable que él sea el culpable. El segundo sospechoso es Alexander Strasser. Ya se ha distinguido por sus reacciones relativamente violentas hacia el director. Al parecer, tuvieron varios enfrentamientos serios. El Sr. Strasser también escribió una carta al director en un tono muy agresivo, pidiéndole que se jubilara anticipadamente. Por desgracia, aún no hemos podido interrogar al Sr. Strasser. El lunes avisó de que estaba enfermo y entonces le citamos por correo electrónico para el martes con la petición expresa de que compareciera o se le emitiría un requerimiento judicial. También ignoró esa petición. Al parecer, se ha esfumado. Ni en su anterior apartamento de Lundenburg, del que acababa de mudarse, ni en su nuevo domicilio en la región prealpina han podido localizarlo nuestros agentes. El apartamento de Lundenburg está vacío. El Sr. Strasser se jubila el mes que viene. Podía haber acudido al interrogatorio como todos los demás profesores, y por eso su desaparición le hace especialmente sospechoso. He pedido una orden internacional de arresto. Es posible que esté en el extranjero.»

Rohloff tomó la palabra:

— «Esta semana, el compañero Widmann y yo estuvimos en la antigua dirección del sospechoso. No le encontramos, pero un vecino que tenía la llave nos dejó entrar en su apartamento. Estaba vacío. Podríamos tener el apartamento vigilado, pero no creo que Strasser vuelva por allí. El vecino que nos dejó entrar dijo que Strasser ya se había despedido.»

— «No creo que sea necesario vigilar el apartamento, y no vamos sobrados de personal», dijo el inspector Sauer. «Además, Strasser no es el único posible culpable. Ahora Knoblauch nos explicará qué otras sospechas hay. Por favor, compañera, cuando quiera.»

— «Gracias, inspector. En efecto, también debemos tener en cuenta a otras personas aparte de los profesores. En primer lugar, los miembros de la familia; en segundo lugar, los competidores comerciales; y en tercer lugar, los delincuentes habituales que suelen encontrarse en las inmediaciones del lugar del crimen, en la zona de la estación. En cuanto a los primeros, los familiares, la víctima tenía esposa, y no tenía hijos. La esposa es propietaria de Lochberger Schul-Software GmbH. Esta empresa vende un paquete de software que se utiliza en muchas escuelas de varios Estados. El desarrollador de los programas fue Lochberger. Ahora, al haber muerto su marido, su esposa recibirá trescientos mil euros como beneficiaria de un seguro de vida que él tenía contratado. Eso podría considerarse un móvil para matarle; hemos tenido casos parecidos por sumas mucho más pequeñas. Los cónyuges habían hecho testamento y se nombraron mutuamente herederos únicos, por lo que también desde este punto de vista la esposa puede ser considerada beneficiaria. Las circunstancias financieras de la pareja son muy buenas, hay depósitos bancarios de casi un millón de euros.»

Esta información provocó un murmullo de sorpresa entre los oficiales.

— «Deberías hacerte director de escuela», dijo el inspector Widmann.

— «Y además tener una empresa, porque si no, difícilmente te sale el millón», añadió Faller.

— «Cálmense, señores». La agente Knoblauch no había terminado. «Así que la Sra. Lochberger tendrá un aumento considerable de su riqueza como resultado de la muerte de su marido, y eso es un buen motivo para considerarla sospechosa.»

— «Vigiladla y pinchadle inmediatamente el teléfono», dijo Faller.

— «Ya hablaremos al final de las medidas que hay que tomar», continuó Knoblauch. «Si incluimos otros posibles sospechosos, los competidores económicos, la situación es interesante: Lochberger solo tiene un competidor serio, que es Messerschmidt Software. Ambos comparten el mismo mercado. Hemos averiguado que ha habido numerosas llamadas telefónicas entre Messerschmidt y Lochberger durante las dos últimas semanas, sobre todo por las mañanas, cuando el Sr. Lochberger estaba en la escuela. Por lo tanto, es razonable suponer que su esposa realizó esas llamadas telefónicas. Son diez llamadas. Tantas conversaciones frecuentes entre competidores no es algo normal, y deberíamos incluir esta cuestión en un futuro interrogatorio a la señora Lochberger.»

— «¡Por supuesto!», interrumpió el inspector a su colega. «Cuando ayer le preguntamos, la mujer afirmó haber hablado por teléfono con su competidor una sola vez. Eso ya es más que sospechoso.»

La agente Knoblauch continuó con su informe:

— «Es posible que los dos propietarios de la empresa quieran trabajar juntos y así monopolizar el mercado. Y eso sin duda aumentaría significativamente las expectativas de beneficio de ambos.»

La oradora hizo una breve pausa y buscó el contacto visual con su público, que le envió señales de aprobación.

— «Quiero volver al Sr. Strasser. Cuando comprobamos las llamadas telefónicas, descubrimos que se había hecho una llamada desde el teléfono de Lochberger a una tal Ulla Schulze la mañana siguiente al crimen, a las seis de la mañana. Como la mujer era completamente desconocida para nosotros, investigamos y descubrimos algo sorprendente: la Sra. Schulze y el Sr. Strasser son pareja desde hace dos años.»

Un murmullo recorrió la sala y el inspector exclamó asombrado:

— «¿Qué? ¡No puede ser!»

La agente esperó un momento a que se calmara la excitación general y continuó:

— «Sí, así es, y hay que reconocer que es algo muy sospechoso. Y para acabarlo de arreglar, no se lo van a creer, la noche del crimen, a las nueve y diez, hubo una llamada desde el móvil del Sr. Strasser al teléfono fijo del matrimonio Lochberger, que solo duró veinte segundos.»

El grupo se alborotó. «¡Es increíble!», «¡Una locura!», «¡Mira por dónde!», fueron algunas de las exclamaciones. El inspector elogió el trabajo de su subordinada:

— «Excelente trabajo, eso es lo que yo llamo una buena investigación criminal.»

La agente Knoblauch se sintió halagada por las palabras de su jefe y sonrió con satisfacción.

El inspector tomó la palabra de nuevo:

— «La señora Lochberger admitió ayer, cuando la visitamos, que Strasser la había llamado la noche del crimen. Nos contó una extraña historia: que Strasser la había acusado de dejar trabajar a su marido hasta demasiado tarde. Eso nos sonó bastante raro y poco creíble. Puede que la Sra. Lochberger contratara a Strasser para matar a su esposo. ¿Por qué, si no, habría hablado con él dos veces por teléfono, en los momentos próximos al crimen? ¿Qué otra cosa podría tener que ver esta mujer con el profesor? Tendremos que preguntárselo en el próximo interrogatorio.»

La agente Knoblauch aún no había terminado su intervención:

— «Compañeros, tranquilidad, no saquemos conclusiones precipitadas; tal vez nuestras sospechas sean incorrectas. Como ya he dicho, tenemos tres grupos potencialmente sospechosos, y ahora me gustaría pasar al tercero. Hay pequeños delincuentes y drogadictos que llevan años cometiendo delitos por la zona de la estación. No es imposible que uno de ellos entrara en la escuela por la noche en busca de dinero en efectivo. Podría haberse encontrado con el director, haberle robado, que este se le enfrentara y acabar matándole. Al fin y al cabo, por desgracia estas situaciones no son excepcionales en el mundo de la droga.»

El inspector intervino entonces:

— «Muchas gracias, Knoblauch. Creo que nos ha proporcionado una información muy valiosa. De momento nos centraremos en la señora Lochberger y su relación con Strasser y Messerschmidt. Solicitaré inmediatamente al fiscal la autorización para intervenir los teléfonos y las comunicaciones electrónicas entre ellos. En mi opinión, las sospechas son fundadas. Es posible que la Sra. Lochberger siga en contacto con el fugitivo Strasser, que al parecer algo tuvo que ver con ella. Es imperativo que las conclusiones de esta noche queden entre nosotros. Todo es estrictamente confidencial. Por favor, no divulguen ninguna información, y menos a la prensa. Podría poner en peligro toda nuestra investigación. Nos reuniremos de nuevo el lunes a las cuatro de la tarde, y quizás para entonces haya nuevos datos. Espero que tengan un buen fin de semana. Nos vemos el lunes.»

Varias voces dijeron «Igualmente. Adiós, jefe», mientras todos recogían sus cosas e iban abandonando la sala.

22 El padre

A las tres de la tarde ya había regresado de mi visita a un cliente en Stuttgart. Me preparé una taza de café y apenas pude esperar para seguir leyendo los diarios. Ojeé el libro de ayer y me llamó la atención un título: «Carta a mi padre». Sabía que el padre de Alexander había fallecido hacía unos diez años, así que no podía ser una carta en el sentido tradicional. Con gran curiosidad, comencé a leer.

Querido padre:

Siempre has mantenido que el hombre no puede resolver sus problemas solo. Dios tendría que intervenir y provocar una destrucción apocalíptica antes de que se creara un mundo completamente nuevo y paradisíaco. Esa fue tu visión del estado divino supuestamente predicho en la Biblia. Nunca pude hacerme a la idea y siempre estuve muy alejado de tus puntos de vista del Antiguo Testamento. Esa fue una de las razones por las que nunca pudimos entendernos del todo.

Pero aparte de eso, nuestra vida es ante todo algo que tiene que ver con las experiencias personales de cada uno de nosotros. Son las experiencias de la infancia las que nos moldean profundamente como seres humanos y las que permanecen en nuestra memoria hasta bien entrada la vejez.

Algunas de las experiencias de mi infancia todavía me afectan hoy, después de más de medio siglo. Hay una serie de cosas que nunca me atreví a decirte cara a cara. Durante mi infancia no fue posible, porque eras un tirano como padre y reprimías rigurosamente cualquier crítica. Tu exclamación amenazante «¡No me contestes!», combinada con una expresión de ira en tu rostro, me acompañaron durante toda mi infancia y juventud.

Mientras tanto, han pasado muchos años y mi infancia está ya muy lejos. Sin embargo, algunas imágenes y acontecimientos de aquellos días siguen tan presentes en mi memoria como si hubieran ocurrido ayer. También hay recuerdos entrañables, como los largos paseos en verano y otoño por los viñedos cercanos a Stuttgart, donde a menudo pasábamos todo el día vagando por prados y bosques. Yo solo tenía cuatro o cinco años por aquel entonces y ya caminábamos largas distancias. A veces nos tomábamos un descanso en un huerto, bajo un árbol sombreado, y recuperábamos fuerzas para el regreso a casa con alguna de las manzanas maduras que abundaban bajo los árboles. Tú mismo te asombrabas de lo lejos que yo podía andar de pequeño. Cuando me fallaban las fuerzas, me cargabas sobre tus hombros o so-

bre tu espalda, como aquel día lejano en que subimos el camino empinado hacia el monte de Rotenberg y hacía mucho calor.

Hoy, cuando miro una de las pocas fotos del niño que yo era entonces, veo a un niño que me sonríe confiado, con unos ojos que aparentemente aún no han visto nada malo. Pero el mal ya había entrado en mi vida y la confianza básica del niño ya estaba gravemente perturbada en mí.

Pasé los dos primeros años de mi vida contigo y con mamá en condiciones de extrema estrechez en una buhardilla del ático que pertenecía al apartamento de tus suegros. Era la época de la posguerra, Alemania seguía en gran parte destruida y las viviendas eran escasas. Vivir tres personas en doce metros cuadrados era una carga para todos nosotros. Especialmente para ti, que tenías que levantarte a las cinco de la mañana para ir a trabajar a la fábrica.

De bebé, se ve que fui bastante llorón. A menudo lloraba durante horas, sobre todo por la noche, sin que nadie pudiera calmarme. La causa no estaba clara, quizá trastornos digestivos. La constante falta de sueño se convirtió en un problema para la familia.

Tú, padre, a veces me hablaste después de esa época difícil y de lo agotador que era volver a levantarse a las cinco después de una noche casi en vela. Tus nervios estaban a flor de piel y tu actitud hacia mí no era muy cariñosa: «A veces te habría lanzado contra la pared», me dijiste literalmente en varias ocasiones. La primera vez que lo escuché tenía trece años y me quedó espantosamente claro que mi padre, ese hombre gigante, había tenido una gran misericordia al no chafarme, pobre diablo.

No sé, por mi propia memoria, si realmente experimenté violencia por tu parte cuando era pequeño ni en qué medida. Sin embargo, tu suegra, que por lo demás solo hablaba de ti con aprecio, me dijo una vez, cuando ya tenía treinta años, que me habías golpeado fuertemente varias veces cuando yo era pequeño. El resultado fue que incluso ella, que era partidaria de los castigos corporales, te reprendió un día en los términos más duros: «No debes pegar a un niño pequeño de esa manera, puedes dañarlo para siempre». Con estas palabras se enfrentó a ti para proteger a su nieto.

Me sentí desagradablemente impresionado por estas revelaciones. Alex nunca me había hablado de su infancia. Yo siempre había asumido que había crecido en «circunstancias normales». Después de leer estas notas sobre su padre, tuve una imagen de él diferente.

Al parecer, había sufrido maltrato infantil. En aquella época, no había conciencia entre la gente para reprender a esos padres, ni había leyes eficaces para proteger a los niños. Me levanté, fui a la cafetera y me puse otra taza de café. Luego continué leyendo.

Mi confianza infantil en mi padre se vio tristemente defraudada demasiado pronto. El gran hombre poderoso puede ser muy malo; tuve que aprender esa lección.

Cuando tenía unos cuatro años, a principios de verano, suscité su ira una vez más. Me habían acostado muy temprano para dormir, pero yo no estaba cansado. Todavía brillaba el sol, y fuera, las alegres voces de los adultos llegaban a mi oscura habitación. Vosotros, mis padres, os divertíais jugando al bádminton con los vecinos.

Me puse a llorar. Me sentí abandonado y quería estar con vosotros. Nadie respondió a mi llanto, así que finalmente se me ocurrió la genial idea de subir un poco la persiana, abrir la ventana y gritar mi infelicidad. Entonces mi llanto sí fue escuchado, pero el resultado fue muy diferente del que yo pretendía.

Tú, padre, te enfadaste mucho, entraste airadamente en mi habitación y me regañaste por comportarme de forma tan insolente. Entonces me agarraste con fuerza y me pusiste sobre tu hombro como si fuera uno de esos sacos de patatas que cargabas a diario cuando eras joven, en la granja del abuelo. Me bajaste al sótano, concretamente a la bodega, que olía a humedad y moho. Allí había un gran cajón para las patatas. Estaba casi vacío, solo quedaban los últimos restos de la provisión de invierno. Los tubérculos ya habían brotado. Olía a podrido.

En esa caja me dejaste. Todos mis gritos y súplicas no sirvieron de nada. Dijiste: «Toma, puedes seguir gritando todo lo que quieras». Chillé como un loco. Siempre había tenido miedo del sótano. Sabía que allí había ratas. Tus pasos se alejaron. Las luces se apagaron. La puerta dio un fuerte portazo. Grité con todas mis fuerzas y me quedé solo en aquel sótano oscuro y mohoso, encerrado en el cajón. No podía salir. Seguí gritando con pánico. Estaba todo muy oscuro. Con las manos, a tientas, busqué una salida y no encontré más que las apestosas patatas con sus repugnantes excrecencias. Pasó una eternidad durante la cual lo único que sentí fue miedo, pánico, abandono y desesperación.

Más tarde me lo explicaste como un justo castigo por mi mal comportamiento. Mi miedo a ti y a tu temperamento se afianzó con esas experiencias de la primera infancia y se grabó a fuego en mí.

Estas anotaciones de mi amigo me sorprendieron mucho. ¿Así que ese era el tipo de padre con el que creció? Esto me preocupó un poco en cuanto a la sospecha de asesinato. ¿Podría ser que las experiencias traumáticas de Alex con su padre le hubieran hecho desarrollar un odio hacia los hombres que se comportaban de forma dominante con él, como probablemente había hecho su jefe? Hace poco había leído que estos casos no eran tan raros.

Sin embargo, no quería especular demasiado. En primer lugar, me impactó mucho lo que Alex relataba sobre su padre y el calvario que él había vivido siendo niño. En secreto, me alegraba de haber crecido sin padre. No tener padre parecía el menor de los males en comparación con tener uno que se comportara de forma tan brutal con su pequeño hijo.

Ya había leído suficiente por hoy y cerré el diario. No soy miembro del gremio de psicólogos, pero la carta de Alexander al director me pareció indicar que le veía como una especie de figura paterna.

Todo esto me dio dolor de cabeza y me di cuenta de que mi interés por estos diarios era un arma de doble filo y podía robarme la tranquilidad.

23 Planes de venganza

Monika Lochberger era una mujer guapa y activa, de unos cincuenta años, a cuyo nombre estaba registrada la empresa de *software* LSS desde hacía diez años. Lochberger Schul-Software tenía como actividad la creación de programas informáticos para la administración de escuelas. Hasta ahora, no había prestado demasiada atención al negocio, pues era básicamente la empresa de su marido. Reinhard había descubierto su pasión por la programación a una edad temprana y había desarrollado un paquete de programas muy bueno para las escuelas. Sin embargo, a un funcionario del Estado no se le permite dedicarse a una actividad secundaria de tanta envergadura, por lo que fue una idea obvia registrar la empresa a nombre de su esposa Monika.

Así es como la empresa de Monika Lochberger se convirtió en una de las dos principales marcas de *software* del país. Desde su fundación, el volumen de negocio se había multiplicado y los beneficios eran ya varias veces más altos que los ingresos del Sr. Lochberger como director del Colegio Schiller.

Sin embargo, el mercado no era un monopolio. La empresa Messerschmidt Software ofrecía un producto similar y la competencia por las escuelas era feroz. En el último año, Lochberger logró una fuerte expansión y se hizo con algunos de los clientes de Messerschmidt. Esto se debía en parte al creciente descontento de los clientes de esta última, enfadados por los numerosos fallos en las últimas actualizaciones.

Lochberger se aprovechó de ello y, poco a poco, la cuota de mercado pasó a ser de un sesenta por ciento a favor de su empresa. También tenía un mejor contacto con los clientes y, con la ayuda de una excelente fuerza de ventas, recogía con gran precisión todos los deseos y sugerencias de cambios de su clientela. Entonces, siempre anunciaba mejoras que respondían exactamente a las expectativas de sus clientes.

Monika estaba más que satisfecha con esta evolución y se alegraba con su marido por sus éxitos conjuntos y su creciente prosperidad.

Esto cambió de repente cuando, de forma totalmente inesperada, recibió una impactante carta anónima en la que se le revelaba que Reinhard tenía una amante y que la engañaba desde hacía tiempo.

Para demostrarlo, la carta iba acompañada de tres fotos en las que aparecía su marido abrazado a una atractiva mujer más joven.

Monika se quedó atónita y no supo cómo reaccionar. Decidió no enfrentarse a su marido en un primer momento. Aunque estas acusaciones fueran ciertas, seguramente lo negaría todo. En secreto, esperaba que solo fueran calumnias. Sin embargo, por desgracia, en las semanas siguientes encontró varias pruebas más de que su marido la engañaba. Por ello, decidió vengarse con tranquilidad, sin entrar en largas discusiones con él.

A estas alturas era dolorosamente consciente de que con el paso de los años su vida de casada se había reducido cada vez más al mínimo. La vida amorosa era prácticamente inexistente. Reinhard se entregó a su trabajo con increíble energía y tenacidad. Incluso durante las vacaciones pasaba mucho tiempo en la escuela, por lo que ella apenas le veía. Cuando se iban de vacaciones juntos, solían quedarse dos semanas en un hotel de campo de golf, donde su marido era tan activo en los deportes que a primera hora de la tarde ya estaba cansado y solo quería dormir.

Apenas recordaba cómo habían sido sus relaciones sexuales en el pasado. En cualquier caso, hacía tiempo que no intercambiaban caricias. Lo más importante para su marido, además de su programación, eran sus ambiciosos objetivos en la escuela, en competencia con los demás directores de la ciudad. Quería ser el director más exitoso que Lundenburg hubiera visto.

Todo esto llevó a Monika a sentirse cada vez más traicionada. Era una mujer atractiva en la plenitud de la vida, cinco años más joven que su marido. Su vida actual le resultaba insatisfactoria. Materialmente, no le faltaba nada. Podía satisfacer cualquier deseo, pero poco a poco se había ido apoderando de ella la sensación de que le faltaba algo importante. Cada vez se sentía más sola.

De vez en cuando le venía a la mente la novela *Madame Bovary*, que había releído hacía poco. No se podían negar ciertos paralelismos con la protagonista. Las dos se sentían, con razón, abandonadas por sus maridos. Sin embargo, después de todo, sus maridos eran muy diferentes.

El Karl Bovary de la novela parecía una persona despistada y algo indolente que, con un poco de suerte, había llegado a la consulta de un médico rural, donde servía más mal que bien. Su marido, por otra parte, no era en absoluto una persona tan autosuficiente, sino un exitoso gerente con mucha ambición, que al parecer ahora, en sus años maduros, estaba desarrollando aptitudes de mujeriego.

Ahora, la única respuesta concebible desde el punto de vista de Monika era que ella también tendría que encontrar un amante. Probablemente esa era la mejor lección que podía dar a su marido. Si lo pensaba bien, el aparente paralelismo con la novela de Flaubert no existía en absoluto, pues en ella era la mujer quien rompía el matrimonio, mientras que en su caso era su marido. Y ciertamente, a diferencia de Emma Bovary, ella no recurriría al veneno para quitarse la vida al final de una aventura, aunque esta terminara de forma infeliz. Antes le daría la copa envenenada a su marido infiel.

Cuánto tiempo hacía que no iba al teatro, suspiraba para sus adentros. Reinhard no era amigo de los escenarios ni de los conciertos, y sus dos amigas eran cinéfilas. Ya era hora de que diera un nuevo rumbo a su vida, y ese pensamiento la acompañaba muchas veces últimamente.

Poco después de la traumática revelación de la infidelidad de su marido, a Monika se le presentó la oportunidad de conocer a un hombre encantador. Su marido la había llevado a una velada de conferencias en su escuela, y después algunos profesores habían ido a un pub con el director para tomar una copa. Allí conoció al profesor Alexander Strasser, que casualmente estaba sentado a su lado. Su marido estaba más concentrado en lo que pasaba en el otro extremo de la mesa. Allí estaba enfrascado en una animada conversación, mientras ella empezó a hablar con la persona de al lado y pronto descubrió que ese Strasser era un tipo muy simpático. Hablaron animadamente toda la noche, y cuando Monika volvía a casa con su marido tuvo la sensación de que esa noche había comenzado la pequeña aventura que tanto había deseado. Alex también tuvo un flechazo esa noche, y esa maravillosa mujer, con la que se podía hablar de lo divino y de lo humano, incluso de literatura y teatro, ya no podía salir de su cabeza.

Poco después hubo una nueva oportunidad para que ambos se encontraran de nuevo, con motivo de un concierto escolar en el que la orquesta de estudiantes del Colegio Schiller tocó en la iglesia San Markus. Alex había deseado en secreto, al igual que Monika, que se vieran esa noche, y efectivamente su mutuo deseo se hizo realidad. Los dos intercambiaron miradas furtivas en la iglesia. Una vez más, después del concierto, tuvieron una pequeña reunión social en un pub cercano, donde un grupo de unos quince profesores se unió al director de la escuela. Monika y Alex volvieron a charlar animadamente, y hacia el final de la noche se intercambiaron sus números de teléfono y sus direcciones de correo electrónico. Acordaron volver a verse lo antes posible.

Entre los dos corazones solitarios surgió una simpatía que rápidamente se convirtió en una relación amorosa. Por primera vez en muchos años, Monika disfrutó de la sensación de ser deseada por un hombre y de sentirse reconocida como mujer, mientras que Alex quedó fascinado por la inteligencia y el carisma erótico de ese ser femenino. Con ella por fin experimentó, a diferencia de con la siempre beligerante Ulla, un sentimiento de gran armonía.

Alex desarrolló un amor apasionado por Monika y así se lo hacía sentir. Sabían que tenían que ser muy cuidadosos para mantener su relación en secreto. Sin embargo, al cabo de unos meses empezaron a hacer planes para el futuro, y Monika pensó en voz alta en el divorcio. Fue entonces cuando se le ocurrió vender su *software* a la competencia.

Desde un punto de vista puramente legal, esto no era un problema, porque ella era la propietaria de la empresa. No existían acuerdos entre los cónyuges que limitaran el poder de disposición del propietario de la empresa. El Sr. Lochberger no había pensado en esto cuando registró la empresa a nombre de su esposa. En circunstancias normales, Monika nunca habría hecho algo así, pero quería vengarse de la infidelidad de su marido. Además, ahora tenía amor y erotismo. Sentía que por fin había salido de una jaula después de muchos años y podía volver a disfrutar de la vida.

De vez en cuando se sorprendía a sí misma planeando futuros viajes con Alex. Soñaba cada vez más apasionadamente con un futuro juntos, que Monika frenaba un poco al considerar su matrimonio todavía existente.

Durante ese tiempo se puso en contacto con Karl-Heinz Messerschmidt y le hizo saber que estaba interesada en trabajar juntos. Al principio él desconfió, pero cuando se enteró de su planeado divorcio, reconoció la buena ocasión y se declaró dispuesto a cooperar con ella.

Ya se había enterado de que Lochberger estaba trabajando en un nuevo módulo muy mejorado que daría a su producto una ventaja aún mayor en el mercado. Algunos de sus clientes no ocultaban que si el *software* de Lochberger era más avanzado tecnológicamente, dejarían de trabajar con Messerschmidt. Esto le supondría más pérdida de cuota de mercado y, a largo plazo, sería el fin de su empresa.

En esta situación, la oferta de la señora Lochberger le pareció un salvavidas y no dudó mucho en aceptarla. Monika también le dejó entrever coquetamente que no tenía intención de pasar el resto de su vida sola tras el divorcio, sino que podía imaginarse a un hombre como él de pareja.

El nuevo módulo de la empresa Lochberger estaba prácticamente terminado; Monika lo sabía por su marido. Pero seguía siendo un secreto comercial bien protegido, porque solo él trabajaba en su desarrollo. Todas las noches se llevaba los datos actuales a casa en su tarjeta SD y la metía en la caja fuerte nada más llegar. Nadie más que él tenía acceso a ella.

En las últimas semanas, Monika había mostrado un mayor interés profesional por su marido y este le había explicado con detalle las innovaciones de su paquete de programas. Por ello, ahora estaba en condiciones de proporcionar información detallada sobre las nuevas funciones del futuro *software*. Monika ofreció a Messerschmidt ese secreto comercial de su marido y permitirle así salir al mercado con una versión ultramoderna de su programa en pocas semanas. Para la adquisición y entrega del nuevo módulo, exigió un pago único de treinta mil euros, una suma modesta teniendo en cuenta el tiempo de desarrollo necesario de medio año, según le dijo a su socio. Además, exigió la mitad de los futuros beneficios de Messerschmidt.

Los dos llegaron a un acuerdo, porque Messerschmidt esperaba mucho del trato. No solo quería recuperar la cuota de mercado perdida, sino sobre todo hacerse con el monopolio en el futuro. Monika le aseguró la colaboración de sus programadores autónomos. En largas charlas había logrado convencer a sus dos programadores de las excelentes perspectivas de ingresos que podían esperar si seguían trabajando bajo el nuevo enfoque de la empresa después de su divorcio.

Durante semanas reflexionó sobre cómo podría obtener los datos del nuevo programa. Finalmente se le ocurrió la idea robar la tarjeta de memoria en el despacho de su marido, porque no veía ninguna posibilidad de hacerlo en casa. Alex cambiaría la tarjeta por otra del mismo tipo. Este aceptó el encargo de buen grado, sobre todo porque le tentaron con unos honorarios de diez mil euros. Inmediatamente después de obtener los datos, el camino estaría despejado para que ella trabajara con Messerschmidt y pudiera pedir el divorcio.

Durante varios días, Alex se demoró por las tardes en la escuela, cerca del despacho del director, esperando una oportunidad adecuada para acceder a él. Finalmente, el jueves 19 de julio, llegó el momento. El intercambio de la tarjeta de memoria se realizó con éxito.

La tarjeta SD introducida en el ordenador de Lochberger había sido infectada con un virus, una pequeña hazaña de la que Alex estaba especialmente orgulloso. De este modo, el director se distraería y puede que no notara el cambio de la tarjeta.

La entrega de los datos robados tuvo lugar más tarde, en el coche de Alexander. Había aparcado cerca del colegio y, tras una larga espera, entregó la tarjeta a Daniel, un empleado de Messerschmidt, y recibió el dinero en efectivo.

Cuando el director fue encontrado en un charco de sangre esa misma noche, la ciudad de Lundenburg ya no volvió a ser la misma. El espeluznante crimen se posó sobre la ciudad como un velo oscuro y todos se preguntaban quién podía haber cometido un asesinato tan brutal.

24 Abismos

La lectura del diario de ayer me tenía muy alterado y preocupado, y después del trabajo me puse a leer inmediatamente la «Carta a mi padre».

Otra de mis primeras experiencias impactantes fue cuando tenía unos cinco años. En aquella época aún vivíamos en Waiblingen, es decir, antes de trasladarnos a Stuttgart. Un día oí el fuerte llanto y los lamentos de mi madre desde la habitación de al lado y abrí la puerta alarmado. Estaba sentada en la cama y su cabeza sangraba. Tú estabas de pie junto a ella, sosteniendo una sartén. Intentaste calmarme y tranquilizarme. No recuerdo lo que me dijiste. Las imágenes hablaban por sí solas y cualquier comentario era innecesario.

En realidad, un recuerdo así no puede ser muy fiable. Una imagen absolutamente surrealista: mi madre sangrando y mi padre a su lado con una sartén de hierro fundido en la mano. Si no hubiera presenciado después con mis propios ojos el alcance de tu irascible violencia, probablemente descartaría este recuerdo como una fantasía. Después de todo, en ese momento yo era muy pequeño y los fragmentos de memoria de la primera infancia no siempre son fiables. Sin embargo, he tenido muchas experiencias de índole similar contigo en mi vida posterior y, por lo tanto, no hay razón para no confiar en mi memoria y las imágenes en ella grabadas.

Ahora bien, sería injusto y deshonesto si afirmara que solo tenías un lado malo. Al contrario, también hiciste muchas cosas buenas por nosotros, los niños. En primer lugar, eras tú quien se ocupaba de nosotros; nuestra madre aparentemente no tenía ningún interés en ello. Te tomaste el tiempo de sentarte con nosotros y leernos, sobre todo historias de la Biblia para niños. Eran los relatos del Antiguo Testamento los que te fascinaban y los que escuchábamos en nuestras sesiones de lectura juntos, especialmente los fines de semana. Por supuesto, tenías el motivo de educarnos según tu estricta actitud religiosa, pero eso es otro asunto, y nuestra madre supo evitarlo con su fuerte rechazo a todo fanatismo.

También eras quien jugaba con nosotros a los juegos de salón y puedo recordar que siempre era muy agradable y emocionante cuando te sentabas en la mesa de nuestra habitación para jugar al parchís, las damas o las cartas. Nuestra madre nunca lo hacía; casi siempre estaba ausente. Se retiraba a ver la televisión después de hacer las tareas o pasaba el tiempo leyendo. Jugar con sus hijos apenas se le pasaba por la cabeza. Tenía cierta frialdad en su carácter. Me resulta difícil juzgar si se trataba de un rasgo peculiar de ella o si fueron los años de experimentar tu brutal violencia los que la hicieron apartarse de la vida familiar. Porque abusaste de ella una y otra vez, y no dudaste en dejar que los niños fuéramos testigos de ello.

Eras una persona narcisista que quería ser admirada por los que te rodeaban. De cara al mundo te gustaba hacer de marido y padre excelente, para quien nada era más importante que el bienestar de los suyos. Cuando los familiares nos visitaban, tu tema favorito era el gran éxito de tus hijos en la escuela. Detallabas todas las calificaciones y presumías de ellas como si fueran las tuyas. A menudo me sentía avergonzado. Básicamente era una mentira, porque mis logros en la escuela eran solo obra mía. Lo hice todo por mi propio mérito, a pesar de la fuerte presión psicológica que me causaron tus recurrentes muestras de violencia.

En realidad, deberías haber dicho delante de los familiares: «¡Es increíble! Mi hijo tiene excelentes resultados en la escuela, aunque yo intente doblegarlo psicológicamente».

Siempre fue importante para ti que todo se viera bien desde fuera. La fachada tenía que estar bien enlucida. Camisa blanca, traje con corbata y un Mercedes delante de casa: así encarnabas de forma ideal al ciudadano de clase media de aquellos años. Solo los habitantes del edificio, que no dejaban de oír los estridentes gritos de la familia Strasser, se dieron cuenta pronto de que tras el brillante telón había una triste existencia en la que la violencia era el pan de cada día.

He sufrido toda mi vida por mi inferioridad física respecto a ti. Esto también se debió al hecho de que explotaste despiadadamente tu ventaja de mayor fuerza física en todo momento. Incluso amenazabas con golpear a tu ya joven hijo y de vez en cuando lo pusiste en práctica, casi siempre en un ataque de ira.

Lo pasé mal justo antes de empezar el bachillerato, dos días antes del examen de alemán. La guerra conyugal se había desatado en casa durante semanas, y ese día las cosas llegaron a un punto dramático. Después de una o dos horas de los habituales gritos, tú, padre, te acercaste de repente a mí en el salón y me dijiste: «Alex, me voy a dar un paseo de una hora. Cuida a tu madre, que antes abrió la llave del gas». Me quedé espantado por esta revelación y sin palabras, pero te fuiste enseguida. Te fuiste cuando la madre de tus hijos, con ánimo suicida, había intentado quitarse la vida. Quería acabar con su vida por la desesperación de la ruptura de su matrimonio. Y tu comportamiento brutal y violento hacia ella fue una de las principales razones.

A la mañana siguiente te acercaste a mí y no me hablaste del incidente del día anterior, sino de que necesitaba un corte de pelo urgente. Tenía un aspecto horrible con este pelo, como de «hippy». En aquel entonces, eso era el epítome de una juventud antisocial para tu generación.

Defendí mi peinado, señalando que los gustos de los jóvenes eran diferentes de los de veinte años atrás. Te indignaste por ello y dijiste que no estaba bien que no quisiera obedecerte. Mientras viviera bajo tu techo, tendría que obedecer las reglas que tú considerabas correctas. Te contesté que había muchas cosas que no funcionaban. Por ejemplo, que no me parecía bien que me hubieses dejado a cargo de mamá en esa situación y tú simplemente te hubieras ido de casa.

Después de esa frase, sucedió. La aterradora metamorfosis en frenesí rabioso que tantas veces presencié en ti fue especialmente terrible ese día.

Tu cara se enrojeció en cuestión de segundos, con unos ojos que me miraban muy abiertos y llenos de odio. Te levantaste de un potente salto y rugiste: «¿Qué? ¿Tú me vas a decir lo que tengo que hacer? Eso lo veremos».

Y ya los puñetazos me golpeaban la cabeza. Estaba sentado en el sofá y me caí al suelo con los primeros golpes, de lado, hacia atrás, en la esquina, donde me quedé tumbado de espaldas. Me cubrí la cara con los dos brazos para protegerme, pero de poco sirvió, ya que me golpeaste violentamente con una furia ciega. En algún momento saliste corriendo de la habitación y te fuiste del apartamento. Cuando me miré en el espejo, estaba sangrando por el labio inferior, que estaba partido. Todo el lado derecho de mi cara estaba muy hinchado y me asusté de mi aspecto deforme.

Al día siguiente, a pesar de todo, fui al examen de alemán. Por supuesto, todos mis compañeros y los profesores me preguntaron qué me había pasado. Intenté contar el cuento de una caída por las escaleras de la forma más verosímil posible. No sé si alguien se lo creyó. En realidad, no me importaba en ese momento. El bachillerato solo me importaba porque significaba el punto final de mi vida bajo tu reino de terror, porque tenía absolutamente claro que después del examen nadie ni nada me retendría en casa.

Nunca en la vida hablamos de este incidente. De todos modos, nunca dijiste una palabra sobre ninguno de esos incidentes. Por un lado, es comprensible, porque a nadie le gusta hablar de sus propios actos vergonzosos. Por otro lado, te habría dado la oportunidad de sentir remordimientos y quizás incluso de pedir perdón.

Unos años antes de tu muerte, me dijiste una vez con convicción: «Siempre he querido a tu madre». Hoy lamento no haber sido lo bastante valiente para contradecirte con firmeza y preguntarte si creías que era una señal de amor maltratar a la persona que supuestamente amabas. Siento haber perdido la oportunidad de decirte todo esto a la cara y reprocharte que cargaras gravemente mi infancia con tus excesos violentos y sembraras el miedo en mi vida. La brutalidad con la que trataste a mamá aún me persigue hoy, décadas después, en mis sueños e incluso de día.

Traumáticas fueron muchas de mis experiencias y vivencias contigo. Tus ataques de rabia y violencia patológicas llegaron hasta las amenazas de muerte. Más de una vez gritaste de noche en voz alta por el apartamento: «Te voy a matar». Te referías a nuestra madre. Una vez incluso derribaste a patadas la puerta del dormitorio porque ella se había encerrado allí por miedo a ti. Todos estos son hechos y recuerdos tristes que aún hoy sufro. Parece que tú no lo recuerdas. Siempre fuiste un maestro de la negación, un mentiroso hasta negar la realidad.

Tu padre era agricultor y un despiadado educador que sacaba el látigo a sus hijos. Tú eras más delicado y al principio utilizabas ramas de sauce trenzadas con tus propias manos; más tarde, en Stuttgart, cañas de bambú. Según tus propias palabras, tu padre te pegaba a menudo. Tu explicación era un poco absurda. Tuve que escucharla muchas veces: «Mi padre me pegaba, ¿y qué? No me hizo ningún daño». Cómo llegaste a esa conclusión es tu secreto. Tenías que arrodillarte durante horas en la leñera sobre troncos puntiagudos como castigo y eras azotado como un animal por tu padre. ¿Todo eso no te hizo daño? ¿No cambió tu personalidad y te llevó a ser un sádico? ¿No tuviste pensamientos de venganza hacia un padre que te torturaba gratuitamente?

Yo sí los tuve. Y también mi hermana. Hubo un tiempo en que mantuvimos conversaciones sobre cómo deshacernos de ti, qué tipo de asesinato sería el menos arriesgado y cómo tendría que ser ese plan para tener éxito. Gracias a Dios, nuestro impulso criminal no

era tan grande y la fantasía se desvaneció después de un tiempo.
Sin embargo, mentalmente, nos convertiste en parricidas.

En este punto dejé de leer. Estas últimas páginas me hicieron sentir una tremenda agitación interior y me estremecieron. Me resultaba difícil creer que Alexander hubiera crecido en condiciones tan duras. El último párrafo me alarmó en especial.

¿Así que, según admite, de adolescente había fantaseado con la idea del parricidio? ¿Qué podía significar eso en la situación actual? Me pregunté si habría vuelto a caer en los viejos patrones, esta vez contra su jefe, y había perpetrado tardíamente el parricidio.

Tenía que intentar ponerme en contacto con Alex, para hablar con él. Sin embargo, eso era difícil, ya que no sabía dónde estaba ni si podía contactar con él por correo electrónico. ¿Pero qué debía escribirle? ¿Que le comprendía? ¿Que le apoyaba aunque hubiera cometido un asesinato? Estaba perdido.

25 Cómplices

— «Te he echado de menos», susurró Karl-Heinz Messerschmidt al oído de la rubia, abrazándola con fuerza.

— «Yo también te he echado de menos, mi amor», respondió ella en un susurro.

Estaban sentados en el interior de una lujosa caravana que Messerschmidt tenía todo el año en el lago Waldlach, donde de vez en cuando pasaba su tiempo libre. Sobre todo, podía reunirse con Monika aquí sin temor a encontrarse con demasiados conocidos de Lundenburg. Monika acababa de llegar tras un corto y rápido trayecto en coche.

— «Hace siglos que no te veo», refunfuñó Messerschmidt, volviendo a abrazar con fuerza a su amante.

— «Yo siento lo mismo», murmuró ella. «Han sido unos días terribles sin ti.»

— «Lamento lo que le pasó a tu marido. Es una historia terrible, ¿no?»

— «Ciertamente. La policía sospecha de mí, me lo han mostrado abiertamente. Está claro que me estoy beneficiando de la muerte de mi marido, primero por el seguro de vida y segundo porque voy a heredar todos sus bienes.»

— «Sí, ahora te vigilarán de cerca, por lo que es muy importante que no nos llamemos y no nos vean juntos si es posible, porque causaría más revuelo.»

— «Bueno, podríamos intercambiar correos electrónicos disfrazados con información sobre el mercado del *software*.»

— «Tengo una idea mejor, Monika. Tengo dos teléfonos móviles que hasta hace poco utilizaban mis vendedores. Como los empleados se han ido, a partir de ahora usaremos esos teléfonos exclusivamente para nuestras llamadas.»

— «Es una idea fabulosa, querido». Le abrazó y le dio un beso.

— «De todos modos, aquí estamos razonablemente seguros, no creo que la policía esté husmeando. Sin embargo, hay algunas personas de la zona de Lundenburg que tienen sus lugares fijos aquí. Pero principalmente vienen los fines de semana. Luego podemos ir a otro sitio. Y ahora, ¿qué pasa con Strasser?»

— «La policía le tiene en el punto de mira. Puede que piensen que es el asesino, pero no estoy segura.»

— «¿Y por qué no? Me dijiste que odiaba a tu marido. Además, al parecer estaba en la escuela a esas altas horas de la noche. Podría ser, después de todo, que en realidad acabara con tu marido en un acto de venganza. Tal vez sin intención de matarle, quizá solo quería darle una lección y le golpeó un poco demasiado fuerte.»

— «Bueno, eso no parece muy lógico. Él robó la tarjeta de memoria de mi marido con mucha astucia y esfuerzo, y le interesaba cobrar los diez mil euros. Tendría que estar loco para luego atacarle. Me parece poco probable.»

— «Estoy de acuerdo, no sería un comportamiento muy lógico. Pero un profesor que está dispuesto a robar datos importantes a su director puede ser de otra índole, y entonces no tiene por qué seguir las leyes de la lógica.»

— «De todos modos, ha huido, creo que la policía le está buscando y me preguntaron si me parecía sospechoso. Yo me mostré bastante reacia a creerlo. El problema es que si le pillan y la historia del robo sale a la luz, entonces estaremos implicados. E incluso podríamos ser considerados instigadores del asesinato.»

— «Lo sé, a mí también me preocupa. ¿Por qué Strasser no fue a un lugar donde la gente pudiera verle justo después del robo? Ahora tendría una coartada. ¿Y por qué no la tiene?»

Monika enarcó las cejas y lanzó una mirada de reproche a Messerschmidt.

— «Porque esperó durante una hora en su coche cerca de la escuela a tu compañero Daniel, que se retrasó bastante. No cerraron el negocio hasta cerca de las once, y se supone que el crimen ocurrió entre las nueve y media y las diez.»

— «Si es necesario, podríamos conseguir una coartada para Strasser si Daniel testifica que estuvo con él. Pero eso sería un problema para nosotros. No es un secreto que Daniel trabaja conmigo, y entonces las sospechas recaerían automáticamente sobre mí.»

— «Sí, es un verdadero dilema. O proporcionamos a Strasser una coartada y le libramos de la sospecha de asesinato, incriminándonos en el proceso, o no hacemos nada y podría ser detenido y acusado.»

Messerschmidt frunció el ceño; obviamente, se le acababa de ocurrir una nueva idea.

— «¿Cómo sabemos que Strasser realmente estuvo una hora sentado en su coche esperando? En cualquier momento pudo salir del coche, caminar unos pocos metros hasta la escuela y cometer el asesinato, diciéndose "Ahora que ya tengo mi botín, ha llegado la hora de la venganza". Después podría haber vuelto al coche y nadie se habría dado cuenta.»

— «No lo había pensado. Eso significa que le estaríamos proporcionando una coartada que en parte sería falsa, y entonces Daniel podría ser procesado por falso testimonio o incluso por perjurio.»

— «Eso parece. Efectivamente, no sabemos si Strasser tuvo algo que ver con el asesinato o no. Si estuvo en las inmediaciones de la escena del crimen durante tanto tiempo, entonces es totalmente posible que cometiera el asesinato.»

— «Dios mío, esto es realmente complicado… De todos modos, ahora está huido, pero debemos estar preparados por si aparece de nuevo. Si confesara a la policía el robo, tendríamos que negarlo todo.»

— «Sí, absolutamente. Por ejemplo, yo podría alegar que una vez hablé con él sobre la remota posibilidad de obtener secretos comerciales de tu marido. O que él mismo se ofreció a proporcionarme información y me preguntó si cumpliría un trato.»

— «Sí, eso sería creíble. Por supuesto, lo más importante es que en ningún caso salga a la luz nuestra relación personal. Si la policía descubre que estamos confabulados, yo sería sospechosa al instante e incluso podrían culparme del asesinato», dijo Monika con ansiedad.

— «Lo sé, cariño. Por eso es tan importante que no nos vean juntos.»

— «Bien, pero suponiendo que finalmente se le interrogue y afirme haber robado los datos para nosotros, ¿qué decimos?»

— «Ahora mismo no lo sé, cariño. Tendremos que pensarlo si llega el momento. Quién sabe si lo encontrarán, tal vez nos los ahorremos.»

— «Me temo que no puedo compartir tu optimismo. Si hay sospecha de asesinato, se emite una orden de búsqueda internacional. Tarde o temprano le atraparán. Además, tenemos que contar con que la policía vuelva a interrogarnos a fondo a los dos. Ahí es donde debemos coordinarnos bien para no caer en contradicciones.»

— «Si hubiéramos sabido que tu marido iba a morir tan pronto, nos habríamos ahorrado esta estúpida historia del robo. Pero bueno, ahora tenemos los datos y puedo poner a mis programadores a trabajar en ello para instalar los módulos y nuestra nueva versión de *software* estará lista en un par de meses y será un gran éxito.»

— «De acuerdo, pero primero terminaremos nuestro negocio.

Según lo acordado, te venderé los derechos de mis programas por cien mil, y tú garantizas a mi empresa unos ingresos del cincuenta por ciento de los beneficios.»

— «Sí, cariño, eso es lo que acordamos y eso es lo que dirá el contrato. Ahora vamos a relajarnos un poco. Podemos ocuparnos de los negocios más tarde.»

Se abrazaron y se deleitaron de un largo y apasionado beso. Fuera, en el camping, el sol del verano brillaba en todo su esplendor. Mirando al lago, el ambiente de mediodía parecía pacífico y los dos tortolitos aprovecharon para echar una pequeña siesta.

26 Un último recurso

Era viernes por la mañana y hoy me tocaba trabajar en casa. Aunque no había visitas de clientes programadas, estaba de guardia porque en cualquier momento alguien podía llamar por algún problema.

Ayer por la tarde estuve en el funeral del director de la escuela. Lochberger era uno de mis mejores clientes, así que era natural que estuviera presente en la ceremonia de despedida. Una gran multitud se había reunido frente al Cementerio del Norte para presentar sus últimos respetos al director. Habían acudido unos cincuenta profesores de la escuela, algunos alumnos de los cursos superiores, muchos padres y unos cuantos funcionarios de la ciudad de Lundenburg. Los de la prensa también acudieron. Lochberger era, después de todo, un personaje público.

La comitiva vestida de negro se había reunido en la entrada del cementerio. La Sra. Lochberger estaba de pie con otras personas en un pequeño grupo. El estado de ánimo era depresivo, y las expresiones, serias.

Después de colocar el féretro en la tumba, los presentes caminaron en una larga fila, uno a uno, frente al grupo de familiares y dieron el pésame a la esposa y su séquito. Me uní a la fila y esperé pacientemente hasta poder yo también expresar mis condolencias a la Sra. Lochberger. No fui al refrigerio posterior en el cercano Café Waldesruh porque tenía unas citas profesionales a última hora de la tarde.

Por la noche visité el hijo del chatarrero y recogí los papeles falsos para Alex. La calidad del trabajo era excelente, todo parecía inmaculado. En las fotos, Alex se veía un poco extraño, sin barba y con gafas oscuras con montura de pasta en lugar de las suyas habituales sin montura.

En mi mesa de desayuno estaban ahora el pasaporte, el carnet de identidad y el permiso de conducir. Los llevaría a la oficina de correos más tarde. Mientras desayunaba volví a hojear el diario de Alexander, un poco al azar, y mi mirada se detuvo en la palabra Werther. Sabía que Alex estaba interesado en la literatura, como corresponde a un filólogo, pero hasta ahora, en mi lectura de sus notas había visto pocas referencias literarias. A no ser, se me ocurrió en ese momento, que se interpretara la «Carta a mi padre» como una referencia literaria a Franz Kafka, que se hizo famoso con un texto de ese mismo título. Sin pensarlo, me decidí por la entrada de Werther y empecé a leer.

15 de octubre de 2017
Siempre me ha fascinado el Werther de Goethe. El narrador es un joven con intensas emociones y, al mismo tiempo, con una sorprendente comprensión de todas las variedades de la existencia humana. He aquí algunas frases de su primer libro:

«(…) cuando veo acabarse todos sus esfuerzos por satisfacer algunas necesidades que no tienen más intención que prolongar la desgraciada vida (…); todo eso me deja mudo, amigo Wilhelm.

(…) En fin, concedo gustoso (porque sé lo que vas a contestar) que los venturosos sean aquellos que, como niños, viven al día (...) Pues bien, sí, ¡he ahí criaturas afortunadas! ¡Venturosos también los que bautizan con un nombre pomposo o un título imponente sus fútiles ocupaciones e incluso sus mismas pasiones, para presentarlas al género humano como obras gigantescas, emprendidas para traerle mayor prosperidad o para salvarle!

(…) Pero el que en su humildad reconoce lo inútil de todas esas vanidades; el que ve al hombre acomodado arreglar su jardín como un paraíso, y al mismo tiempo ve pasar a un desgraciado jornalero encorvado bajo el peso de una carga abrumadora, sin desanimarse, y que ambos en fin muestran el mismo interés en contemplar siquiera un minuto más la luz del sol; ese está tranquilo, crea su universo en sí mismo y se considera feliz solo por ser hombre. Por limitado que sea su poder, abriga siempre en su corazón el sentimiento y sabe que puede dejar esta cárcel cuando así lo disponga.»

Sí, los fanfarrones públicos, como ciertos superiores presumidos con sus asuntos ridículos, han existido en todos los tiempos. Lo que también me fascina de este texto es la referencia a la libertad, a que uno puede salir de «este calabozo» de la existencia terrenal cuando lo desee.

Esta era la entrada del diario de Alexander del 15 de octubre del año pasado. Sus comentarios eran inquietantes. Por supuesto, sabía que Alex leía mucho y conocía bastantes obras clásicas de la literatura mundial. Pero el hecho de que eligiera este pasaje, de entre todos, que trataba de la idea de poner fin a la vida de uno prematuramente, me inquietó una vez más. Y aquí de nuevo la inconfundible referencia indirecta a su jefe. No era un buen presagio.

Obviamente, tenía cierta tendencia a sacar algo positivo de la idea del suicidio. Esto me dejaba cada vez más perplejo y preocupado. ¿Cómo se le podría ayudar? Probablemente necesitaba psicoterapia.

Ya era hora de ponerse en contacto con él. La pregunta era: ¿cómo? Tenía que hablar sin falta con su compañera Ulla. Ella había estado con Alex durante dos años, tal vez supiera algo que pudiera ayudar en esta situación.

27 Una carta de amor

Desde hacía cuatro días, Alex estaba en camino. ¿Dónde estaría ahora? Llamé a su compañera Ulla, pero se había ido de vacaciones. Su contestador automático decía que estaría disponible de nuevo a partir del 15 de agosto. Así que de momento no podía obtener ninguna información de ella.

Cuando revisé mi correo electrónico, descubrí un mensaje de mi amigo enviado la noche anterior, sobre las once. Me quedé electrizado al leerlo:

Hola Winfried: he llegado sano y salvo. Todos los detalles en el adjunto. Por favor, confirma la recepción de mi mensaje. Saludos, Alex

En primer lugar, me tranquilizó recibir señales de vida de Alex. Abrí el archivo adjunto y miré rápidamente el texto. Alex estaba en Cataluña, cerca de Blanes, a unos cincuenta kilómetros al norte de Barcelona. Se encontraba bien. Aquello estaba repleto de turistas y el tiempo no podía ser mejor. Hasta ahora había pasado todas las noches en el coche, por miedo a ser descubierto por la policía si presentaba su carnet de identidad en una pensión o un camping. Me pedía que le enviara urgentemente los nuevos papeles. Debía enviarle todo por correo certificado y urgente a una lista de correos de Blanes, y él lo recogería.

Había un «Archivo-2», que era una carta para Monika. Me pedía que se la entregara en persona y lo antes posible. No se atrevía a escribirle directamente a ella porque era muy probable que su correo electrónico y su teléfono estuvieran intervenidos. El archivo también estaba encriptado; debía abrirlo, imprimirlo y luego llevárselo a Monika.

Con gran curiosidad abrí el archivo y leí el texto:

Mi querida Monika:

Espero que estés bien. Yo estoy bien, dadas las circunstancias. Ahora estoy en la Costa Brava, en plena vorágine estival. Aquí hay miles de turistas alemanes, así que un alemán más o menos no llama la atención. Tenemos un tiempo estupendo y las playas están repletas.

¿Hay algo nuevo? ¿Ha ido a verte la policía?

Te echo de menos. Escríbeme, pero no por correo electrónico, me temo que está vigilado. Envía una carta a la lista de correos de la oficina de Blanes.

Dirección: Oficina de Correos, Lista de correos, Plaça de la Solidaritat 9, 17300 Blanes, España.

Te abrazo y te mando mil besos.

Alex

Me quedé perplejo y no podía creer lo que veían mis ojos. ¿Alexander tenía una relación amorosa con la esposa de su jefe? Por sus anotaciones en el diario, hasta ahora solo había concluido que existía una relación amistosa y de «negocios» entre ambos. Todo parecía cada vez más confuso.

Decidí llamar a la Sra. Lochberger de inmediato. Una voz de mujer respondió al otro lado de la línea.

— «¿La señora Monika Lochberger?»

— «Sí, yo soy.»

— «Sra. Lochberger, nos vimos ayer brevemente en el funeral de su marido. De nuevo mis condolencias.»

— «Gracias.»

— «Tuve tratos profesionales con su marido. Mi nombre es Alonso. Su marido tenía un contrato de mantenimiento conmigo para los ordenadores de la escuela, así que teníamos contacto de vez en cuando. Pero aparte de eso, hay una cosa que debo hablar urgentemente con usted. También tengo un documento para entregarle. ¿Hay algún lugar donde podamos hablar en privado? Es importante.»

— «Me despierta la curiosidad, Sr. Alonso. ¿No podría enviarme ese documento por correo?»

— «Me temo que no, porque tengo que decirle unas palabras al respecto. Pero le prometo que acabaremos en cinco minutos.»

Se produjo una breve pausa. Evidentemente, estaba considerando qué hacer.

— «Muy bien, entonces, venga a mi casa. ¿Sabe mi dirección?»

— «Calle Faraday, número 12. ¿Es correcto?»

Respondió afirmativamente y quedamos en que estaría allí a las dos en punto.

Aún me quedaba hora y media. Metí los documentos para Alex en un sobre acolchado, escribí la dirección y metí una breve carta.

En ella le deseaba buena suerte y todo lo mejor en su odisea. De camino a casa de la señora Lochberger, enviaría la carta por correo certificado.

28 Una mujer inocente

A las dos en punto aparqué el coche frente a la casa de Lochberger. Nunca había estado allí. Solo había visitado al director en la escuela. El hombre había elegido una zona residencial exclusiva. Carísimos automóviles estaban aparcados frente a pulcras casas unifamiliares con cuidados jardines delanteros.

Llamé al timbre y poco después se abrió la puerta y la señora Lochberger me sonrió. Ya la había visto en el servicio fúnebre, pero aun así me sorprendió ver a una mujer tan atractiva frente a mí.

— «¿Es usted el Sr. Alonso?»

— «Sí, soy yo», respondí algo incómodo. «No quiero entretenerla mucho tiempo. Si lo prefiere, podemos hablar aquí en la puerta, es...»

— «No, no, por favor, faltaría más. Entre, por favor.»

Me llevó a una habitación que debía ser el estudio de su marido.

— «Entonces, ¿qué noticias importantes tiene para mí?», preguntó con un dejo de ironía en su voz.

— «He recibido una carta para que se la entregue, de mi amigo Alexander Strasser.»

Mientras decía esto, observé su rostro con atención. Parecía algo alarmada por la noticia, pero logró disimular bien su sorpresa.

— «¿Y dónde está nuestro común amigo?», preguntó con curiosidad.

— «Supongo que sabe que la noche del asesinato estuvo en la escuela bastante rato, y por esa razón es uno de los sospechosos.»

— «Sí, lo sé», respondió, y noté que se sentía evidentemente incómoda por el asunto.

— «¿Así que tiene una carta para mí?», preguntó entonces bruscamente. «Pues entonces sea tan amable de dármela.»

Me hubiera gustado hacerle antes algunas preguntas más, pero ahora no podía oponerme a su petición directa y le entregué la carta doblada.

La leyó rápidamente.

— «Así que está en España... Y le ha enviado la carta por correo electrónico. ¿No es arriesgado para él? ¿Y si la policía ha intervenido su correo?»

— «Acordamos protegerlo con una contraseña.»

— «Buena idea. ¿Pero qué hace Alex en España? No podrá esconderse indefinidamente». En su rostro se reflejaba una gran preocupación.

— «Habría preferido que no hubiera huido, pero supongo que tiene miedo de que le encierren por asesinato. La pregunta crucial para mí es por qué no tiene coartada para esa noche.»

La señora Lochberger asintió con la cabeza.

— «Yo también le pregunté por la coartada, pero solo me dio respuestas evasivas. Aun así, me dijo que intentaría contarle a su compañera la gravedad de la situación y que esperaba que ella le proporcionara una coartada. Creo que eso no funcionó, por desgracia. Por eso se debió ir con tanta prisa. Por cierto, no se despidió de mí…»

— «Alex me explicó el problema de la coartada. Al fin y al cabo, ese era el motivo de su huida. Lo que no me contó, sin embargo, fue su estrecha relación con usted.»

Monika Lochberger sonrió tímidamente.

— «Lo llevamos con mucha discreción. Al fin y al cabo, yo estaba casada, aunque mi matrimonio llevaba muchos años en la cuerda floja. Mi marido y yo estábamos juntos solo de cara a la galería. Estábamos planeando divorciarnos pronto. Y entonces, hace unos meses, conocí a su amigo Alex. Nos hicimos íntimos y nos enamoramos. Lo peor es que ahora se esconde en el extranjero. ¿Tiene alguna idea de cómo podríamos ayudarle?» Me miró expectante.

— «En realidad, esa idea debería ocurrírsele a usted», dije algo irritado, «porque al fin y al cabo usted hizo que mi amigo robara unos datos.»

La Sra. Lochberger estaba ahora visiblemente alarmada.

— «¿Y usted cómo lo sabe?» Parecía desconcertada.

— «Alexander dejó aquí sus diarios para que yo se los guardara. En uno de ellos cuenta cómo se organizó el contacto con Messerschmidt. Está perfectamente claro que usted le indujo a cometer ese arriesgado robo.»

Me lanzó una mirada desafiante.

— «Ahí se equivoca. Aunque su diario lo diga, no es correcto. Lo que es cierto es que hablé con Alex sobre mis planes de futuro y mi intención de divorciarme. Había planeado trabajar con Messerschmidt después del divorcio. Como propietaria de la empresa, puedo decidir qué hacer con ella. Tras hablar con mi competidor Messerschmidt, llegué a la conclusión de que sería más ventajoso para todos asociarnos en vez de ser adversarios. Pero sabía que mi marido no estaría de acuerdo. Por eso decidí apoderarme de los nuevos módulos de *software*, a los que de todos modos tengo derecho como propietaria de la empresa.»

Me sorprendió la sangre fría de esta mujer y momentáneamente no pude hacer nada para refutar su argumentación. No se podía negar que ella, como propietaria de la empresa, era la dueña de todos los productos de su negocio. En este sentido, la sustracción de la tarjeta de memoria del ordenador de su marido ni siquiera podría considerarse un robo.

— «Lo que dice puede ser cierto, al menos en lo que se refiere a su papel en la empresa. Pero ha involucrado a Alex, y él no es un empleado de su empresa, es un empleado de la escuela de su marido y un empleado público. Si le detienen, le acusarán de robo o de malversación de fondos de trabajo de un superior. Al fin y al cabo, en esa tarjeta de memoria no solo estaban los módulos del programa de su empresa, sino, lo que es más importante, otra información relevante para la escuela. Difícilmente ayudará a Alex si dice en el juicio que usted le pidió que robara una tarjeta de memoria de su propia empresa. La apropiación indebida de información oficial es un delito.»

— «Bueno, no exagere, que la tarjeta de memoria no tenía ningún secreto de la escuela, solo algunas hojas de trabajo y diapositivas para la próxima conferencia de profesores.»

— «No intente quitar hierro al asunto. Por supuesto, lo principal es que hubo un asesinato, y por eso estamos hablando de ello. Y Alex, después de todo, ha huido por esta razón, es decir, porque es sospechoso de asesinato. La tarjeta de memoria por sí sola no habría interesado a nadie en absoluto.»

— «En eso tiene razón», dijo ahora tímidamente. «Sé que tengo la culpa de este lío.»

La interrumpí.

— «Y en cuanto a la coartada, está perfectamente claro que carece de ella porque en el momento del crimen estaba esperando en el coche a Daniel, el socio de Messerschmidt, y no quería ser visto por nadie.»

La señora Lochberger parecía ahora realmente turbada por el asunto.

— «Bueno, intentaré ayudarle. Además, le echo mucho de menos y no puedo imaginarme estar semanas sin verle.»

— «Y yo estoy muy preocupado por él», dije tras una breve pausa. «En este momento debe sentir que lo ha perdido todo. Su existencia acomodada, su jubilación, su libertad… Está solo y huyendo. Si la policía le detiene, para el sería terrible. De la lectura de sus diarios, tengo la impresión de que no es ni de lejos tan estable psicológicamente como parece. ¿Cree que de alguna manera podría proporcionarle una coartada?»

— «Sí, supongo que es la única solución», dijo la señora Lochberger, pensativa. «Se me ocurrirá algún modo de hacerlo posible.»

— «Entonces deberíamos darnos prisa, quizá juntos podamos encontrar alguna salida», dije.

— «Sí, tiene razón. ¿Por qué no me da su número de teléfono y me pondré en contacto con usted en breve? Si hay alguna novedad, podemos hablar.»

Acepté su sugerencia y le di mi tarjeta de visita.

— «Ha sido un placer conocerla. Espero que pronto podamos saber cómo sacar a nuestro amigo de su mala situación.»

— «Sí, yo también lo espero», dijo. «Ahora que mi marido ya no está, echo de menos a Alex como nunca. Ya habíamos hecho planes para el futuro juntos y ahora todo eso está en peligro. Me duele muchísimo», dijo con cara de tristeza. «Llámeme si sabe algo nuevo de él. También le enviaré una carta hoy mismo, para que sienta que no está solo y olvidado.»

— «Es muy considerado por su parte», dije con cierta emoción, y nos despedimos con la perspectiva de volver a comunicarnos por teléfono lo antes posible.

En el camino de vuelta, pensé en la conversación. La mujer me causó una impresión ambivalente, pero si realmente quería a Alex, se las arreglaría para lograr una coartada para él. Por primera vez en días me sentí confiado y aliviado. Además, ahora tenía ganas de volver a ver a Susanne esa noche y comentar con ella todo lo que me rondaba por la cabeza.

29 Un bonito encuentro

Mientras tomaba un café, llamé a Susanne, que ya estaba en el Intercity Express de Hamburgo y debía llegar pronto. El tren había salido a tiempo, confirmó, y estaba deseando por fin volver a verme. Le dije que me hacía mucha ilusión estar con ella pronto. A las siete y diez la recogería en la estación central de Stuttgart.

Decidí dar un pequeño paseo en bicicleta y me dirigí a través de los campos. Una hora más tarde llegué a casa, sudoroso y satisfecho. Tras una refrescante ducha, me quedaban unas dos horas hasta la llegada de Susanne. Quería aprovechar este tiempo para echar otro vistazo a los diarios, aunque cada vez tenía menos ganas de hacerlo. Las revelaciones de mi amigo sobre su pasado y su estado mental eran demasiado oscuras e inquietantes. Busqué el libro con la fecha más reciente y lo abrí al azar. La primera frase que me llamó la atención me resultó alentadora y comencé a leer.

15 de mayo de 2017
Ayer tuve un bonito encuentro. El tiempo era cálido y soleado, y yo había caminado hasta el parque con un libro y me había acomodado en un banco. Es una época del año preciosa, todo florece y reverdece, y el canto de los pájaros te hace olvidar la vida cotidiana.

Una mujer joven y su hija de unos ocho años se sentaron en el banco de al lado. Mi nieta Corinna tendrá ahora más o menos la misma edad, pensé. No la he visto desde que mi hija emigró a Australia. De eso hace ya muchos años. Iré a visitarla cuando me jubile, estoy decidido.

Las dos que estaban a mi lado charlaban animadamente y la madre respondía con paciencia todas las preguntas de su hija. Al cabo de un rato, la niña pidió su pelota y empezó a correr desenfrenadamente por el parque con ella. La madre la llamó de inmediato y le dijo, con calma pero con firmeza, que de ninguna manera debía correr por los parterres, y le señaló una zona de hierba sin flores.

Más tarde, la niña volvió con su madre y quiso que le leyera un cuento. Su madre sacó un libro de cuentos de su mochila y empezó a leer. Me gustó verlas en esa pacífica y armoniosa unión.

Al cabo de un rato, la niña pidió un helado, pero su madre se negó, diciendo que hoy ya había tomado hoy. A pesar de todo, el in-

tercambio de palabras entre ambas era tranquilo.

Ver cómo se comunicaban me resultó muy agradable. Sentí claramente el amor de la madre en cada una de sus expresiones, aunque negara a su hija uno u otro deseo.

En secreto, envidiaba la felicidad de esa niña con una madre tan cariñosa. La mayoría de los padres de hoy en día entienden que sus hijos son personas, no cosas que hay que manejar. Y que estas personitas tienen derecho al reconocimiento, la atención y el amor, y que humillarlas, asustarlas o dañar su autoestima es un crimen.

Basta con leer novelas del siglo XIX, como Oliver Twist o David Copperfield, para darse cuenta de que no hace mucho tiempo todo el llamado mundo civilizado maltrataba abominablemente a sus niños.

Pegar a los niños seguía siendo normal en mi infancia y yo mismo he vivido bastantes muestras de ello.

Mi madre podría haber sido más protectora durante esa dura infancia. En cambio, la recuerdo dolorosamente como una autoridad constante que regañaba, criticaba y refunfuñaba. Mi padre, irascible, pero en el fondo cariñoso, a pesar de sus arrebatos violentos, era una carga más fácil de soportar que mi madre, poco cariñosa e insensiblemente mandona, con sus comentarios hirientes y despectivos, que caracterizaban la vida cotidiana de mi infancia.

Por supuesto, se pueden encontrar circunstancias atenuantes a favor de una madre que tuvo una infancia dura y pasó los años de guerra con graves traumas. Pero de niño yo no sabía nada de esto y solo sentía que mi madre me consideraba algo indigno, ya que siempre me trataba con tanta frialdad, dureza y humillación.

Más tarde, cuando fui adulto, se mostró por completo reacia e incapaz de cualquier conversación, incluso mínima, sobre el tema. A menudo cortaba de raíz cualquier intento mío de hablarle de mis experiencias y sentimientos de la infancia con un silencio gélido y poniendo cara de ofendida.

Se había sacrificado por nosotros, los niños, día tras día, ¡y este era el agradecimiento que recibía! Mantuvo esta actitud hasta el final de su vida y nunca dejó que se discutiera abiertamente.

Cerré el diario y de nuevo me deprimí por lo que había leído. Todo en estas notas de mi amigo era triste y doloroso. El «bonito encuentro» del principio me había hecho esperar encontrar algo agradable y placentero. Pero para Alex no era más que una ocasión de rememorar sus penosos recuerdos de las heridas de su infancia.

Todo esto me daba la impresión de que mi amigo era mentalmente inestable, tal vez incluso enfermo. En cualquier caso, me pareció conveniente recomendarle que buscara atención psicológica.

Que un adulto a una edad avanzada no tenga nada mejor que hacer que ocuparse constantemente de sus traumas infantiles y de sus terribles padres, solo podía interpretarse como un trastorno grave. En este contexto, también me pregunté de nuevo si estaría en peligro de suicidarse.

Quería comentarlo con Susanne. Ella era una profesional y había estado trabajando en su propia práctica psicoterapéutica durante veinte años. Tenía curiosidad por saber qué opinaría ella.

30 La visita de Susanne

Diez minutos antes de la llegada prevista del Intercity Express de Hamburgo yo ya estaba en la estación, porque las plazas de aparcamiento son siempre muy escasas. Tuve suerte, encontré un hueco de inmediato, salí y eché algunas monedas en el parquímetro. El vestíbulo de la estación estaba muy lleno en ese momento. El tablón de llegadas indicaba que el tren de Susanne llegaría cinco minutos tarde. Volví al coche. Esos hombres de uniforme están siempre muy ansiosos por poner multas de estacionamiento.

Estaba muy feliz por ver a Susanne de nuevo. Nos habíamos encontrado por última vez hacía tres semanas. El fin de semana pasado no pudo venir porque tenía obligaciones profesionales, y la semana anterior le había impedido hacerlo la visita sorpresa de una vieja amiga de Francia.

Tantas cosas habían pasado en los últimos diez días, que era casi como un mareo. Recordé los acontecimientos, el asesinato de Lochberger, el robo de datos de mi amigo Alex, luego su desesperado grito de auxilio por su falta de coartada y la sospecha de asesinato, su ruptura con Ulla y finalmente su precipitada fuga, que yo le había ayudado a realizar consiguiéndole documentos de identidad falsos.

Era increíble la aventura en la que de repente me había visto envuelto. En retrospectiva, ahora tenía serias dudas sobre si realmente había hecho un buen servicio a mi amigo. Y si era el asesino, y yo le había ayudado a escapar, también yo sería inculpado, lo que me preocupaba cada vez más.

Pero había momentos en los que estaba completamente convencido de la inocencia de Alexander. Sin embargo, estaba muy preocupado por su estado mental. Lo que había leído en sus diarios era muy alarmante desde mi punto de vista. Me alegraba de tener a Susanne como una compañera con la que no solo podía hablar de este tema, sino que también haría observaciones bien fundadas al respecto, desde su propia perspectiva y experiencia profesional.

Una mirada al reloj me indicó que el tren de Hamburgo llegaría de inmediato. Salí, cerré el coche y volví a la explanada de la estación, donde me coloqué en la salida norte. Una multitud de personas entraba y salía; era una gran escena de gente con prisa aquí y allá. Mi paciencia se puso a prueba. Finalmente, después de unos minutos de espera, vi el rostro impactante de Susanne entre los viajeros que venían hacia mí. La saludé con la mano y enseguida me vio. Momentos después nos abrazamos y besamos tiernamente. Luego tomé su maleta y nos dirigimos hacia el coche.

— «Me alegro de que por fin estés aquí», le dije contento. Ella sonrió, alegre; también estaba muy contenta de que por fin estuviéramos juntos.

— «No nos hemos visto en años...»

— «Porque hace quince días me dejaste por tu amiga francesa», murmuré haciéndome el ofendido.

— «Oh, querido», dijo ella también sobreactuando, «lo lamento mucho, y hoy te lo compensaré con creces.»

— «Eso suena bien», dije con un guiño, y nos metimos en el coche.

Nos abrazamos de nuevo, y después de un beso, este más apasionado, nos fuimos y llegamos a casa en veinte minutos.

Yo ya había preparado una pequeña cena y nos sentamos con ella en el balcón, disfrutando de los últimos rayos del sol de la tarde y del agradable ambiente de verano. Eran alrededor de las ocho y la noche iba a ser cálida y agradable. Con una copa de vino tinto nos contamos lo que había pasado en las últimas semanas.

Susanne me habló de una paciente que había estado con ella durante dos años en psicoterapia y que recientemente había intentado suicidarse. Esto la había afectado mucho y también la había sometido a mucha presión. Por supuesto, se preguntaba si, o en qué medida, podría haberlo evitado, y si la terapia quizás había sido demasiado para su paciente.

Escuché el caso con mucha atención y luego empecé a hablarle de Alex.

— «Te lo conté brevemente por teléfono», dije, y bajé la voz para que ningún vecino pudiera oír nada a través de las ventanas, porque todas estaban abiertas. «Mi amigo Alexander ha huido del país y ahora se esconde en España, porque es sospechoso de asesinato. El director de su escuela ha sido asesinado.»

— «Sí, me hablaste del crimen, una historia terrible, pero no sabía que se había marchado. Eso es nuevo para mí», dijo asombrada.

— «Puede ser que con los nervios del momento se me olvidara decírtelo. En cualquier caso, no tiene coartada, y como estaba en la escuela la noche del crimen, las sospechas han caído sobre él. Pero hay algo más, hizo algo estúpido esa noche, antes de que el director fuera asesinado. Quería gastarle una especie de broma y robó o cambió su tarjeta de memoria. Lo consideró como un acto de venganza contra el director, a quien odiaba, y parece que vendió esos datos a una compañía rival.

— «¿Qué? Es increíble. ¿Por qué diablos lo hizo?» Susanne estaba consternada.

— «Eso mismo le pregunté yo. Después de salir de la escuela, por la noche, se reunió con su cliente, que por supuesto quiere permanecer en el anonimato, por lo que no tiene coartada para la hora del crimen, que probablemente fue entre las 9:30 y las 10.»

— «¿Realmente le robó datos a su director? Es una locura», exclamó Susanne horrorizada.

— «Yo también se lo dije cuando me lo confesó. Y ha ganado unos diez mil euros por los datos robados.»

— «Nunca hubiera creído que tu amigo pudiera hacer cosas tan criminales.»

— «Tienes razón. Estoy muy decepcionado por su comportamiento. Parece que él también se arrepiente, o al menos eso me dijo. No tiene coartada para el momento del crimen, y tuvo una discusión con su compañera. Ella no estaba dispuesta a encubrirle, así que decidió esconderse hasta que la policía encuentre al asesino.»

— «Realmente es una historia horrible», dijo Susanne pensativa. «¿Estás en contacto con él?»

— «Ayer recibí un correo electrónico suyo en el que me decía que está en Cataluña y que de momento se siente seguro porque aquello está lleno de turistas.»

— «¿Crees que tiene algo que ver con el asesinato?», me preguntó Susanne.

— «En realidad, no», respondí con cautela, «pero no estoy totalmente seguro. Alex dejó su piso y llevó todas sus cosas a su casa de campo en Dörflingen. Vació el piso de Lundenburg, pero dejó una caja con unos diarios y me pidió que los recogiera. Tenía miedo de que la policía los encontrara y los confiscara durante el registro de la vivienda. No sabía dónde guardar los diarios en lugar seguro. Además, planeaba pasar más tiempo en el sur los próximos inviernos. Si una casa está vacía durante mucho tiempo, siempre hay peligro de que entren a robar. En cualquier caso, quería evitar que sus diarios cayeran en manos de extraños.»

— «¿Y tú recogiste esos diarios?»

— «Sí, fui a su viejo piso el lunes pasado y cogí la caja. También los hojeé un poco, ya que me pidió expresamente que los leyera. Y debo decir que la lectura me hizo sentir muy incómodo.»

— «¿Por qué?», preguntó Susanne con mirada escéptica.

— «Escribe mucho sobre su desgraciada infancia, su odio a su padre, que probablemente le pegaba a menudo de niño y adolescente, y que también abusaba de toda la familia, en especial de su madre.»

— «Desde luego, eso es terrible», dijo Susanne compasivamente.

— «Y puedo imaginar que esa experiencia le hizo hipersensible a las figuras paternas autoritarias. Probablemente veía así a su jefe. En cualquier caso, tenía una actitud muy negativa hacia su superior.»

— «Sería interesante que me mostraras esas partes de los diarios.»

— «Sí, por supuesto, los veremos luego. Otra cosa que me preocupa mucho es el alto grado de autocompasión que se refleja en sus escritos, su queja sobre el destino inmerecidamente duro que ha tenido. Todo esto me ha hecho pensar que podría ser un suicida, sobre todo si esta situación de fuga dura mucho tiempo o si es detenido por la policía.»

— «Está claro que una triste historia familiar de fondo siempre es una carga. ¿Ha tenido alguna vez apoyo psicológico?»

— «Nunca me ha dicho nada sobre eso; no creo.»

— «¿Tienes la impresión de que realmente está en peligro de suicidarse?»

— «En realidad no, por el momento no; solo temo que con esta situación desesperada llegue a un punto en que no vea ninguna solución. Y si la policía le detiene y le acusan de asesinato, y luego está en prisión preventiva semanas o meses, eso podría cambiar el panorama por completo.»

— «Entiendo lo que quieres decir», dijo Susanne pensativa. «¿Hay alguna mujer en su vida? ¿Dijiste que había roto con su compañera?»

— «Sí, lo hizo. Su novia, Ulla. Llevaban juntos dos años, pero él nunca fue realmente feliz con ella, según me contó. Pero parece que hace poco se había enamorado de una mujer casada.»

— «¡Oh, querido, encima eso! ¿Y quién es esa mujer?» Susanne apenas podía ocultar su curiosidad.

— «Escucha bien: esa mujer es la esposa del director asesinado.»

— «¿Qué? ¡Cielo santo!» Susanne estaba impresionada. «Todo esto es bastante extraño. ¿La conoces?»

— «La visité brevemente ayer porque Alex me envió una carta para ella. Se suponía que debía imprimirla y llevársela, pero por supuesto la leí, y él le dice que la ama y que está consumido por la nostalgia.»

— «¿Y cómo reaccionó ella ante la carta?»

— «Se llama Monika, por cierto. Admitió que tiene una relación con Alex, y también me habló de que su matrimonio se hizo añicos ya hace años. Me dijo que ella y su marido planeaban divorciarse.»

— «Bueno, ella quería deshacerse de su marido, y parece que Alex odiaba a ese hombre. Huele un poco sospechoso, ¿no? ¿Quizás lo planearon juntos?»

— «No lo sé, y prefiero no pensarlo», respondí a regañadientes. «Con todo, es una situación muy misteriosa, y mi cabeza no para de darle vueltas.»

— «No me sorprende, Winfried», dijo Susanne, y puso su calmante mano sobre la mía. «Luego echaré un vistazo a las anotaciones del diario de las que me has hablado. Quizás pueda hacerme una idea de lo que está pasando por la mente de tu amigo.»

— «¿Sabes qué?», dije, «es una agradable noche de verano, disfrutemos del momento y dejemos todo eso para mañana.»

Volví a llenar nuestras copas y Susanne estuvo de acuerdo con mi sugerencia. Nos quedamos largo rato sentados en el balcón, charlando de esto y de aquello, haciendo planes de vacaciones para el otoño y disfrutando de estar otra vez juntos después de una larga separación.

31 Una coartada

Monika Lochberger pulsó el botón del mando a distancia y la puerta de la mansión de Messerschmidt se abrió lentamente. Condujo los cien metros del jardín hasta la fachada de la moderna casa, en su mayor parte de cristal. Monika llamó al timbre, la puerta se abrió automáticamente, se apresuró a entrar en la casa y cerró. Messerschmidt se acercó a ella con entusiasmo.

— «¿Qué pasa? ¿Por qué has venido? Sabes que es arriesgado.»

— «Tenemos que hablar urgentemente, Karl-Heinz», dijo ella con un tono nervioso que le preocupó.

— «¿Qué ocurre, cariño?», le preguntó llevándola al salón, donde ambos tomaron asiento en el sofá de cuero.

— «¿Conoces a un tal Sr. Alonso?», preguntó Monika.

— «No, el nombre no me suena», dijo Messerschmidt con relativa indiferencia. «¿Por qué? ¿Qué pasa con él?»

— «Yo tampoco le conocía, pero al parecer es un buen amigo de Alexander y vino a visitarme.»

— «Ah, ¿sí? ¿Y qué quería?»

— «Me trajo una carta de Alex. Ha huido a España porque teme que aquí le detengan por asesinato. Y envió una carta por correo electrónico a su amigo Alonso diciéndole que me la entregara personalmente.»

— «Bueno, casi es una razón para ponerme celoso… ¿Qué quiere Strasser de ti?»

— «Déjate de bromas, Karl-Heinz, sabes que he mentido un poco a Alex para que colaborara con nosotros. Pero el problema es que ahora ese amigo suyo también lo sabe. Tiene los diarios de Alex en custodia y en ellos ha leído que su amigo robó la tarjeta de memoria y que te la ha vendido. Y me echa la culpa de que Alex esté huyendo, porque yo lo preparé todo.»

— «Eso es un fastidio», dijo Messerschmidt con expresión seria. «¿Y qué quiere el Sr. Alonso? No estará tratando de chantajearnos, espero.»

— «No, no dijo nada de eso. Pero quiere que yo ayude a Alex a encontrar una coartada para el momento del crimen y que así pueda dar por finalizada su fuga. Quiere ayudar a su amigo, eso es todo.»

— «¿Y tú cómo vas a conseguir una coartada para Strasser?»

— «Tengo que arreglarlo de alguna manera, o tendremos problemas. Si atrapan a Strasser, seguramente declarará y todo saldrá a la luz. Al final, podría parecer que nosotros encargamos el crimen. Esa sería la peor de todas las posibilidades imaginables.»

— «En efecto. ¿Y qué vas a hacer?»

— «La única declaración creíble sería decir que estaba conmigo esa noche. Diré que vino directamente de la escuela a mi casa y que pasamos las siguientes horas juntos.»

— «¡Pero sería un escándalo si la gente se enterara de que tienes una aventura con un profesor de la escuela de tu marido!»

— «No tengo intención de que sea un gran escándalo. La policía me tomará declaración e insistiré en que manejen el asunto con discreción. Será mejor que lleve a mi abogado, para asegurarse de que la policía no filtre nada.»

— «¿Eso significa que realmente quieres decir a la policía que tienes una aventura con Strasser? No creo que sea una buena idea.» Messerschmidt hizo una mueca.

— «Me parece la única solución. ¿Dónde si no va a conseguir una coartada? No podemos involucrar a tu colega Daniel, porque eso lo destaparía todo. Pero en cuanto Alex tenga una coartada, no dirá nada a la policía. Y tampoco creo que Alonso vaya a la policía, porque no querrá incriminar a su amigo.»

— «Puede que tengas razón», dijo Messerschmidt con expresión pensativa. «Sin embargo, no me gusta que quieras contar a la policía algo tan íntimo. Siempre existe el peligro de que se haga público. Y eso puede dar lugar a cotilleos y rumores sobre ambos, y si luego nos casamos, no sería bueno para nuestra reputación.»

— «Por eso quiero que intervenga mi abogado, para que ejerza la presión necesaria sobre la policía. Deben saber que mi coartada es un asunto muy personal y que podríamos demandarles por daños y perjuicios si esas declaraciones privadas no se manejan con la discreción que merece el asunto.»

— «Muy bien, si tú lo dices… ¿Pero exactamente qué piensas hacer?»

— «Ir a buscar a Strasser para que vuelva de España lo antes posible.»

— «¿Qué? ¿Ir a buscarle? No puedes estar hablando en serio.»

— «No hay otra manera. No puedo contactar con él. Seguro que ya han emitido una orden de búsqueda internacional y él debe estar allí sentado, en Cataluña, en un pueblo turístico. La policía no tardará en encontrarle y extraditarle. Y si luego le interrogan y posiblemente habla demasiado en caliente, entonces estamos fastidiados. Eso no puede ocurrir bajo ninguna circunstancia, así que quiero traerle cuanto antes.»

— «Bueno, no me gusta nada el asunto. De todos modos, ¿sabes dónde está exactamente?»

— «Todo lo que sé es que está en Blanes, cerca de Barcelona. Dio como dirección postal la oficina de correos, donde quiere recibir las cartas.»

— «Eso significa que no puedes encontrarle porque no sabes dónde está.»

— «Cierto, pero le pediré a Alonso que le envíe un correo electrónico y le diga que voy a ir y que tengo una coartada para él.»

— «¡Cuidado con el correo electrónico! La policía puede tenerlo intervenido.»

— «Mi carta la escribió como correo encriptado y Alonso también le escribe así.»

— «Vale… ¿Y qué vas a hacer cuando llegues allí?»

— «Volver con él e ir a la policía a declarar, y él tendrá una coartada para demostrar su inocencia. Así se acabará la historia de la fuga y no tendremos que preocuparnos de que Alex cuente nada.»

— «Todo esto que has planeado suena un poco aventurado», dijo Messerschmidt, frunciendo el ceño. «¿Y cuándo piensas irte?»

— «Tan pronto como sea posible, tal vez mañana. Quería hablarlo contigo antes de tomar una decisión.»

— «Me gusta que me comentes las cuestiones importantes. Después de todo, pronto estaremos en el sagrado estado de matrimonio, y lo correcto es que siempre nos lo consultemos todo.»

— «Por supuesto, Karl-Heinz», dijo Monika de forma halagüeña, inclinándose hacia su pareja, besándole y acariciándole la cara con ternura.

— «Olvidemos el estrés un rato y vamos a relajarnos. Y por favor, no te enfades conmigo si vuelvo a casa por la tarde para organizar todo lo necesario.»

32 Revelaciones sorprendentes

En el desayuno, ambos nos quejamos de que teníamos los múscu-
los ligeramente doloridos. Ayer pasamos el día en una hermosa y algo
larga excursión por la Selva Negra y llegamos a casa agotados. Hoy
Susanne quería echar un vistazo a los diarios. Le mostré algunos de
los pasajes que yo había leído. Estaba bastante asombrada. Luego pasamos las páginas y nos encontramos con el título «Pesadillas» hacia
el final del último diario. A Susanne le pareció bien que yo lo leyera
en voz alta.

*Me siento amenazado y todavía me persiguen las pesadillas. Una y
otra vez tengo sueños en los que mi padre aparece de repente y aterro-
riza a toda la familia. Como en el sueño de esta noche. Me vi de adolescente en mi antigua familia y, de repente, mi padre nos amenazaba
a todos. Yo estaba muy asustado. Como la situación llegó a un punto
culminante y se volvió cada vez más peligrosa, decidí enfrentarme a
él.*

*Miré por la habitación en busca de algo para golpearle. Tenía cla-
ro que solo podía ser abatido con un golpe muy fuerte. Únicamente
así podía acabar con el peligro de que nos matara a todos en un ataque de rabia y furia. Me sentí responsable de evitarlo. Por desgracia,
no pude encontrar nada adecuado y sentí un desamparo y una impotencia paralizantes.*

*Hace ya medio siglo de mi infancia y todavía hoy me persiguen
esos sueños. El miedo a ser atacado repentinamente por alguien sin
razón alguna está siempre presente en mí en mayor o menor medida.
Por ello, hace años me hice con una navaja de bolsillo, que siempre
llevo conmigo.*

*También he pensado seriamente en comprar una pistola, pero has-
ta ahora se ha quedado en una idea. Tengo que controlar mi miedo. El
miedo a que alguien aparezca sin esperarlo y no tener ninguna posibilidad de defenderme con mis propias manos. Un arma de fuego sería
tranquilizadora. Si viviera en los Estados Unidos, habría conseguido
una hace tiempo.*

*En la vida cotidiana siempre ha sido necesario protegerse de la
violencia de ladrones y delincuentes. Incluso en la época de Friedrich
Schiller era perfectamente normal llevar una pistola cargada cuando
se viajaba o se iba de excursión. La sociedad moderna nos ha quitado
el derecho a portar armas, justificándolo con el monopolio del Estado
sobre el uso de la fuerza. Pero si el Estado no me ayuda cuando estoy*

amenazado, ¿qué pasa entonces? ¿Cuántas veces me golpearon en mi juventud o tuve que ver cómo maltrataban a mi madre, y nunca vi un policía ni de lejos? No soy un delincuente ni una persona violenta, pero no quiero volver a encontrarme en la situación de tener que soportar los abusos de nadie.

Cerré el libro y miré a Susanne con preocupación. Su rostro mostraba una expresión alarmada que nunca había visto en ella.

— «¡Por el amor de Dios! Tu amigo está francamente mal. Es realmente peligroso.»

— «Bueno, tampoco exageres», intenté tranquilizarla. «Solo quiere garantizarse su propia protección. Después de todo lo que ha pasado, es comprensible, ¿no?»

— «Por supuesto que puedo entenderlo. Está muy traumatizado desde su primera infancia. Necesita desesperadamente terapia, pero en lugar de ello va por ahí con una navaja y fantasea con armas de fuego. Esto es un grave peligro, sobre todo ahora que la policía le está buscando. Creo que ha visto demasiadas películas policíacas y tiene una paranoia.»

— «Estoy de acuerdo contigo, a mí tampoco me gusta. No tenía ni idea de que llevara una navaja.»

— «No siempre los sabemos todo sobre nuestros amigos. Ese sueño que relata me preocupa mucho. Es evidente que hay un impulso violento en él que ha sido reprimido durante décadas. En el sueño se manifiesta en el deseo de golpear a su padre. Inmediatamente he pensado en el asesinato del director. Dijiste que le mataron por la espalda y de un fuerte golpe.»

— «Sí, es cierto, yo también me he sobresaltado un poco al leer esa secuencia del sueño, debo admitirlo. Menos mal que los diarios no han caído en manos de la policía, porque habrían deducido motivos para el asesinato.»

— «Si se encarga un informe psicológico, es fácil que salga algo así», dijo Susanne. «Ya he leído muchas veces este tipo de informes.»

— «Todo esto es un tremendo lío», me quejé. «Espero que la señora Lochberger cumpla su promesa y le proporcione una coartada para que pueda volver y no hacer nada malo.»

— «Sí, solo podemos esperar eso», dijo Susanne de forma algo mecánica. «Pero incluso si lo hace, todavía queda un largo camino por recorrer antes de saber si es realmente inocente. Después de todo lo que he leído hoy, soy algo escéptica.»

— «Hablaré con la señora Lochberger esta tarde. Vamos a ver si ya tiene alguna idea.»

— «Bueno, tengo curiosidad por ver cómo acaba este asunto. Tendrás que mantenerme informada. En cinco horas estaré de nuevo en el tren. Salgamos un rato. Un pequeño paseo por el bosque estaría bien, ¿no crees?»

Acepté y poco después estábamos disfrutando del aire fresco del bosque en nuestro paseo dominical.

33 Ayuda desinteresada

Llevé a Susanne a la estación central de Stuttgart sobre las cuatro de la tarde y allí nos despedimos. Habíamos quedado en encontrarnos en Hamburgo el fin de semana siguiente. Cuando llegué a casa, la luz de mi contestador automático estaba encendida. Monika Lochberger había llamado y me pedía urgentemente que le devolviera la llamada. En un instante la tuve al otro lado de la línea.

— «Hola, señor Alonso», dijo. «Quiero ir a buscar a Alex mañana y antes me gustaría hablar con usted. ¿Sería posible hoy mismo?»

— «Si dentro de un rato está libre, podríamos tomar un café. ¿Qué tal en el mercado?»

— «Bien, puedo ir ahora mismo. ¿Nos encontramos en el Café Papillon?»

Me pareció bien y veinte minutos después estábamos los dos sentados en la soleada plaza del mercado de Lundenburg.

— «¿Así que se va usted a España?», pregunté incrédulo. «¿Ha encontrado una coartada para Alex?»

— «Sí, me he decidido a declarar que Alex estuvo conmigo entre las nueve y las once de la noche. Por supuesto, eso suscitará preguntas y provocará cotilleos, pero no me importa.»

— «Entonces parecerá que tuvo una relación clandestina con él mientras su marido estaba vivo.»

— «Lo sé, y por eso hasta ahora no había considerado esta posibilidad. Seguro que todo el mundo lo comentará y socialmente será mi ruina, pero no veo otra opción. No quiero que la policía arreste a Alex y le metan en la cárcel.»

— «Bueno, esto da un giro increíblemente positivo a los acontecimientos», dije algo sorprendido. «Por supuesto me sentiré feliz si Alex puede finalizar su huida, pero...»

— «¿Qué "pero" va a poner ahora?», me preguntó algo enfadada.

— «Bueno, no quiero decir nada malo de mi amigo, pero... Y si tuvo algo que ver con el asesinato de su marido, ¿qué?»

La señora Lochberger reaccionó indignada.

— «¡Realmente no le entiendo, Sr. Alonso! ¡Primero quería salvar a su amigo como fuera y ahora incluso piensa que es un asesino! ¡Eso no cuadra! ¿Qué está tratando de decir?»

Me di cuenta de que había ido demasiado lejos, porque no podía ni quería hablar de lo que había leído en los diarios.

— «No era mi intención…», dije disculpándome. «Lo cierto es que hasta ahora nadie sabe exactamente lo que pasó la noche del crimen.»

— «Así es, pero debería dejar de sospechar de su amigo.» Y continuó en un tono más calmado: «Lo que quiero pedirle es que le diga a Alex por correo electrónico que voy a ir a buscarle, y sobre todo que tengo una coartada irrefutable para él y que se prepare para volver a casa. Y tenemos que resolver el problema de dónde y cuándo voy a encontrarme con él.»

— «Sí, por supuesto», dije. «Puede ser un poco difícil. Es cierto que puedo enviarle correos electrónicos, pero no sé con qué frecuencia los lee. Probablemente lo hará en cibercafés públicos, porque no tiene el móvil en uso.»

— «Ya lo suponía, porque entonces sería muy fácil seguirle la pista. Saldré mañana por la mañana, haré noche en Francia y llegaré a Blanes el martes por la tarde, sobre las cinco con toda probabilidad. Esa sería la hora más temprana para encontrarme con él, preferiblemente en mi hotel.»

Me entregó una pequeña tarjeta de visita, en cuyo reverso había escrito las señas del hotel.

— «Espero que lea su correo y venga al hotel.»

— «Seguro que lo hará. Me alegro de que haya decidido dar este paso. Cambiará toda la situación y, sobre todo, hará posible que Alex vuelva a llevar una vida normal.»

— «Esperemos que todo salga como está previsto. En unos días volveremos y todo se resolverá.»

Hablamos de cosas banales, nos tomamos el café y nos despedimos. Prometí comunicar de inmediato a Alex la noticia del viaje de Monika a España, y así lo hice en cuanto llegué a casa.

34 Un adiós muy cordial

No suelo ir a comprar los lunes por la mañana. Hoy, sin embargo, había hecho una excepción y ya estaba en el supermercado a las nueve. Mientras compraba, mis pensamientos estaban con Alex y la señora Lochberger, que partía hoy hacia Blanes. Estaba tan distraído con mis cavilaciones mientras compraba que varias veces puse en el carrito artículos que no tenía intención de comprar.

Anoche envié a Alex un correo electrónico contándole todas las novedades. Cuando recibí su respuesta apenas una hora después, me sentí aliviado. Me decía que estaba muy contento y que pronto lo celebraríamos en casa.

Por un lado, me alegré de que al parecer hubiera una solución a la tensa situación. Por otro lado, no estaba muy seguro de que la coartada que Monika le había prometido fuera creída. Pero ahora no era el momento de devanarme los sesos. Me apresuré a terminar la compra lo antes posible.

Poco antes de las diez pasé por la caja, metí la compra en el maletero y me puse al volante. Entonces recordé que la señora Lochberger no vivía lejos de allí. Sin pensarlo dos veces, decidí pasar por su casa. Quería decirle que Alex había recibido mi correo electrónico y que estaba deseando volver a verla.

Con un poco de suerte aún la encontraría en casa. Tres minutos después estaba en la calle Faraday, cerca de su puerta. Cuando la vi de pie frente a su coche, aún lejos, primero me alegré, pero cuando vi que había un hombre junto a ella, me alarmé. Giré el coche a la derecha y aparqué detrás de otro vehículo para no ser visto.

Todavía estaba a unos ciento cincuenta metros de la Sra. Lochberger y del hombre desconocido. Los dos parecían estar discutiendo, y el hombre gesticulaba exageradamente. Tuve la impresión de que intentaba convencerla de que no viajara. Ella sacudió la cabeza e hizo un gesto despectivo. Finalmente miró su reloj y abrazó al hombre. Se besaron antes de que ella subiera al coche a toda prisa y arrancara el motor. El hombre permaneció allí de pie, todavía despidiéndola con la mano mientras ella se marchaba. En un momento, la Sra. Lochberger pasaría por donde yo estaba. Me tumbé hacia el asiento del copiloto, esperando pasar desapercibido. Efectivamente, el vehículo pasó rápido por mi lado y por suerte ella no me vio. Me enderecé y busqué con la mirada al hombre desconocido. Ahora él también estaba subiendo a un coche. Era un BMW azul cuya matrícula no pude distinguir. El vehículo vino en mi dirección y se alejó rápidamente. Enseguida arranqué el coche para seguirle. Estaba muy interesado en saber quién era ese hombre. Conduje bastante rápido y la distancia entre nosotros se hizo más pequeña. Cuando se detuvo en un semáforo en rojo, yo ya estaba justo detrás de él. La publicidad de su vehículo era ahora muy visible: *Messerschmidt Informática*.

Sobresaltado, respiré profundamente. ¿Tenía Monika Lochberger una relación íntima con su competidor? No sabía por qué acababan de discutir, pero ahora tenía claro por qué Monika había convencido a Alex para robar la tarjeta de memoria. Puede que estuviera compinchada con Messerschmidt desde hacía mucho tiempo, y entonces era mentira que se hubiera enamorado de Alex. Me pregunté por qué habría ido a España ahora. Quizá tenía miedo de que Alex lo contara todo si le arrestaban, y entonces ella sería sospechosa de ser la autora intelectual del asesinato de su marido.

Pero el asunto no podía salir bien, porque tarde o temprano Alex averiguaría que Monika solo fingía amarle y le había engañado. ¿O era posible que amara a los dos hombres a la vez? ¿Cómo reaccionaría Alex cuando descubriera que tenía un rival? Y si entonces él la amenazara con romper su silencio por despecho, ¿cómo reaccionaría ella? Si ella estaba detrás del asesinato de su marido, ¿sería capaz de matar también a Alex? En ese momento, un escalofrío recorrió mi columna vertebral. ¿Y si ella hubiera ido a España con esa intención, es decir, para asesinarle allí?

El semáforo se puso en verde, Messerschmidt giró a la izquierda y yo a la derecha. Al llegar a casa escribí inmediatamente un correo electrónico a Alex para advertirle con urgencia de que no debía confiar demasiado en esa mujer. También le revelé que, al parecer, Monika tenía relaciones con Messerschmidt que iban más allá de los meros negocios. Ojalá leyera el mensaje a tiempo.

35 Observación

Tras la reunión policial del miércoles de la semana pasada, las líneas telefónicas de Lochberger y Messerschmidt fueron intervenidas. Además, se realizó una vigilancia personal. Un coche de la policía secreta aparcó cerca de la casa de Lochberger y otro lo hizo frente a la propiedad de Messerschmidt. Esta tarde, a las tres, estaba prevista la siguiente reunión de la Comisión Especial Schiller. El agente Donner estaba sentado en un Volkswagen Passat camuflado con su colega Klar, muy cansado. Llevaban vigilando la casa de Lochberger desde las cuatro de la mañana. Era poco antes de las nueve y hasta el momento no había ocurrido nada llamativo.

— «No sé si todo este jaleo merece realmente la pena», dijo Donner con mal humor a su colega Inge. Ella, sin embargo, puso una cara muy divertida.

— «No seas gruñón, Egon. Es bastante cómodo trabajar un turno de seis horas aquí. Nos sentamos tranquilamente en el coche y no tenemos que tratar con borrachos ni perturbados. Así que creo que este tipo de tarea es muy agradable.»

— «A la larga es demasiado aburrido para mí. Me alegro de que no ocurra a menudo.»

— «Creo que vamos a tener trabajo ahora», dijo de repente la compañera, cogiendo su cámara con teleobjetivo.

Un coche azul acababa de detenerse frente a la casa de Lochberger. De él salió un hombre y atravesó la puerta del jardín hasta la entrada de la casa. Klar hizo varias fotos seguidas.

— «Con que aburrido…», dijo reprobando a Egon. «Algo está pasando, está a punto de empezar.»

— «¡Bueno, ya era hora, y espero que se den prisa! Me gustaría terminar mi turno a las diez.»

— «No seas tan burocrático, hombre. Puedes apuntar las horas extra y luego librarlas. Vamos a ver de quién es esa matrícula», dijo Klar y comunicó por radio la matrícula del BMW azul a su centro de mando. Un minuto después obtuvo la respuesta: el coche estaba registrado a nombre de una empresa, Messerschmidt Datentechnik. Inge sonrió triunfante.

— «Bueno, Egon, qué dices ahora, nos ha tocado el premio gordo. Nuestros dos sospechosos ya se han reunido hoy bien temprano. Eso interesará a nuestros colegas esta tarde, ¿no crees?»

— «Sí, claro, tienes razón otra vez», contestó de mala gana. «Pero mi estómago ya está gruñendo. Tengo que desayunar pronto; si no, no podré aguantar mucho más.»

— «No protestes…», le amonestó Inge. «En la lucha contra el crimen, el brazo de la ley a veces tiene que arreglárselas sin desayunar. Pero puedo darte un plátano antes de que te mueras de hambre.»

— «Oh, Inge, tú y tus sabidurías… Primero llega a mi edad, y luego ya me contarás.»

— «No exageres, Egon. Oh, mira, aquí vienen.»

Ambos policías observaban ahora la escena en tensión y con suma atención. Klar no paraba de hacer fotos.

— «El hombre parece estar molesto por algo. No creo que le guste que ella se vaya en coche», comentó Donner.

— «De todos modos, tendremos que seguirles. No creo que podamos terminar el turno a las diez», dijo burlonamente la agente Klar.

— «Eso es todo lo que necesito, que monten semejante circo aquí a primera hora de la mañana. Parece que la mujer quiere irse sola.»

— «Sí, parece una despedida», coincidió Klar, que volvió a hacer fotos con entusiasmo. «Si va a hacer un viaje largo, entonces tendremos que informar a Sauer. Pero primero veamos qué pasa.»

— «Sí, deberíamos hacerlo. Preferiría que la central enviara otro coche para seguirla, no me apetece dar vueltas durante horas. Tal vez quiera ir a Hamburgo, y entonces estaríamos todo el día en la carretera.»

— «¡Eres un amargado!», suspiró Inge. «Hamburgo no estaría mal, así podrías pasear por la Reeperbahn y ver un poco de mundo. Supongo que te quedas en Lundenburg todo el año y te pudres aquí.»

— «No digas tonterías. Acabo de estar en Mallorca, en primavera. Me voy de viaje al extranjero todos los años. Probablemente he visto más mundo que tú.»

— «Es posible», dijo la agente algo distraída, pues seguía mirando por el visor de la cámara y pulsando el botón del obturador de vez en cuando. «Creo que es hora de irse, Egon», dijo entonces. «Se están despidiendo y ella está entrando en el coche. ¿Estás listo?»

— «Sí, claro, siempre estoy listo. He estado en más misiones en mi vida de las que tú te puedes imaginar», dijo el policía al volante, poniéndose el cinturón de seguridad.

— «Ella ya se ha subido al coche. El tipo la está despidiendo. Así que vamos, ¿a qué esperas?», preguntó impaciente Klar.

Donner hizo una mueca, arrancó el coche y salió a toda velocidad tras el Mercedes de Monika Lochberger.

— «Llama a Sauer ahora mismo, tiene que saberlo enseguida. No podemos esperar hasta esta tarde. Ni siquiera sabemos si llegaremos a la reunión de las tres.»

— «Sí, tienes razón.»

Klar marcó el número del inspector Sauer y Donner informó:

— «Hola Thomas, aquí Donner y Klar. Llevamos vigilando a la Sra. Lochberger desde las cuatro de la mañana. Ahora ha habido movimiento. La mujer ha recibido la visita de Messerschmidt. Acaban de despedirse y ella se ha ido en su coche. Parece como si se fuera de vacaciones. ¿Qué hacemos?»

— «Buenos días, Egon. Por supuesto, seguidla. Necesitamos saber a dónde va.»

— «Es lo que pensé», dijo Donner. «Podría ser que tomara una ruta larga. ¿Hasta dónde quieres que la sigamos?»

— «De momento continuad persiguiéndola. Si entra en una autopista, avisaremos a alguien para que os releven.»

— «Eso espero, porque no tengo ganas de seguirla hasta Berlín o Hamburgo.»

— «No tendrás que hacerlo. No te preocupes, lo importante es que no la perdáis hasta que los compañeros puedan tomar el relevo. Preguntaré en seguida a ver quién está disponible. Pero primero necesito saber a dónde va. ¿Estáis seguros de que era Messerschmidt quien la despidió?»

— «Sí, hemos comprobado la matrícula del coche, y pertenece a su empresa.»

— «Bien, podría ser uno de sus empleados, pero probablemente tengáis razón. Ya les vimos reunirse en un camping el jueves de la semana pasada.»

— «Vaya, eso es interesante», dijo el inspector Donner al teléfono.

— «¿Y la vigilancia reveló algo más?», preguntó ahora la agente Klar con curiosidad.

— «Sí, hemos descubierto algo interesante al comprobar las llamadas telefónicas. Winfried Alonso, amigo del fugitivo Alexander Strasser, tuvo contacto con la Sra. Lochberger en dos ocasiones. Tengo la impresión de que está pasando algo. Y puede que ahora ella vaya a reunirse con Strasser. Así que, por favor, no la perdáis bajo ninguna circunstancia. Y dadme su número de matrícula.»

La agente Klar lo hizo inmediatamente y también mencionó que acababa de tomar muchas fotos del encuentro de Lochberger y Messerschmidt, que podría llevar esta tarde.

— «Genial. Volved a llamarme en unos veinte minutos y me decís por dónde va, ¿de acuerdo?»

Klar lo confirmó y colgó.

Veinte minutos después, el Passat de incógnito de la policía circulaba por la autopista A8 en dirección a Pforzheim. A unos doscientos metros delante de ellos, el Mercedes Coupé blanco de Monika Lochberger circulaba por el carril derecho a una velocidad moderada.

— «Llama otra vez a Sauer», dijo Donner a su colega, que hizo la conexión.

— «Hola Thomas. Estamos en la A8 hacia Pforzheim. Todavía no está claro a dónde va la mujer: o bien hacia el norte, hacia Frankfurt, o bien hacia el sur, hacia Basilea.»

— «De acuerdo», dijo Sauer. «Continuad y yo avisaré a los servicios de emergencia de Karlsruhe para que pongan un coche a cada lado de la autopista. Así podremos seguirla, tanto si se dirige al norte como al sur. Y en cuanto los colegas se hagan cargo, podéis volver y dar por terminado el día.»

— «Eso suena bien», dijo Donner con alivio.

— «Avisadme cuando estéis llegando a Karlsruhe, como cinco minutos antes, para que podamos hacer el relevo lo mejor posible.»

— «Muy bien, lo haré. Hasta ahora.»

En el cruce de la autopista, el Mercedes blanco giró hacia el sur y los compañeros de Karlsruhe se hicieron cargo de la persecución, como estaba previsto. Donner y Klar regresaron a Lundenburg, no sin antes desviarse a Karlsruhe y tomar un espléndido desayuno en un pequeño café del centro de la ciudad.

Alrededor de las doce sonó el teléfono del inspector Sauer. Era la tripulación del coche patrulla de Karlsruhe.

— «Hola, Sauer. Aquí Mehldorfer, de la comisaría de Karlsruhe. Estamos siguiendo a la Sra. Lochberger y acabamos de dejar atrás Friburgo. Ahora está yendo hacia la ruta de Mulhouse, en Francia. ¿Qué debemos hacer? ¿Quiere que crucemos la frontera?»

— «No, pero conduzca detrás de ella hasta que vea que realmente sale de Alemania. Entonces pediré ayuda a la policía francesa para vigilarla. Pero no la sigan a Francia. Por el momento, no tenemos nada de que acusarla. Las sospechas no son pruebas. Así que, si sale de Alemania, me informan de inmediato y luego vuelven a su base.»

— «Muy bien. Entendido.»

36 El reencuentro

Monika Lochberger era consciente de que le esperaba un largo y agotador viaje por autopista. Sin embargo, en su confortable Mercedes Coupé tenía todas las comodidades que un conductor pudiera desear. Con el aire acondicionado automático, era en gran medida insensible al calor del verano que ya se hacía sentir por la mañana. Era finales de julio y las previsiones meteorológicas anunciaban temperaturas altas, cercanas a los cuarenta grados, en el centro de Europa.

Junto a ella, en una gran bolsa, estaban las provisiones de viaje de Monika para sus tentempiés. También llevaba una serie de *podcasts*, principalmente sobre nutrición, uno de sus temas de interés. En la autopista A8, antes de Pforzheim, perdió quince minutos en un atasco. Llevaba ya una hora en la carretera y solo había recorrido setenta kilómetros. Pero la paciencia era una de sus virtudes y además había planeado conducir solo la mitad de la distancia hasta España ese día. Haría una parada en la ciudad de Orange, donde ya tenía reservada una habitación de hotel.

Había mucho tráfico y su avance era relativamente lento. Escuchó con atención un *podcast* sobre plantas medicinales. Siempre se había interesado por la medicina y la naturopatía, y a menudo su marido se había burlado de ella llamándola «la bruja de las hierbas». Él nunca había entendido cómo uno se podía entusiasmar con algo así. Su interés se centraba exclusivamente en datos y cifras, y esta cuestión también había provocado un creciente distanciamiento en su matrimonio.

Ahora su marido ya no estaba allí, pero no podía sentir una verdadera tristeza, o por lo menos un cierto pesar. Su futuro con Karl-Heinz Messerschmidt, en cambio, lo veía de colores brillantes. Era un hombre de talla, tenía una amplia gama de intereses y no era en absoluto tan estrecho de miras como su marido. Podía hablar con él de cualquier cosa, incluida la medicina alternativa. Pero, por encima de todo, era un hombre tierno que siempre estaba dispuesto al contacto amoroso con ella, incluso cuando estaba muy ocupado. Esto lo hacía muy atractivo para ella. Mientras pensaba en él, sonrió para sí misma, divertida.

Entonces recordó su misión. ¿Qué se suponía que iba a hacer con Alex? Lo mejor sería que desapareciera para siempre. Al fin y al cabo, él mismo se había dado a la fuga y básicamente había elegido el camino que ella consideraba mejor. Pero él soñaba con ser su amante y pasar el resto de su vida juntos. Ahora Alex era una carga para ella, y todavía no tenía claro cómo podría librarse de él. ¿Bastaría una conversación franca para abrirle los ojos? Sin embargo, era de esperar que responda a este rechazo con enfado, quizá incluso con agresividad. Pero ella no iba a consentir ningún tipo de violencia por parte de él, y ya había tomado precauciones. ¡Que no se le ocurriera amenazarla o intentar obligarla a hacer algo!

Hacia las once y media pasó por Friburgo. No estaba lejos el desvío a Mulhouse. De repente, se fijó en el Audi beige que llevaba detrás a la misma distancia desde hacía rato. ¿La estaban siguiendo? Aceleró el coche hasta ciento cuarenta, aunque aquí el límite de velocidad era de ciento veinte kilómetros por hora. El Audi hizo lo mismo y se mantuvo detrás de ella a la misma distancia. Monika se puso nerviosa. ¿Era posible que la policía fuera tras ella? Quería asegurarse y redujo la velocidad a cien, y luego a ochenta. El Audi que iba detrás hizo exactamente lo mismo y mantuvo la distancia.

¡No podía ser una coincidencia! Mientras decenas de vehículos la adelantaban, el Audi circulaba con paso firme detrás de ella. A Monika le entró el pánico. ¿Qué debía hacer? Volvió a acelerar hasta ciento veinte y se dijo a sí misma que todo aquello no tenía sentido. ¿Tal vez un prudente conductor novato que no se atrevía a adelantarla? A eso de las doce pasó por fin la frontera francesa y vio con gran alivio que el supuesto perseguidor abandonaba la autopista antes de la frontera y giraba hacia el aparcamiento.

¡Gracias a Dios! Respiró profundamente. Tenía que tener cuidado de no ser víctima de manía persecutoria. Era evidente que los acontecimientos de los últimos días le habían pesado más de lo que ella misma había admitido hasta ahora. Un poco más tarde pasó por Mulhouse y luego, tras horas de conducción y algunos pequeños descansos, llegó a la ciudad de Orange hacia las seis de la tarde. En su hotel, se deleitó con un exquisito menú antes de acostarse temprano.

A la mañana siguiente, el sol brillaba en un cielo inmaculado. Haría tanto calor como ayer, o incluso más. Para el sur de Francia, la voz de la radio pronosticó temperaturas de hasta cuarenta y dos grados.

Hacia las dos y media, Monika cruzó la frontera franco-española por La Junquera. Debido a una obra en la zona fronteriza, tuvo un retraso considerable. Sin embargo, pronto vio el litoral de la Costa Brava en la distancia y llegó exhausta a Blanes alrededor de las cuatro. El empleado del hotel Plaza París Spa se llevó su coche al aparcamiento subterráneo y le subió la maleta. En el mostrador de recepción dio instrucciones de que no quería llamadas ni visitas en las dos horas siguientes. Si alguien preguntaba por ella, que le dijeran que se le esperaba hacia las seis. Tras una refrescante ducha, llamó por teléfono a Karl-Heinz y le informó de su llegada. Después, se tumbó cansada en la cama.

De hecho, se quedó dormida y disfrutó de una media hora de sueño reparador. Eran las cinco y media cuando Monika se estaba preparando para salir. Seguramente Alex aparecería pronto. Llamó a recepción para averiguar si alguien había preguntado por ella. El recepcionista le dijo en un inglés fluido que alrededor de las cinco había aparecido un caballero que quería verla. Había respondido, según las instrucciones, que la Sra. Lochberger le esperaba alrededor de las seis. Así que Alex había recibido el correo electrónico y debería llegar pronto.

Cuando sonó su teléfono, poco después de las seis, el hombre de la recepción le dijo que había llegado el mismo caballero. Dio instrucciones para que el visitante esperara en el vestíbulo del hotel, y ella bajaría.

Al entrar en el vestíbulo alfombrado de rojo, vio inmediatamente a Alex sentado en uno de los enormes sillones, no lejos de la recepción. En cuanto la vio, se levantó encantado, se precipitó hacia ella y casi la aplastó con un abrazo. Intentó besarla, pero ella se resistió y le dijo:

— «Aquí no, por favor, espera hasta que salgamos.»

— «Me alegro mucho de verte», dijo él con gran alegría.

— «Yo también, querido. Vamos a dar un paseo. He estado sentada en el coche todo el día, necesito hacer ejercicio.»

— «Con el mayor placer», respondió él.

Salieron del hotel cogidos de la mano y caminaron por las calles laterales hasta la playa.

A cierta distancia del hotel, Alex se detuvo de repente y besó apasionadamente a Monika. A ella le sorprendió su arrebato emocional, pero no opuso resistencia.

— «¡Cuánto tiempo he esperado este momento!», dijo él.

— «Yo también», suspiró, «pero sigamos avanzando, que viene gente.»

Ya estaban a la vista de la playa. Estaba llena de gente en traje de baño, buscando refrescarse en el mar en ese caluroso día de verano.

— «¿Has traído traje de baño?», le preguntó Alex. Ella asintió con la cabeza.

— «Podríamos ir a nadar más tarde, nos vendría bien con este calor.»

— «Bien, entonces iremos primero a dar un paseo y después a nadar», dijo Alex. «Y luego conozco un restaurante muy agradable donde podremos cenar estupendamente.»

— «Eso suena bien», dijo Monika, «porque tengo mucha hambre. En el camino solo comí algo de fruta.»

— «Todavía no puedo creer que estés realmente aquí», dijo Alex, mirándola con amor. «¿Y de verdad tienes una coartada para mí?», preguntó inseguro.

Le atrajo hacia ella, le abrazó y le dio un beso.

— «He pensado en ello durante mucho tiempo. Diremos que viniste directamente a mi casa al salir del colegio y que pasamos toda la noche juntos.»

— «Eso es estupendo», dijo Alex, conmovido. «Te lo agradezco mucho.»

— «De nada, querido. Al fin y al cabo, a los dos nos interesa que no andes por ahí escondido.»

— «Bueno, antes te preocupaba tu reputación.»

— «Por supuesto que hablarán mal de mí. Sobre todo, tenemos que tener cuidado de que no nos vean como cómplices del asesinato de mi marido. Pero, por otro lado, la policía también se enterará de que mi matrimonio estaba en crisis desde hacía años y que pensaba divorciarme. Entonces no es tan grave admitir una aventura extramatrimonial.»

— «Eso tiene sentido. Por supuesto, me alegro mucho de que hayas tomado esa decisión», dijo Alex, radiante.

— «No podía prescindir de ti por más tiempo», le susurró Monika tiernamente al oído. «Te he echado mucho de menos.»

— «Y yo a ti. Pensaba en ti cada día, en cada momento. Lo peor ha sido no poder comunicarme contigo.»

— «Gracias a Dios, eso ya se ha acabado. Sugiero que disfrutemos de la noche. Y mañana podríamos ir de excursión a la montaña, que creo que no muy lejos hay lugares que vale la pena visitar. Y pasado mañana volveremos juntos.»

— «Maravilloso», dijo Alex, «¡Hoy soy el hombre más feliz del mundo!» Los dos caminaron por la playa y luego fueron a nadar. La playa seguía abarrotada, pero a las siete y media había mucha menos gente bañándose. El agua estaba a una temperatura agradable y disfrutaron de ese breve refresco antes de tumbarse uno al lado del otro en la arena bajo el último sol de la tarde. Alex se sentía en el séptimo cielo y esperaba pasar la noche con su amante. Sin embargo, cuando le preguntó sobre ello, ella le quitó esta ilusión.

Desgraciadamente, solo había podido conseguir una habitación individual, porque todas las demás estaban ocupadas. Pero mañana tendrían una habitación doble, que ya estaba reservada. Ella le pidió que entendiera que tendrían que posponer su noche juntos hasta el día siguiente. Alex se sintió decepcionado al escuchar esto, pero por otro lado no quiso contrariar a Monika.

Hacia las ocho, Alex la llevó a un pequeño restaurante donde ya había comido los días anteriores. Había reservado una mesa que les ofrecía una vista sin obstáculos de un magnífico paisaje, con la playa, el mar y los veleros navegando en el crepúsculo. Era una tarde de verano muy cálida, la temperatura seguía superando los treinta grados.

La brisa refrescante que de vez en cuando les llegaba resultaba muy agradable. Les trajeron un plato de pescado y disfrutaron de una velada maravillosamente relajada. Monika se contuvo con el vino y bebió muy poco. Ella también parecía relajada y contenta. No había nada que sugiriera que no estaba tan feliz como Alex.

Cuando salieron del restaurante, alrededor de las once de la noche, después de tomar un café, y se acercaban al hotel, Alex hizo otro intento de hacer cambiar de opinión a Monika. Le preguntó inocentemente si no quería enseñarle su habitación. Le sonrió con ternura y le dijo que le dolía la cabeza, que había tenido un día duro, que el largo viaje por la autopista la había agotado. Le pidió que entendiera que ahora no era buen momento, y que al día siguiente tendrían una habitación doble. Alex se conformó y se despidieron no muy lejos del hotel con un tierno beso. Monika desapareció en el hotel mientras Alex caminaba unos metros más hacia su coche.

Esa noche también la pasó en el coche, como las anteriores. No se atrevía a ir al camping cercano hasta que tuviera los nuevos documentos de identidad. Temía, con razón, que si la policía comprobaba su documentación le descubrieran en la lista de personas buscadas y le detuvieran.

37 Decisiones difíciles

Monika Lochberger se dirigió a su habitación del Plaza París Spa, entró y cerró la puerta tras de sí.

Se alegró de haberse librado de Alex tan fácilmente. Se había inventado la historia de la habitación doble para mañana. De ninguna manera iba a pasar ni una noche con él. Además, ahora dudaba de si había sido buena idea ir a España. Era evidente que Alex estaba enamorado de ella y tenía que pensar en cómo liberarse de él de nuevo.

Sacó una cerveza del minibar y bebió un sorbo. Entonces cogió el teléfono móvil que le había dado Karl-Heinz y le llamó.

— «Hola, querida», le oyó decir. «¿Cómo ha ido la noche?»

— «Bueno…», dijo ella con un suspiro. «Pobre hombre, está locamente enamorado de mí. Ya no estoy segura de que mi idea de venir haya sido buena.»

— «Yo tampoco estoy tan seguro», dijo Karl-Heinz con voz preocupada. «La policía vino a verme esta tarde. Poco después de que habláramos por teléfono, vinieron dos agentes de paisano de la policía judicial. Me preguntaron si tenía cinco minutos para hacerme algunas preguntas. No quise negarme, porque habría sido sospechoso, así que les dejé entrar.»

— «¿Y qué querían?», preguntó Monika nerviosa.

— «Al parecer, han pedido los registros de llamadas de nuestros teléfonos y ahora saben que hemos hablado mucho últimamente. Querían saber por qué. Les expliqué que eran llamadas de negocios y que hemos estado hablando de cómo podemos colaborar en el desarrollo de un *software* aún mejor.»

— «Sí, eso está bien. Deberían creerlo, ¿no?»

— «Bueno, no del todo, porque me preguntaron si había algún tipo de relación personal entre nosotros, cosa que negué categóricamente. Luego quisieron saber dónde estuve yo la noche del asesinato. Esto se pone cada vez peor.»

— «Espero que tú sí tengas una coartada, Karl-Heinz.»

— «Sí, por supuesto. Estuve en la sauna hasta las nueve, luego me tomé una cerveza con un amigo y me fui a casa a las diez y cuarto.»

— «Está bien. Ya solo nos faltaba eso, que nos investigaran a ti y a mí, y que sospecharan de nosotros.»

— «Pero si vuelves ahora con Alex y declaras a la policía que estaba contigo la noche del crimen, eso sí levantará sospechas.»

— «¿Por qué? ¿Qué quieres decir?»

— «Bueno, por un lado, no sé si es muy creíble que tengas una aventura con un profesor de la escuela de tu marido, y además es muy arriesgado, porque si Strasser es sospechoso, los dos juntos aún lo sois más. Y por otro lado, si él está tan interesado en ti, difícilmente no hará nada si ve que quieres deshacerte de él. ¿Y entonces qué harás?»

— «Sí, yo también he pensado en eso, es un verdadero problema. Cierto, podría darle calabazas, pero si luego se entera de que estoy contigo, me temo que pensará en vengarse de algún modo, y quién sabe lo que se le ocurriría.»

— «Yo opino igual. En tal caso, posiblemente acudiría a la policía y lo contaría todo. Y si sale a la luz que yo compré los datos que él robó, entonces las cosas se pondrán feas. Mientras no encuentren al asesino, nosotros seríamos los principales sospechosos.»

— «Sí, tienes razón… ¿Qué debo hacer? Realmente no sé dónde tengo la cabeza en este momento.»

— «¿Qué tal si le dices que crees que la coartada no va a funcionar? Pero tendrías que pensar en una razón, por supuesto. Podrías decirle que una vecina te vio sola en el jardín esa noche y que se lo ha contado a la policía.»

— «Quizá sea buena idea, tendré que pensarlo. De todos modos, si ahora le digo que no vamos a volver juntos no sé cómo reaccionará. Está entusiasmado con la idea de que he venido a rescatarle y llevarle a casa. No va a renunciar a ello.»

— «Me lo imagino. Entonces, ¿cómo vamos a resolver el problema?» Hizo una larga pausa. «¿Y si tuviera un accidente?»

— «¡Vaya sugerencia, Karl-Heinz!»

— «No era una sugerencia, solo una idea. Podríais ir de excursión a los Pirineos y tal vez cometa una imprudencia y se caiga por un barranco…»

— «¡Ya basta! Te entiendo, pero en este momento esas cosas me superan. Volvamos a hablar por teléfono mañana, ahora necesito despejarme la cabeza y pensar un poco en toda la situación, y luego decidir cómo proceder.»

— «Cariño, no quiero estresarte. Tú sabrás qué hacer. Por ahora, te deseo buenas noches y te mando un beso.»

— «Yo también, mi amor. Hablaremos mañana, quizá por la noche, cuando ya haya pasado lo más difícil.»

— «Bueno, que duermas bien, Monika.»

Colgó el teléfono. Le esperaba una ardua tarea. Por un lado, las insinuaciones de Karl-Heinz le parecían una locura. ¿En qué estaba pensando? ¡Después de todo no era una asesina a sueldo! Por otro lado, puede que no se equivocara con sus maliciosas ideas, porque si Alex no aceptaba la separación, existía el peligro de que la chantajeara o declarara a la policía por venganza. Se trataba de un riesgo que no debía subestimar.

Tal vez Karl-Heinz, de manera instintiva, la había juzgado correctamente en cuanto a su capacidad de cometer un crimen, pensó. Al fin y al cabo, se había llevado al viaje la vieja pistola que había heredado de su madre, por precaución. Nunca se sabe. Su madre había sido propietaria de una pequeña joyería y siempre tenía a mano esa pistola. Solo la utilizó una vez, cuando un hombre armado con un cuchillo entró en su tienda y le exigió que le entregara las joyas y el dinero.

Al parecer, el ladrón se limitó a reírse tontamente cuando su madre sacó de repente la pistola de un cajón y le apuntó. Él le dijo: «¡Aparta esa pistola de juguete, abuela!». Mientras se dirigía hacia su madre, sonó un disparo y el hombre cayó muerto al suelo. En su momento, la prensa habló de ella como una heroína que se había enfrentado al atracador con valor y determinación. Monika tenía entonces diez años y estaba muy orgullosa de su madre.

Ahora tenía el arma con ella, estaba cargada y funcionaba. Lo había comprobado en el campo de tiro unos meses atrás. Pero ella no quería disparar a Alex. No, ciertamente no quería hacerlo.

Mañana le diría la verdad, es decir, que ya no le quería y que no planeaba un futuro con él, pero que quería permitirle volver a casa con esa coartada. Luego esperaría su reacción y obraría en consecuencia. Sería una buena solución si él lo aceptara y no exigiera nada. Entonces podrían volver a Alemania como amigos y todo se arreglaría.

Pero si él se lo reprochaba, la insultaba o reaccionaba con violencia... ¿Y si la amenazaba con hacer declaraciones incriminatorias contra ella a la policía? ¿Qué debía hacer entonces? Durante mucho rato, todo tipo de pensamientos rondaron por su cabeza sin que encontrara una respuesta a sus preguntas.

Ya era poco después de medianoche cuando finalmente tomó una decisión. Mañana se sinceraría con Alex y le diría que sus sentimientos por él solo eran de amistad. Si lo aceptaba, bien. Si no, tendría que despedirse de él para siempre.

38 En la montaña

La mañana empezó tan mal como acabó la noche anterior. Monika se despertó temprano, eran solo un poco más de las seis y se sentía agotada después de un sueño agitado e interrumpido por pesadillas.

El desayuno no se servía hasta las siete y media, así que no tenía sentido levantarse ya. Pensó en todas las cosas que tenía que hacer ese día. Quería ir a la montaña con Alex, ¿pero a dónde? Puede que los Pirineos estuvieran un poco lejos, no lo sabía exactamente. Entonces cogió su tableta y empezó a buscar en Internet posibles excursiones por la zona. Anotó algunos lugares que parecían merecer la pena e hizo capturas de pantalla de las páginas correspondientes. Hacia las siete se levantó y, tras su aseo matutino, bajó a la sala del desayuno, donde ya había otros dos huéspedes. El bufet estaba bien surtido, tal como ella esperaba en un hotel de lujo.

En contra de sus hábitos, desayunó un poco más de lo normal. Poco a poco, la sala se fue llenando de gente. Por lo que parecía, la mayoría eran turistas. Antes de volver a su habitación, Monika pidió a un camarero que la aconsejara para hacer una excursión a la montaña. Pero debía ser un lugar que no estuviera invadido de gente. Le gustaría hacer un viaje romántico por la montaña y el bosque con un amigo. En particular, buscaba un lugar con unas vistas espectaculares.

El camarero sonrió con simpatía y se puso a pensar. Luego le nombró dos destinos que al parecer conocía personalmente y que estaban a no más de unos setenta kilómetros de distancia. Ambos ofrecían maravillosos panoramas y uno tenía unas magníficas vistas de la zona. Sin embargo, subrayó, solo eran conocidos por los lugareños y apenas había turistas extranjeros que se desplazaran hasta allí. Monika le agradeció el consejo y le dio una generosa propina.

Cuando Alex llegó a la recepción del hotel, a eso de las diez y media, y preguntó por la Sra. Lochberger, sus planes de excursión ya se habían concretado. Una de las recomendaciones del camarero coincidía con sus propias averiguaciones de esta mañana temprano. La ruta les llevaría por sinuosas carreteras y pasarían por varios miradores.

Al llegar al vestíbulo del hotel, Monika se dirigió directamente a Alex, le tomó del brazo y le llevo afuera, donde le dio un beso de bienvenida.

— «Me alegro de que ya estés aquí, querido. He estado pensando en nuestro programa del día. Te gusta la montaña, ¿verdad?»

— «Claro que sí», dijo Alex. «Desde lo alto se ve mejor todo. Aquí en la playa siempre es igual. ¿Y dónde vamos a ir exactamente?»

— «Lo mejor es que nos sentemos un momento en un banco y podré mostrarte en el mapa lo que he planeado.»

— «Allí hay uno.» Alex señaló un banco a cincuenta metros, a la sombra de un pino.

— «Fantástico, así podemos echar un vistazo a la ruta.» Monika explicó el destino que había elegido a un asombrado Alex. Le impresionó gratamente lo bien que lo había planeado todo.

— «¿Cuándo te vas a mudar de tu habitación individual a nuestra habitación doble?», preguntó como quien no quiere la cosa.

— «Las camareras lo harán. Llevarán mis cosas a la nueva habitación. He dejado hecha la maleta. Cuando volvamos, podremos instalarnos en la habitación doble, que estará lista a partir de las dos de la tarde.»

— «Bien», dijo Alex, pero algo en la cara de Monika parecía expresar que no estaba tan contenta como él esperaba.

— «No te importa que lo hagamos así, ¿verdad?», preguntó inseguro.

— «Pues claro que no, cariño», dijo Monika algo forzada. «Así lo acordamos y quiero que seas feliz.»

— «Yo también quiero que tú estés contenta. Si a ti no te parece bien, no tenemos por qué hacerlo», dijo Alex en un tono ligeramente ofendido.

— «Vamos, Alex, no digas tonterías. Por supuesto que estoy deseando pasar la noche contigo, pero primero nos vamos de excursión. Hoy hace un tiempo estupendo y veremos unos paisajes preciosos.»

Le miró con una sonrisa alentadora.

— «¿Vamos en mi coche o en el tuyo?», preguntó Alex.

— «Si no te importa, prefiero llevarme el mío», dijo Monika lentamente, como si lo estuviera meditando. «Tiene sistema de navegación, que es útil en un viaje como este. Si te apetece, te dejo conducir a ti. Incluso estaría encantada de que lo hicieras. Los dos días en la autopista fueron agotadores.»

Alex estuvo de acuerdo. Veinte minutos después estaban sentados en el Mercedes de Monika y se marchaban.

La conversación entre ellos no parecía querer fluir esta mañana. Alex creyó detectar cierta frialdad en la expresión facial de Monika. Además, había leído el último correo electrónico de Winfried en un cibercafé a eso de las nueve de la mañana, y estaba preocupado.

En ese mensaje Winfried le expresaba su desconfianza hacia Monika, le había advertido sobre ella y afirmaba que la había visto junto a Messerschmidt en una situación muy íntima. Se habían besado cuando Monika partió. Esta revelación había asombrado a Alex, quien al principio no estaba dispuesto a creerlo. Pero no paraba de darle vueltas al asunto, y por eso no podía mantener su habitual informalidad en el trato con Monika. Ella se dio cuenta y en un momento dado le preguntó:

— «¿Qué te pasa que estás tan callado hoy?»

— «Lo siento, no he dormido bien, en los últimos días he tenido demasiadas emociones. Y ahora que has venido y por fin podemos volver, pues...» Su frase se quedó a medias. «Estos días han sido muy estresantes para mí y todavía estoy bastante cansado.»

— «Puedo entenderlo», dijo Monika. «Yo tampoco he dormido bien. Probablemente el agotador viaje, la emoción y, por supuesto, la alegría de volver a verte.»

Le sonrió, con la sonrisa más seductora de la que era capaz, y eso tuvo su efecto en Alex.

— «Oh, Monika, estoy muy contento de que estés aquí y de que mañana nos vayamos juntos a casa. Estoy... ¡No puedo decirte lo feliz que estoy!»

— «Yo siento lo mismo, Alex. Ahora todo irá bien.»

Sus últimas palabras volvieron a sonar sorprendentemente tranquilizadoras e inspiradoras de confianza para Alexander. Tal vez sus temores y recelos estaban completamente infundados; puede que Winfried hubiera malinterpretado la situación. No quería dejar que este hermoso día se estropeara y decidió apartar todos los pensamientos oscuros.

Era una mañana azul de verano e iba a ser un día caluroso. Una ligera y fresca brisa sopló desde el mar, trayendo un agradable frescor. Se dirigieron hacia el noreste, en dirección a Tordera, por una carretera rural que atravesaba un terreno montañoso y un paisaje verde y exuberante. De vez en cuando se veían tractores en los campos. Más allá de Tordera, la zona se volvió cada vez más montañosa y con muchas curvas.

Diez minutos después llegaron a un valle longitudinal dominado por una autopista y una autovía paralela. Alex condujo por esa carretera y en cinco minutos llegaron a la salida de Hostalric, donde giró hacia el norte como le indicó Monika.

— «Ahora vamos a Sant Feliu de Buixalleu. Me lo aconsejó en secreto un camarero del hotel. Se supone que allí hay rutas de senderismo muy bonitas con una gran vista sobre las montañas.»

— «Me parece estupendo que lo hayas preparado todo tan bien, Monika», dijo Alex con aprecio.

— «Quiero que tengas buenos recuerdos de nuestro viaje, Alex. Y ya que estamos aquí, tenemos que ver algo de las bellezas del país, ¿no?»

— «Tienes toda la razón. El paisaje aquí es increíblemente bonito.

Estoy emocionado por llegar a nuestro destino.»

— «Vamos a descansar un poco», dijo Monika. «Me gustaría fumarme un cigarrillo.»

— «No hay problema», dijo Alex, y bajaron del coche.

Durante el viaje habían estado más silenciosos que de costumbre. Alex seguía pensando en el correo electrónico de esa mañana. Se había levantado a las siete y media, lo que significaba que a duras penas logró salir del saco de dormir en su coche. Después de un paseo, había desayunado café y croissants en un pequeño café. Después, miró su correo electrónico en un cibercafé y allí descubrió el demoledor mensaje de Winfried, que culminaba con estas frases:

No sé lo que Monika está planeando y pretende, pero ten cuidado. Cada vez me parece más ambigua. ¿Puede que tenga algo que ver con el asesinato de su marido? Por favor, ten los ojos bien abiertos y mantente alerta.

Lo que su amigo le escribía le consternaba. ¿Qué significaba todo eso? ¿Era posible que Monika no hubiera venido con buenas intenciones? ¿Podría ser que tuviera una aventura con Messerschmidt? Decidió ponerse en guardia, pero por otro lado no quería contrariarla. Después de todo, ella le había prometido una coartada.

Repasó los acontecimientos de esa mañana. Tras la visita al cibercafé, se había pasado por la oficina de correos para ver si tenía alguna carta. El funcionario desapareció brevemente en la sala contigua, tras echar un vistazo a su documento de identidad, y regresó con un sobre acolchado. Alex reconoció de inmediato la letra de Winfried. Salió de la oficina de correos con el sobre y regresó a su coche con la alegre expectativa de haber recibido sus nuevos documentos de identidad. Muy emocionado, abrió el sobre y encontró dentro un pequeño paquete con una nota escrita por Winfried:

Aquí están los documentos solicitados. ¡Te deseo lo mejor! Ponte en contacto pronto. Saludos. Winfried.

Abrió el paquete y encontró los tan esperados papeles: un permiso de conducir, un pasaporte y un carné de identidad, todo a nombre de Peter Müller.

«Así que ahora me llamo Müller, Peter Müller», se dijo a sí mismo con satisfacción, sabiendo que era el comienzo de un nuevo capítulo en su vida. A partir de esa noche, ya no tendría que dormir en su coche, sino que podía reservar una habitación en cualquier hotel sin temor a la policía. Peter Müller era una nueva identidad poco sospechosa y le prometía volver a una vida normal.

Ya eran casi las diez y pronto se encontraría con Monika. Había bajado a la playa con su traje de baño y su toalla, donde se dio un breve baño matutino. Con la sensación de frescura y limpieza que solo produce un baño en el mar, había vuelto a su coche, se había afeitado y se había marchado justo antes de las diez y media. El paseo hasta el hotel únicamente le llevó tres minutos y llegó justo a tiempo.

Ahora estaban de pie en ese pequeño aparcamiento en la montaña. Monika estaba fumando y su expresión le parecía fría y distante. Se sentía incómodo, el ambiente entre ellos había sido extraño toda la mañana. Algo pesado flotaba en el aire. Sus sospechas sobre ella crecían por momentos.

El aparcamiento de tierra, sombreado por eucaliptos, tenía unos veinte metros de ancho y estaba vacío, salvo por un vehículo aparcado bajo el sol abrasador al otro lado del solar, a su izquierda. Ante ellos se abría una pintoresca vista del verde paisaje de la montaña catalana, con su bosque mixto y sus campos intermedios. Mientras Monika fumaba, él se dirigió al borde de la plaza, hacia la pendiente. Esta descendía abruptamente más de cien metros por un terreno rocoso cubierto en parte de matorrales.

— «No es muy agradable este despeñadero. Volvamos al coche y sigamos el camino», dijo mientras Monika apuraba su cigarrillo.

39 Hablando francamente

Subieron al coche y se abrocharon los cinturones de seguridad. Sin embargo, Alex no arrancó, sino que se volvió hacia Monika y le dijo con semblante serio:

— «Creo que deberíamos tener una charla sincera».

La expresión de Monika se iluminó, como si hubiera estado esperando precisamente eso y se alegrara de la inminente discusión.

— «Bueno», dijo. «Hablemos.»

— «No sé si estás siendo honesta conmigo.»

— «¿De dónde has sacado esa idea?»

— «¿Tienes una relación tan estrecha con Messerschmidt como la que tienes conmigo?»

Ella lanzó un leve suspiro y parecía estar pensando.

— «Yo también quería hablar contigo de eso, Alex. Sabes que me sentía muy sola hacia el final de mi matrimonio y os conocí a ti y a Karl-Heinz más o menos al mismo tiempo. Se podría decir que me enamoré de los dos a la vez.»

— «Esas cosas pueden pasar», dijo Alex con una expresión ligeramente irónica. «¿Pero cómo es ahora tu relación con él y conmigo? Creí que estábamos planeando un futuro juntos, ¿sigue siendo así o ha cambiado algo?»

— «Ningún hombre significa tanto para mí como tú», dijo ella, sonriéndole.

— «¿Pero no es cierto que Messerschmidt y tú os besasteis cuando os despedisteis anteayer?»

Monika se puso pálida y luego inmediatamente roja.

— «¿Cómo lo sabes?», preguntó atónita.

— «Winfried te vio por casualidad. Quería darte algo para el viaje y fue testigo de vuestra fervorosa despedida.»

— «Creo que tu amigo está interfiriendo excesivamente en nuestra vida privada. De hecho, Karl-Heinz vino a verme por la mañana antes de que me marchara y me trajo algo. Luego nos despedimos como amigos, con un beso en la mejilla.»

— «No sé por qué, pero ya no puedo confiar en ti, Monika», dijo Alex con el ceño fruncido. «Mi instinto me dice que algo va mal y que no me estás diciendo la verdad.»

— «¡Un momento, por favor! ¿Y si nuestra relación no resultaba tan feliz como ambos suponíamos? Somos adultos y sabemos que en los primeros días de enamoramiento todo es de color rosa. Y a veces, al profundizar más, resulta que no es tan bueno para una vida en común a largo plazo.»

— «¡Así que eso es lo que me quieres decir!», dijo Alex, cada vez más irritado y con un tono ligeramente agresivo. «Entonces, ¿es cierto que tienes una relación íntima con Messerschmidt?»

— «Y si lo fuera, ¿qué? Después de todo, no soy de tu propiedad, soy una persona libre. ¿Te crees que eres un jeque que puede dominar a su mujer?»

— «Eso es una solemne tontería», dijo enfadado. «Pero el hecho es que obviamente me has mentido. Hace poco intentaste hacerme creer que estabas enamorada de mí, y en realidad llevas tiempo haciendo planes de futuro con Messerschmidt. La pregunta ahora es por qué has venido.»

— «Quería ayudarte a salir de esta maldita situación.»

— «Una situación en la que, por cierto, me has metido tú. Probablemente fue un montaje desde el principio. Tú me convenciste de cometer el robo, que al final favorece a Messerschmidt. Ahora continuará los programas de tu marido y ya no tendrá competencia. Tenéis un glorioso futuro por delante. El peón sacrificado soy yo. Y si te conviene, incluso podrías denunciarme a la policía y entonces yo sería acusado de asesinato.»

Monika le interrumpió, enfadada.

— «Deja de decir tonterías, estás fuera de tus casillas.»

— «Ya no confío en ti, Monika, y no creo que seas sincera conmigo. Y tampoco voy a volver contigo, porque quién sabe lo que realmente pretendes. Al final acabaré siendo detenido porque vosotros dos os confabularéis contra mí y haréis las declaraciones oportunas a la policía. Pero, por supuesto, yo también podría hablar, y mi amigo Winfried también lo sabe todo.»

— «Creo que ya es suficiente», dijo Monika con expresión fría, y sacó su pequeña pistola del bolso. «Eres tonto y obviamente no quieres aceptar la oportunidad que te estoy brindando. He venido a ayudarte y a conseguirte una coartada. Por lo demás, quiero continuar mi vida en casa según mis propios términos. No nos debemos nada. Me conseguiste los datos del ordenador de mi marido, te pagamos por ello y a cambio estoy dispuesta a darte una coartada. Con esto estamos en paz, ¿entiendes? Ni te quiero ni estaré a tu lado el resto de mi vida. Cuando volvamos, seremos viejos conocidos y nada más. ¿De acuerdo?»

Alex miró atónito la pistola que tenía en la mano y se quedó sin palabras por un momento.

— «¿Vas a dispararme? Y a mi amigo Winfried, que lo sabe todo, ¿también le matarás?»

— «Si me obligas a hacerlo y no hay otra solución, entonces puede que sí. Además, me pregunto si no fuiste tú quien mató a mi marido. Entonces solo sería el justo castigo por lo que hiciste.»

— «Estás completamente loca, yo no tuve nada que ver con el asesinato de tu marido, pero es posible que tú le hicieras matar para apoderarte de su empresa y su *software,* y luego poder disfrutar con Messerschmidt sin obstáculos. Eres una víbora.»

— «Es mejor que te calles, porque si no, me olvidaré de mi buena educación», dijo Monika, que de repente se vio sorprendida por un fuerte sonido de neumáticos chirriando por detrás. Alex vio un coche verde y blanco de la Guardia Civil por el espejo retrovisor.

— «Tenemos visita de la policía, será mejor que guardes esa pistola», le murmuró Alex. Ella metió la pistola en su bolso y lo puso en el suelo entre sus pies. Se oyeron unos golpecitos en la ventanilla de la puerta del conductor. Un corpulento guardia civil estaba junto al vehículo y miraba a Alex de forma desafiante. Alex bajó la ventanilla y el policía se dirigió a él en inglés:

— *«Passports, please».* Alex le contestó en español: «Entiendo su idioma, podemos hablar en español.» La expresión del policía se iluminó.

— «Muy bien, entonces por favor muéstreme los documentos de su vehículo y su identificación. ¿Qué hacen en esta zona?»

— «Somos turistas y estamos de excursión. Las montañas de aquí son realmente muy bonitas», dijo Alex en un español fluido mientras buscaba a tientas su documento de identidad, que no encontró en el bolsillo de su camisa.

— «¿Quieres sacar la documentación del coche, Monika?», le preguntó, pero ella ya estaba ocupada buscándola en la guantera.

— «Y el documento de identidad de la señora también, por favor», dijo el guardia civil. Mientras tanto, el segundo agente, un hombre joven y delgado, había bajado del coche patrulla. Se puso al lado de su colega mayor con una mirada escrutadora. Alex se palpó los bolsillos del pantalón, pero no encontró su identificación.

— «Necesito bajar un momento, mis papeles están en la parte de atrás del coche.»

— «Bien», dijo el guardia civil, «entonces baje.»

Monika le observó con desconfianza mientras él bajaba.

Se dirigió a la parte trasera y abrió el maletero, que ahora le cubría, de modo que no era visible para Monika. Alex sacó su mochila. Al mismo tiempo, hizo un gesto al policía, indicándole que su acompañante no debía notar nada. El policía se acercó a él y Alex le dijo en voz baja:

— «Tiene que ayudarme, esa mujer lleva una pistola y quiere dispararme. Deténgala.»

El policía le miró incrédulo, y obviamente pensó que era una broma.

— «Hablo absolutamente en serio», insistió Alex. «No es mi mujer, es una conocida casual. Solo la conozco desde ayer y me invitó a esta excursión. Y ahora estoy en peligro. Saquen sus pistolas, porque ella va a disparar.»

El policía dijo en voz baja a su joven compañero:

— «Escucha, Montero, este turista debe estar tomándonos el pelo. Dice que la señora del coche quiere dispararle. Creo que le ha dado demasiado el sol.»

El joven hizo una mueca de fastidio.

— «Vámonos, Ferrer, que estamos perdiendo el tiempo con estos turistas raros. Quiero llegar a casa a tiempo para comer», refunfuñó de mal humor.

Alex había escuchado eso y dijo rápidamente:

— «No es una broma, créanme. El arma está en su bolso, tengan cuidado, es peligrosa.»

El agente seguía sin estar convencido, pero se acercó de mala gana a la puerta del conductor, se inclinó hacia delante y dijo a Monika dentro del coche:

— «¡Señora, *get out of the car!*»

Monika no había entendido y habló asomándose por la ventana.

—   «¿Qué ha dicho este policía, Alex?», preguntó en alemán.

— «Que deberías salir del coche.»

— «Salga del coche», repitió el guardia civil, y Monika dio señales de que iba a obedecer.

— «Deme su bolso, por favor, señora», le exigió el guardia civil, señalando su bolso y haciendo un gesto.

— «¿Se lo has dicho, imbécil?», gritó Monika con rabia a Alex, que estaba de pie detrás de los dos agentes como si tratara de esconderse.

— «¡Cuidado!», dijo Alex a los agentes. «Ya les he dicho que lleva una pistola en el bolso.»

— «Deme su bolso, por favor», dijo ahora enérgicamente el guardia civil gordo a Monika.

Con un gesto de asentimiento, pareció ceder. Cogió el bolso con la mano izquierda como si fuera a entregárselo, pero de repente metió la mano derecha dentro y sacó la pistola. El arma apuntaba ahora a los tres hombres.

— «*Hands up!*», gritó Monika. «*Hands up, or I shoot!*»

— «Maldita sea», exclamó el agente Ferrer. «Montero, esta mujer está loca.»

— «*Do not talk!*», gritó Monika con rabia, sin dejar de apuntar al grupo con la pistola.

— «*Alex, steig ins Auto!*»

— «¿Qué está diciendo?», preguntó el policía mayor a Alex en voz baja.

— «Quiere que yo suba al coche», respondió Alex.

El policía se dirigió a Monika con su escaso inglés, tratando de aplacarla.

— «Señora, *we are Spanish police, no pistol* contra *police please,* por favor.»

— «*Erspar mir dein Gequatsche! Hands up, Hände hoch!*», gritó Monika. Cuando el policía bajó los brazos, ella disparó por encima de su cabeza. El hombre se dio cuenta de que iba en serio e inmediatamente volvió a levantar las manos.

De repente, se oyó un ruido de motor acercarse, una moto pesada llegó a la curva, frenó y pasó lentamente por el aparcamiento. El destino quiso que pasara por ahí Jordi Benet, un Mosso d'Esquadra que salía de servicio y se dirigía a su casa, y que comprendió la gravedad de la situación con una sola mirada. Era evidente que sus compañeros corrían un gran peligro. Monika seguía mirando hacia la izquierda, tenía que mantener a raya a los dos guardias civiles. Solo oyó al motorista acelerar de nuevo y seguir adelante. No se dio cuenta de que se detuvo unos metros después de la siguiente curva y aparcó su moto. Con su pistola reglamentaria, el motorista corrió agachado hacia el aparcamiento, aprovechando la cobertura de arbustos y árboles.

— «Alex, sube al coche ahora mismo u os disparo a todos», gritó Monika, cayendo poco a poco en un estado de histeria.

— «*Put that guy into the car*», dijo enfadada a los agentes.

En ese momento, el Mosso d'Esquadra se plantó en la entrada del aparcamiento, apuntó con su pistola a Monika y gritó con fuerza: «*Hands up*! ¡Manos arriba!»

Monika se sobresaltó, con los nervios a flor de piel. Por reflejo, giró su brazo armado extendido hacia la izquierda en dirección a ese hombre que había aparecido de repente, y disparó. El disparo del policía sonó al mismo tiempo. En un instante, los otros dos agentes también sacaron sus armas y abrieron fuego contra Monika. Todo sucedió muy rápidamente. Monika se tambaleó y se desplomó, y luego quedó tendida de espaldas en el suelo, alcanzada por varias balas. Benet también había sido alcanzado y estaba caído en el suelo.

Montero, el guardia civil más joven, se acercó a la mujer en el suelo con una mirada escrutadora. Se agachó junto a ella, miró sus heridas de bala y le tomó el pulso. Su comentario fue cortante y frío:

— «Está muerta.»

El agente Ferrer ya estaba arrodillado junto a su colega y se dirigió a él. Reconoció enseguida a Benet, que estaba destinado en el pueblo vecino, y se conocían bien. Respiraba y estaba consciente, pero se encontraba en estado de *shock* y tenía un fuerte dolor en el brazo izquierdo. La manga de su chaqueta de motorista había sido destrozada por la bala. Quedó inconsciente durante un corto tiempo, pero luego recuperó la consciencia.

— «Has tenido suerte», dijo Ferrer.

— «Sí, creo que estoy bien, es solo el brazo», dijo Benet. «Me ha dado en el brazo. ¿Qué ha pasado con ella?»

— «Está muerta. Tuvimos que disparar o nos habría matado a todos. Es una suerte que hayas llegado en ese momento; si no, ahora estaríamos tiesos. Esa alemana debía estar loca.»

El agente Montero intervino:

— «Intenta levantarte, Benet. Tenemos que ver si se te puede transportar en ambulancia o si necesitamos un helicóptero.»

Ayudaron con cuidado a su compañero herido a levantarse. Afortunadamente, podía ponerse en pie por sí mismo e incluso caminar algunos pasos. Al parecer, no había sufrido ninguna otra lesión grave, pero se quejaba de dolor en el brazo.

— «Bien, hay que llamar a emergencias». Montero se dirigió al coche patrulla y llamó a la central por radio. «Hola, soy Montero. Necesitamos una ambulancia urgentemente. El agente Jordi Benet, de los Mossos, tiene una herida de bala en el brazo y hay una mujer muerta. Ella nos disparó y nosotros tuvimos que abrir fuego.»

Dio la información necesaria sobre el lugar y el curso del incidente, y luego volvió con sus compañeros.

— «La ambulancia llegará pronto.»

Alex se quedó junto al coche de Monika todo el tiempo. El maletero y las puertas del vehículo estaban abiertos, y detrás del coche yacía Monika en un charco de sangre. La conmoción ante estos imprevistos se reflejaba en su rostro. Esta mujer debía estar loca, pensó. La quería, pero me habría disparado sin pestañear. ¿Cómo hemos podido llegar a esto? Se sintió profundamente decepcionado. Ayer soñaba una vida junto a ella y ahora estaba muerta. ¡Es increíble! Un solo momento lo había cambiado todo por completo. La mujer que tanto había amado le había traicionado y quiso matarle. Se estremeció y sintió un escalofrío que le recorrió la espalda.

Regresar a Alemania era ya algo imposible. Sin coartada, tendría que seguir huyendo.

Los guardias civiles se fumaron un cigarrillo y llamaron a Alex a su vehículo para interrogarle y anotar sus datos.

Querían saber qué relación había tenido con esa mujer y cómo había ocurrido todo el asunto. Respondió con evasivas y solo dijo que la había conocido por casualidad en la playa de Blanes. Entonces ella le había invitado a ir de excursión a la montaña. Aquí, en este aparcamiento, le amenazó de repente y le exigió dinero. Obviamente, era una ladrona. Tal vez, incluso, con problemas mentales. No podía decir más, no conocía a esa mujer.

— «Todavía tenemos que tomar sus datos», dijo el agente. «Por favor, deme su documento de identidad.» Alex le entregó su nuevo carné y el policía anotó los datos, y le devolvió el documento.

— «Muchas gracias, señor Müller. Y gracias por su aviso, al principio no podíamos creerlo, realmente no ocurre todos los días.»

Alex contestó lentamente y como distraído, como si todavía estuviera paralizado por el recuerdo de los dramáticos acontecimientos.

— «Yo mismo no podía creer que esta mujer me apuntara de repente con una pistola.»

— «En el futuro, fíjese bien en las mujeres antes de subirse a un coche con alguna», se burló el agente Ferrer.

— «No volveré a subirme a un coche con ninguna mujer extraña, pueden creerme», respondió Alex con una expresión de resignación en el rostro.

— «Todavía le necesitaremos como testigo, señor Müller. ¿Puede venir más tarde a declarar?»

— «Por supuesto», dijo Alex, pensando con cierta satisfacción que ahora, afortunadamente, viajaba con una nueva identidad y, por lo tanto, no temía ser detenido.

40 Malas noticias

Cuando llegué a casa a eso de las nueve, el contestador automático estaba parpadeando. Para mi sorpresa, había una llamada de Alex. El mensaje era breve: «Necesito hablar contigo urgentemente, hoy mismo si es posible. Han pasado cosas horribles. Por favor, llámame al número que te he enviado por correo electrónico. Un saludo».

Eso sonaba preocupante. De inmediato me senté en mi escritorio y encendí el ordenador. Me había llegado un correo electrónico de un remitente que no conocía: Pedro Molinero. Sonreí, porque esa era la traducción al español de Peter Müller. Así que Alex había abierto una cuenta de correo electrónico en España.

Allí encontré su nuevo número de teléfono. Lo marqué y él descolgó enseguida.

— «¡Hola Winfried! Qué bien que me hayas llamado», suspiró aliviado.

— «Hola Alex. ¿Qué ha pasado? ¿Está ahí Monika? Cuéntame».

— «¡Oh, Winfried, todo ha terminado!», me dijo con voz deprimida.

Entonces me contó toda la historia con detalle, desde la llegada de Monika a Blanes, pasando por la planificación del viaje, hasta la escena en el coche en la que ella le había amenazado con la pistola y cómo finalmente murió tiroteada por la policía.

— «La quería, pero me traicionó de mala manera. Probablemente me habría disparado si la policía no hubiera aparecido. Quería vivir mis últimos años junto a ella y ahora todo ha estallado como una pompa de jabón.»

Me quedé sin palabras y al mismo tiempo me sentí aliviado de que Alex estuviera bien.

— «Siento mucho todo lo que me cuentas. Pero me alegro de que sigas vivo», dije. «Sin embargo, ahora no tienes coartada, y tu plan de volver a casa probablemente estará en suspenso, ¿no?»

— «Desgraciadamente así es», dijo Alex. «Tengo que quedarme aquí. Tal vez encuentren pronto al asesino. No volveré antes de esa fecha. Por cierto, si de vez en cuando me llenaras un poco la Visa estaría bien. Probablemente tendré que aguantar algún tiempo.»

— «Lo haré, por supuesto. ¿Y cuáles son tus planes ahora?»

— «De momento me quedo en España, tal vez me vaya más al sur. Ahora puedo volver a permitirme un alojamiento adecuado, que antes no era posible. Sin pasaporte nuevo, he preferido dormir en el coche hasta hoy. Oye, me gustaría que le echaras un vistazo a mi casa de vez en cuando.»

— «De acuerdo Alex, me ocuparé de todo. Solo espero que la policía encuentre al asesino y que vuelvas pronto.»

— «Ojalá, pero para eso faltan meses. No tiene mucho sentido especular sobre ello. Ya veremos.»

— «Cruzaré los dedos y te deseo un buen viaje.»

— «Podemos hablar por teléfono si es necesario, pero solo en casos de emergencia muy urgente. Estoy seguro de que también vigilarán tus comunicaciones.»

— «Bien, Alex, eso haremos. Espera, una pregunta más: ¿debo contactar con el Sr. Messerschmidt?»

— «Preferiría que no. Tendrías que contarle lo de mi nueva identidad y eso sería arriesgado para mí. Para empezar, todo esto es arriesgado. Si la policía alemana intentara ponerse en contacto con el verdadero Peter Müller, para que declare como testigo, por ejemplo, entonces lo veo negro. Ni siquiera sé si ese hombre existe realmente, y si es así, si está vivo. Todo esto podría llegar a ser muy desagradable. Será mejor que dejes a Messerschmidt fuera del asunto. Tarde o temprano se enterará de todo. Si se pone en contacto contigo, es mejor que digas que no sabes nada.»

— «De acuerdo, lo entiendo, probablemente tengas razón. Cuídate Alex, y buena suerte. Hasta pronto.»

— «Espero que sí. ¡Adiós, viejo amigo!»

Me pasé la noche cavilando. En cualquier caso, era de esperar que la policía española enviara un informe detallado a sus colegas alemanes. Y entonces también era de esperar que el tal Peter Müller fuera citado como testigo. Rápidamente se descubriría que ese hombre no había estado en España en el momento en cuestión. Entonces las sospechas volverían a recaer sobre Alex. Todo esto me dio vueltas en la cabeza durante horas y no veía ninguna salida a la confusa situación.

Cuando a la mañana siguiente cogí el periódico del buzón antes de desayunar, a primera vista ya pude leer el gran titular de la primera página:

¡La viuda de Lochberger murió de un disparo!

Solo dos semanas después del asesinato del director de la escuela Reinhard Lochberger, que aún no se ha resuelto, su esposa ha muerto también de forma violenta. Según las investigaciones de nuestro periódico, la mujer estaba pasando unas cortas vacaciones en la Costa Brava, en España. Mientras conducía por las montañas costeras catalanas, cerca de Tordera, se topó con un control policial y fue asesinada a tiros por los agentes. Según los medios de comunicación españoles, la Sra. Lochberger habría sacado una pistola durante el control policial y habría amenazado a los agentes con ella. Al parecer, iba acompañada de un alemán, cuyo nombre se ha informado como Peter M.

Ya no tenía ganas de desayunar. Terminé mi café y luego me dirigí a una cita de trabajo, de modo que tenía otras cosas en las que pensar y no di más vueltas al asunto.

Por la tarde, hacia las tres, volví a casa. Había recibido una llamada de Messerschmidt y me pedía que le llamara yo. Por teléfono me dijo que le gustaría hablar conmigo en privado. Se trataba de la muerte de la señora Lochberger.

En realidad había querido evitar esa conversación, pero ahora probablemente no tendría más remedio que hablar con él. Quedamos en encontrarnos al día siguiente a las tres en el restaurante del Intercityhotel de la estación central de Stuttgart.

41 El triste ganador

Unos minutos antes de lo acordado, entré lentamente en el restaurante. En mi mano izquierda sostenía el periódico *BILD*, cuyo titular «¡Viuda del director muere en un tiroteo español!» me había tentado a comprarlo.

Miré a mi alrededor. Cerca de la mitad de las mesas estaban ocupadas. Ahora recordaba que no tenía una idea exacta del aspecto del señor Messerschmidt. La única vez que le vi, cuando se despedía de Monika, solo tuve una impresión fugaz desde la distancia. Por teléfono no había pensado en acordar una señal para reconocernos, pero de alguna manera lo haríamos.

Caminé despacio por el bar, mirando cuidadosamente a izquierda y derecha, pero no vi ningún hombre que pudiera ser quien yo esperaba. Al final me senté en una mesa libre, frente a la entrada.

Vino el camarero, pedí un café y hojeé el artículo del periódico. Como era de esperar, era dramático y sensacionalista. No podía leer tranquilamente, porque quería vigilar la entrada. Menos de tres minutos después entró un hombre bastante alto, de unos sesenta años, con figura atlética, cabello negro y una expresión seria en el rostro. Ese podría ser Messerschmidt. Le hice una señal agitando el periódico. Se acercó sin prisa.

— «¿Es usted el señor Alonso?»

Le contesté afirmativamente, nos saludamos y se sentó. El camarero trajo mi café y Messerschmidt también pidió uno.

— «Le he llamado porque hay noticias terribles y muy tristes de España. Supongo que lo sabe», comenzó la conversación.

— «Sí, he leído el artículo del periódico esta mañana. Es una historia horrible. Mi más sentido pésame, sé que usted tenía una estrecha relación con la Sra. Lochberger.»

— «Gracias, es cierto. Es un golpe muy duro para mí. Habíamos planeado irnos a vivir juntos». Se detuvo un momento. «Bueno, eso nos lleva directamente al tema. Seré breve, nuestra conversación no debería durar demasiado. Ambos sabemos que Monika Lochberger también tenía una relación con su amigo Alex.»

— «Sin embargo, parece que era una relación algo unilateral. No creo que fuera muy seria por parte de la Sra. Lochberger.»

— «Dejemos eso ahora», dijo Messerschmidt en tono algo enfadado. «El artículo del periódico menciona que Monika iba acompañada por un tal Peter M. en su viaje por Cataluña. No conozco a ese Sr. M., pero sí sé que Monika fue a España a reunirse con Alexander Strasser.

Quería ofrecerle una coartada para que dejara de ser sospechoso del asesinato y pudiera volver a Alemania. Usted es consciente de todo eso, ¿no?»

— «Sí, lo sé. Y también soy consciente de que la sospecha de asesinato contra Alex nunca se habría producido si él no hubiera robado la tarjeta de memoria del ordenador de su director por instigación suya o de Monika.»

El Sr. Messerschmidt puso cara de consternación.

— «¿Y qué piensa hacer con todo eso que sabe? Monika ya me dijo que, al parecer, usted tiene unos diarios de su amigo y que a través de ellos obtuvo una información que habría sido mejor que se guardara para sí mismo.»

— «No tengo intención de hacer nada», dije. «Sin embargo, he dejado la información de la que habla bajo custodia de mi abogado, con instrucciones de que se la entregue a la policía si me ocurre algo. Una medida puramente preventiva. Alguien podría pensar que tiene que deshacerse de mí para que esos secretos nunca salgan a la luz.»

El Sr. Messerschmidt hizo un movimiento despectivo y una mueca como para expresar que era una idea completamente absurda. Continué.

— «No quiero tener nada más que ver con este asunto y no hablaré con nadie de ello. No obstante, si Alex fuera detenido y acusado de asesinato, yo acudiría en su ayuda, eso está claro.»

— «El hombre que estaba con Monika cuando le disparó la policía probablemente sea su amigo Alex. Monika me dijo la noche anterior que quería ir a la montaña con él.»

— «No lo sé, pero le aconsejo que se guarde esa suposición para usted. Acabo de decirle que la policía no obtendrá ninguna información por mi parte acerca del robo de los datos. A cambio, espero que usted no haga nada que pueda traerle problemas a mi amigo.»

— «¿Así que admite que ahora se llama Peter M.?», preguntó Messerschmidt en tono cortante.

— «Es posible que ahora se llame así, no lo sé. Déjelo en paz, está huyendo. Mientras usted no le haga daño, él no se lo hará a usted, y lo mismo es válido para mí.»

Messerschmidt puso cara de indecisión.

— «Por cierto», dije un poco titubeante, «esa coartada que le había prometido Monika, ¿no podría dársela usted?»

— «¡Pero bueno! ¡Eso sí que tiene gracia!», se indignó Messerschmidt. «¿Cómo se le ocurre pensarlo? Soy el único competidor de la empresa de Lochberger. ¿En qué lugar quedaría yo si dijera que Strasser estuvo conmigo la noche en cuestión tomando unas cervezas? Igual podría colgarme un cartel del cuello que dijera: "Yo soy el asesino".»

— «Bueno, yo no lo veo así. Si ambos se callan acerca del hecho de que hubo una sustracción de datos, entonces el problema estaría resuelto, ¿no? Y si ninguno de los dos cometió el asesinato, entonces no habrá rastros de ADN suyo en la víctima.»

Messerschmidt hizo una larga pausa y luego dijo: «Lo pensaré».

— «Lo que también me gustaría saber», dije, «es por qué Monika llevaba una pistola. Casi parece que tenía claras intenciones de tender una trampa a Alex.»

Messerschmidt se sonrojó un poco.

— «Realmente no lo sé. No puedo explicarlo en absoluto. Ni siquiera sabía que tenía un arma.»

Sus palabras no sonaban muy convincentes. Hice una pausa y pensé.

— «Muy bien, entonces mi sugerencia es que los dos nos quedemos callados. Por favor, piense en lo de la coartada; esa sería la solución óptima. Piénselo y avíseme pronto para que yo pueda decírselo a Alex.»

Messerschmidt miró hacia delante de forma irresoluta y pensativa. Terminamos el café, pagamos y nos despedimos.

Cuando llegué a casa mantuve una larga conversación telefónica con Susanne y le conté lo que había pasado. Le pareció terrible que Alex se hubiera librado por poco de ser asesinado por Monika. Mañana nos reuniríamos en Hamburgo y comentaríamos más la cuestión. ¿Era Monika, después de todo, la autora intelectual del asesinato de su marido?

42 Un giro inesperado

El viernes por la tarde volé de Stuttgart a Hamburgo. Esta vez me decidí por el avión en vez del tren. Los vuelos son siempre fascinantes, en un abrir y cerrar de ojos te encuentras de repente en otro mundo nada más bajar del avión. Aunque ya conozco bastante bien Hamburgo y sus alrededores, siempre hay algo de ese efecto sorpresa.

El sábado hizo un tiempo soleado y cálido de verano, y Susanne y yo lo disfrutamos mucho. Recorrimos relajadamente la zona en bicicleta y nos sentamos en las terrazas de los cafés del Alster.

El domingo amaneció lluvioso y durante el desayuno hablamos de Alex y especulamos sobre lo que haría ahora. Messerschmidt no había vuelto a contactar conmigo, así que supongo que mi sugerencia de proporcionarle una coartada no le había convencido.

Después de desayunar, me acordé de revisar mi correo. Efectivamente, había un mensaje de Alex del sábado por la noche. Era breve y directo, y decía que borraría su cuenta de correo electrónico por completo esa misma noche. Me informaría en cuanto tuviera una nueva dirección. Ya no debía escribir a la antigua dirección, pues iba a dejar de existir. Sin embargo, tenía que esperar un SMS que me llegaría el lunes por la mañana, alrededor de las once. Lo enviaría con un retraso de tiempo.

Conté a Susanne lo que acababa de leer.

— «Realmente no sé qué puede estar pasando ahora. Ha borrado su cuenta de correo electrónico, así que no puedo ponerme en contacto con él para nada.»

— «Supongo que esa es exactamente su intención», dijo Susanne, pensativa.

— «Sí, ¿pero qué es lo que pretende?», pregunté un poco desorientado.

— «Espero que no tenga ideas suicidas. No quiero preocuparte, pero cuando la gente quema sus últimos puentes, a veces es una señal de desastre inminente, y la dirección de correo electrónico es uno de esos últimos puentes.»

— «Ahora me estás asustando. Esperemos que no pase nada malo.»

— «No te preocupes demasiado; de todos modos, no podemos cambiar nada. Tal vez te envíe pronto su nueva dirección. Posiblemente solo quiere asegurarse de que la policía no esté husmeando en sus antiguos registros.»

— «Podría ser», respondí, y con eso dimos por terminado el tema, que a estas alturas se había vuelto muy estresante para ambos.

Más tarde hablamos de hasta qué punto el curso de la vida de una persona está realmente determinado por las influencias de la infancia.

Hay diferentes opiniones al respecto y muchas preguntas sin respuesta. ¿Está el desarrollo de una persona predominantemente programado por la genética? ¿O las experiencias de la infancia moldean la personalidad más que los factores hereditarios? ¿O el llamado libre albedrío es más fuerte que todas estas influencias combinadas y cada uno es responsable de su propio desarrollo?

Ambos coincidimos en que nadie ha sido capaz de responder a estas preguntas de una forma universalmente válida. Pero se reconoce que las experiencias de la infancia tienen una gran influencia en el desarrollo de la persona. A continuación, Susanne abordó el tema de la familia, que también era el centro de su propia práctica profesional.

— «Una familia puede ser el cielo o el infierno», dijo. «Lo sé por mi experiencia terapéutica desde hace muchos años. Y si los padres viven en un matrimonio roto, como desgraciadamente ocurre a menudo hoy en día, los conflictos graves y también los trastornos en los hijos suelen estar programados. Por desgracia, muy pocos padres consiguen mostrar la suficiente consideración hacia los hijos cuando se separan. Y luego está el problema de la violencia doméstica. Cuando pienso en el caso de Alex, que regularmente tuvo que soportar palizas a toda la familia, es una experiencia muy dura que no queda sin consecuencias.»

— «Sí, yo también lo creo. Es sorprendente que no se convirtiera en un delincuente violento. O al menos no hasta ahora. Al principio, la sospecha de asesinato me pareció completamente absurda e inimaginable, pero tengo que admitir que después de leer sus diarios ya no estoy tan seguro de si no cayó él mismo en la violencia. Tal vez cedió a ese deseo interno y acabó por venganza con su jefe en vez de con su padre.»

— «Sí, yo también tuve una sensación de malestar al leer esas entradas del diario», confesó Susanne, «sobre todo cuando escribió que de adolescente pensó en matar a su padre junto con su hermana. Eso ya es una situación muy alarmante.»

Entonces recordé que no habíamos terminado de leer esa entrada del diario y le propuse a Susanne seguir leyéndola, porque había traído el libro conmigo por si me apetecía leer un poco en el avión. Aceptó, cogí el diario y seguimos leyendo juntos:

Fuiste un padre sumamente contradictorio para mí. Por un lado, el violento, al que yo temía y que a veces podía golpear por el menor motivo. Pero, por otro lado, eras un padre cariñoso que jugaba con nosotros, los niños. Tocábamos música juntos, hablabas con nosotros y a veces tenías una palabra de elogio. Estas señales positivas eran importantes para mí cuando era pequeño.

Recuerdo que a menudo nos acariciabas el pelo por la mañana durante el desayuno con cierta ternura apreciativa. Pero después de cierta edad yo ya no quería eso, algo en mí se rebelaba contra el hombre que se mostraba a veces tierno, a veces violento. Me resultaba difícil conciliar tus dos lados tan opuestos, porque eran incompatibles.

Precisamente porque también hubo numerosas cosas positivas entre nosotros, siempre mantuve el contacto contigo, ya de adulto. Básicamente, toda mi vida he buscado tu confirmación, tu reconocimiento, tu estímulo positivo. En los últimos quince años antes de que fallecieras, te veía casi una vez a la semana en tus veladas musicales en el sótano, donde a menudo se nos unían dos de tus amigos. Tocábamos música ligera y melodías de siempre.

Fuiste un trombonista y un saxofonista muy aplicado y apasionado, y más aún en tu época de jubilado. La música era un fuerte lazo de unión entre nosotros. Yo era alternativamente el baterista y el guitarrista del grupo, y cuando alababas mis esfuerzos musicales, siempre me alegraba. A veces estábamos los dos solos en esas veladas musicales y en los descansos entre piezas manteníamos muchas conversaciones. Me contaste todo tipo de anécdotas de tu vida, de tu juventud, de la guerra y de la expulsión de la familia después, y también de tu lucha por la supervivencia como refugiado en los primeros años de la posguerra.

Sin embargo, cuando hablabas de mamá, tu recuerdo era muy unilateral, y toda la culpa del fracaso del matrimonio era de ella. Por desgracia, tuve demasiado miedo y no pude armarme del valor suficiente para enfrentarme a ti, y hoy lo lamento mucho. Me intimidaste durante años cuando era niño e incluso de adulto me sentía tenso y no era muy franco contigo. También de adulto te temía secretamente a ti y a tu rápido temperamento. En definitiva, esa fue una de las razones por las que siempre hubo una cierta reserva entre nosotros. Había una tensión nerviosa que también observaba a menudo en ti, un perro guardián interior, por así decirlo, que estaba siempre preparado para repeler posibles ataques. Las experiencias violentas de mi infancia y juventud fueron demasiado intensas y duraderas como para poder volver a desarrollar una confianza imperturbable en ti más adelante. Y tú debiste percibir instintivamente esa desconfianza y también mantuviste una cierta distancia de mí.

Hace más de diez años falleciste tras una breve y grave enfermedad. Es una pena que nunca haya tenido el valor de hablarte de las dolorosas experiencias de mi infancia. No sé si me lo habrías permitido. En cualquier caso, me habría aliviado mucho que me escucharas. Tal vez incluso te hubieras arrepentido de algunos de tus actos. Eso podría haber sido un puente entre nosotros, un camino hacia el perdón y la reconciliación.

Pero el perdón implica que alguien tiene el deseo de ser perdonado. Presupone la admisión de que uno ha causado dolor a otra persona, o algo malo. Y ese no fue el caso, al contrario. Encontraste justificaciones para tus acciones en la Biblia, como la frase: "El que ama a su hijo, le castiga". De la misma manera, trivializaste la violencia de tu padre hacia ti afirmando que sus draconianas palizas no te habían hecho daño. Desgraciadamente, no pudo producirse una verdadera reconciliación entre nosotros.

En un experimento mental, sin embargo, me gustaría ahora imaginar cómo sería si recibieras esta carta, allí en el más allá, donde según las ideas de casi todas las culturas humanas siguen viviendo los antepasados. Quiero dar rienda suelta a mi imaginación y pensar que en tu estado actual de existencia tienes una visión diferente de tu vida pasada. Quiero imaginar que ahora sientes remordimientos por algunas de tus acciones y que la necesidad de perdón y de reconciliación ha crecido en tu interior. Esta idea me reconforta, padre, y refuerza mi deseo de perdonarte.

Nuestro camino común en la vida fue el que fue, hubo experiencias hermosas y hubo experiencias amargas, y no podemos cambiar eso en retrospectiva.

Mientras tanto, he llegado a una edad en la que soy cada vez más consciente de la brevedad de la vida, y siento cada vez más como un pesado lastre el tener que cargar con la hipoteca de la infancia. El perdón es para mí un paso necesario hacia la paz interior. Esta conclusión ha crecido en mí a lo largo de los años y ya es hora de hablar.

Ya he dicho todo lo que tenía que decir. Esto no significa que pueda aprobar todas tus acciones del pasado, pero quiero dejar de acusar, de lamentarme de mi infancia y de verme como una víctima.

En el fondo, fuiste un hombre de buen corazón que estuvo expuesto a la brutalidad paterna cuando era niño y quedó permanentemente deformado en el proceso. Estabas dotado de un exceso de energía que a menudo no podías contener.

Pero también recuerdo que tu energía masculina siempre irradiaba con fuerza sobre mí, y me inspiraba y espoleaba en mis actividades. He heredado de ti tu alegría al hacer música y tus habilidades manuales. En vista de las muchas cosas positivas que heredé de ti, me gustaría darte las gracias y decirte que te quería y que todavía hoy puedo

pensar en ti con aprecio y cariño.
   Tu hijo, Alexander

Probablemente Susanne y yo sentimos lo mismo. Nos quedamos sentados uno al lado del otro en silencio durante mucho tiempo.

— «¡Así que Alex consiguió perdonar a su padre! Es una pena que no hayamos leído esto antes», dije con alivio. «Entonces no habría tenido pensamientos tan oscuros tras leer la primera parte.»

Susanne estaba de acuerdo conmigo.

— «Sí, es realmente gratificante. Así que ha conseguido liberarse de esta carga y, por tanto, también está en camino de alcanzar la paz interior. Me alegro mucho por él.»

— «Lo único que falta ahora es que encuentren pronto al culpable y pueda volver.»

Los dos estábamos más que contentos con este giro inesperado de los acontecimientos.

Ya había dejado de llover y de nuevo lucía el sol. Decidimos dar un paseo y nos dirigimos al puerto. Una fresca brisa marina soplaba desde el Oeste mientras disfrutábamos del recorrido por el puerto. Todo apuntaba ahora a una buena solución. Nos alegrábamos de ello y disfrutábamos del paisaje veraniego con veleros, gaviotas chillonas y la fresca brisa. A eso de las seis yo ya estaba de nuevo en el avión y llegué a casa poco después de las ocho. No había ninguna noticia de Messerschmidt, llamada telefónica, carta ni correo electrónico. Así que podía perder mis esperanzas de que colaborara para proporcionar una coartada a Alex.

43 Entre el temor y la esperanza

El lunes por la mañana estaba trabajando en unas copias de seguridad desde casa y, por lo demás, pendiente del teléfono. Poco antes de las once fui interrumpido en mis tareas rutinarias por el timbre del teléfono. Me sobresalté cuando escuché el nombre de la persona que llamaba:

— «Sauer, policía judicial. Hola, Sr. Alonso.»

— «Señor Sauer, qué sorpresa», dije. «¿A qué debo el honor de su llamada?»

— «¿Ha tenido noticias de España?»

— «¿Qué quiere decir exactamente?»

— «Un Volkswagen Golf con matrícula LUN, de Lundenburg, PE 753, está registrado a nombre de Peter Alonso y en su dirección.»

— «Sí, es cierto, es de mi hijo», dije preocupado. «¿Qué pasa con el coche?»

— «Hemos recibido un aviso de España, concretamente de Tarifa, en Andalucía, diciendo que ese vehículo ha estado estacionado en un aparcamiento privado durante dos días. El conductor se identificó como Peter Müller. Alquiló una tabla de surf el sábado y debía devolverla a las seis de la tarde. Sin embargo, no lo hizo. Como el coche seguía en el aparcamiento, el propietario de la escuela de vela llamó a la policía.»

— «¿Qué? Eso es...», dije con horror. El resto de la frase se me quedó en la garganta.

— «Supongo que conoce a Peter Müller», dijo el inspector con cierto matiz en su voz.

— «Bueno… Es decir, no, no le conozco», tartamudeé algo incómodo. «Pero el coche, el Golf rojo, es de mi hijo Peter.»

— «¿Es posible que su hijo se haya hecho pasar por Peter Müller?»

— «No, mi hijo está en los Estados Unidos, está estudiando allí, y desde luego no está en España. Pero le presté el coche a mi amigo Alex», dije ahora sin querer ocultar nada más. «Necesitaba un coche porque quería irse de vacaciones unos días.»

— «Bueno, vaya vacaciones…», dijo Sauer. «Seguro que sabe que su amigo está huyendo de la policía.»

— «A estas alturas, ya lo sé» dije.

— «Entonces, ¿está seguro de que ese vehículo, un Golf rojo con la matrícula que le he dicho, no era conducido por su hijo, sino por Alexander Strasser?»

— «Estoy seguro. Mi hijo no tiene nada que ver con esto. Le presté el coche al Sr. Strasser hace quince días», dije con toda tranquilidad. «Si ahora se encuentra en el sur de España, no sé nada de ello.»

— «De momento no hay rastro del conductor. Según la descripción del propietario, Müller y Strasser probablemente son la misma persona. La tabla de surf no ha sido devuelta, pero tampoco se ha encontrado en ningún sitio. Así están las cosas, y el propietario de la empresa de surf está preocupado por si ha habido un accidente. Por el momento no sabemos nada más concreto. Si se entera de algo, por favor, háganoslo saber», dijo el Sr. Sauer.

— «Sí, claro, lo haré», dije. «Y por favor haga usted lo mismo. Después de todo, Alex es muy buen amigo mío y si le hubiera pasado algo, por supuesto que quiero saberlo inmediatamente. Además, también tengo que pensar cómo recuperar mi coche en caso de que él no lo recoja.»

— «Sí, esa es la siguiente cuestión. El vehículo no se puede quedar allí para siempre, porque el propietario de la escuela de vela tiene un espacio limitado. Espero que su amigo aparezca y traiga el coche; de lo contrario, tendría que ocuparse usted del transporte de vuelta.»

Tras la llamada telefónica del inspector me sentí paralizado y mi mente ya auguraba lo peor. Así que Alex había alquilado una tabla de surf y no la había devuelto. Precisamente en Tarifa, que era conocida por sus altísimas olas. Sabía que se había subido a una tabla de surf unas cuantas veces, pero que fuera un gran maestro del surf era algo nuevo para mí. ¿Se habría sobreestimado y se habría arriesgado demasiado? ¿O se habría puesto deliberadamente en peligro de muerte? ¿O habrá sido todo un truco para escapar de la policía y esconderse? Me debatía entre pensamientos contradictorios. En ese momento no podía pensar con claridad. Mientras me preparaba un café, mi teléfono móvil indicó de repente la recepción de un mensaje de texto. Era de Alex. Así que este era el SMS que me había anunciado en el correo electrónico del fin de semana.

¡Hola Winfried! No podría haber deseado un mejor amigo que tú. Gracias por todo. Quiero empezar de nuevo. Renacer es posible. No estaré disponible por un tiempo. No te preocupes por nada. Todo irá bien. Alex

Eso sonaba muy misterioso. No pude entender bien el mensaje. «Renacer» era un término que solo conocía en contextos religiosos. ¿Eran estas las palabras de despedida de alguien que estaba cansado de la vida? Por supuesto, también podría tener otro significado, ¿quizás tenía planes de emigrar y esconderse? Pero esto último me parecía poco probable. ¿A dónde querría ir un señor mayor después de llegar a la edad de jubilación? Difícilmente podría hacer que le enviaran su pensión a algún lugar de Asia o América Latina mientras le buscaba la policía.

Me sentía bastante confundido. A las dos tenía una cita con un cliente, que no me llevó mucho tiempo; solo era una reparación menor en una red, y a las cuatro ya había vuelto a casa.

Por la noche llamé a Susanne y le conté con detalle las novedades. Al igual que yo, se puso bastante triste y no descartaba la posibilidad del suicidio de mi amigo. Básicamente, los dos estábamos indefensos en nuestra ignorancia y fue un consuelo poder hablar del tema durante largo rato y tranquilizarnos mutuamente.

A la mañana siguiente me levanté de mal humor. No había dormido bien y había soñado cosas raras. Alex estaba de pie sobre una tabla de surf cuando de repente se le acercó un pez gigantesco. Solo se veía una enorme aleta dorsal y un alto chorro de agua. Tenía que ser una ballena, pensé, y vi con horror cómo sacaba su enorme cabeza del agua, abría la boca y se tragaba a Alex junto con la tabla de surf.

Mis propios gritos de miedo me despertaron con un sudor frío. Eran las cuatro de la mañana. Cogí una novela para calmarme de nuevo. Después de leer un rato me quedé dormido otra vez, pero el sueño no duró mucho, porque a las cinco de la mañana unos violentos truenos sonaban sobre la ciudad y los relámpagos brillaban con fuerza. Cerré rápido todas las ventanas. Se desató una violenta tormenta. Hubo rayos y truenos durante casi dos horas. Necesitábamos desesperadamente la lluvia, pensé. Pero con los truenos que se repetían constantemente no era posible dormir, así que me levanté poco después de las siete.

Bajé al buzón y cogí el periódico, que me puse a leer mientras desayunaba. Ya había hojeado la sección de política cuando sonó mi teléfono. Solo eran las ocho. Lo cogí.

— «Aquí el inspector Sauer. Buenos días, Sr. Alonso.»

Cuando oí la voz ya familiar del inspector, me puse a la defensiva.

— «Buenos días, Sr. Sauer. Llega muy temprano esta mañana. ¿Hay alguna novedad?»

— «Sí, supongo que sí», dijo Sauer, aparentemente de buen humor. «Ya sabemos que Peter Müller es un nombre falso para su amigo Alexander Strasser.»

Hice una mueca de dolor.

— «Perdón, ¿cómo lo saben?»

— «Bueno, la policía suele estar al corriente de este tipo de planes más rápido de lo que mucha gente cree. Hemos averiguado que los datos de su documento de identidad corresponden a un hombre que ya falleció. El propietario de la escuela de vela en España hizo una fotocopia cuando le alquiló la tabla de surf. Un tal Peter Müller, de Dortmund, murió hace unos seis meses y alguien, astutamente, aprovechó esta circunstancia y le proporcionó a su amigo un documento de identidad falso.»

— «Es una historia increíble», dije, aparentemente incrédulo.

— «Cierto, señor Alonso. Para ser honesto, tengo algunas sospechas sobre quién podría haberle ayudado a conseguir unos papeles falsos aquí.»

— «Bueno, señor inspector, no sé qué está insinuando. Pero dígame, ¿me ha llamado tan temprano para contarme sus sospechas?»

— «No, por favor, cálmese. Estoy muy preocupado. Por el momento ni siquiera sabemos si su amigo sigue vivo. Lo de la tabla de surf es un poco alarmante…»

Sauer se detuvo un momento. Parecía que realmente estaba preocupado por la suerte del hombre que buscaba.

— «Pero hay algo más. ¿Ha leído el periódico?»

— «Estaba haciéndolo cuando usted me ha interrumpido.»

— «Bueno, eche un vistazo a la sección local ahora mismo, seguro que le interesa.»

Nervioso, abrí el periódico. La sección local comenzaba con un gran titular: «¡Atraco en el Colegio Goethe!»

No podía creer lo que veían mis ojos y pregunté emocionado:

— «¿Qué se sabe de este atraco, Sr. Sauer?»

El inspector describió brevemente los hechos. Ayer por la tarde, hacia las ocho y media, un desconocido atacó al subdirector del Colegio Goethe con un palo de madera. Este resultó levemente herido, pero logró derribar al atacante con un gancho al mentón, le redujo y luego le ató. El presunto ladrón fue detenido por la policía y será llevado hoy ante el juez.

— «Eso es fantástico», dije. «Posiblemente sea el mismo hombre que asesinó a Lochberger. Si se demuestra que es el asesino, Alex se libraría por fin de toda sospecha.»

El inspector contestó:

— «Un momento. Los análisis de ADN han demostrado que el atacante de ayer es el asesino de Lochberger. Ya no hay dudas al respecto.»

— «¡Eso es fantástico!», exclamé con entusiasmo. «Así que ahora está claro que Alex no tuvo nada que ver con el asesinato, ¿no?»

— «Parece que sí. Todavía no tenemos una confesión del tipo de ayer, pero difícilmente podrá refutar las pruebas que tenemos.»

— «¿Realmente las pruebas de ADN son fiables?»

— «Nuestros expertos están seguros de ello. Los rastros de esta persona se encontraron en el cuerpo de Lochberger. Desde nuestro punto de vista, el asunto está claro al cien por cien. La orden de arresto internacional contra su amigo se revocará hoy mismo.»

— «Eso me quita un gran peso de encima, mi querido inspector», dije eufórico. «¡Muchas gracias por llamarme tan temprano! Esta incertidumbre era terrible.»

— «Me lo imagino. Ahora tiene que dar la buena noticia a su amigo lo antes posible. Espero que aparezca pronto.»

— «Intentaré contactar con Alex e informarle de todo. Gracias de nuevo, señor Sauer. No sabe el peso que me quita de encima.»

— «Ya lo creo. Ahora le deseo un buen día.»

— «¡Gracias! ¡Yo a usted también! ¡Y gracias de nuevo!»

¡Era increíble! ¡Alex había sido injustamente perseguido! Pero ahora estaba redimido y podía volver a Alemania sin problemas y disfrutar de su jubilación. Sin embargo, él no sabía de su buena suerte y la cuestión era cómo informarle.

Llamé inmediatamente a Susanne y le conté todo. Ella se alegró tanto como yo de este giro de los acontecimientos. ¿Pero dónde estaba Alex? Decidimos preguntar a las autoridades españolas si habían realizado alguna operación de búsqueda que proporcionara pistas sobre su paradero. También queríamos contactar con todas las personas de su círculo de conocidos para pedirles su opinión.

Durante los días siguientes hice numerosas llamadas telefónicas. En la comisaría española me dijeron que habían recuperado la tabla de surf que Alex había alquilado. El domingo, un marinero la había visto flotando en el agua no muy lejos de la playa y la devolvió a la escuela de vela. Salvamento marítimo había realizado las labores de búsqueda, pero ni estas ni los vuelos del helicóptero de la guardia civil sobre todo el tramo de costa habían encontrado nada.

Mis otras averiguaciones en todos los lugares posibles fueron infructuosas. Volví a escribir a la dirección de correo electrónico de Pedro Molinero, de la que había recibido recientemente los mensajes de Alex, pero esa dirección ya no existía, como era de suponer. Pasaron varios días sin que pudiera obtener ninguna información sobre el paradero de Alex.

Un martes, una furgoneta de ADAC llegó con el Golf de mi hijo y lo descargó. Unos días antes yo había dado orden para que recogieran el coche en el sur de España. Busqué en el interior del vehículo, pero no encontré nada, ni pistas, ni mensajes, ni carta. Sin embargo, en el maletero había una mochila con una cámara de fotos, un pequeño neceser, un pijama, ropa interior, una camisa, un pantalón y un teléfono móvil. Parecía que había preparado esas cosas para un viaje y las tenía listas en el coche. Todo esto me preocupó aún más. ¿Había planeado ir a algún sitio o volar después de surfear? Probablemente preparó esa mochila con algún propósito y algo le había impedido llevársela. Una conclusión obvia era que había tenido un accidente con la tabla de surf y que, por tanto, no había podido llevar a cabo sus planes de viaje.

¿Pero no podría ser también un ingenioso truco? Tal vez quería dar a la policía exactamente esa impresión, es decir, que había preparado un viaje y que luego no pudo realizarlo.

La situación era deprimente. Ahora Alex estaba libre de sospecha de asesinato, pero probablemente ni siquiera se había enterado. O bien seguía huyendo o había sufrido un accidente mortal. La incertidumbre era difícil de soportar y, sin embargo, no tenía más remedio que seguir esperando.

Las semanas pasaron. Ya han transcurrido cuatro meses. La probabilidad de que siga vivo disminuye día a día. Pero sigo leyendo su último mensaje de texto, en el que escribió que no estaría disponible durante un tiempo y que no debía preocuparme por él.

En cierto modo, me aferro a esta afirmación y en algunos momentos estoy firmemente convencido de que ha sido astuto y se esconde en algún lugar, quizá incluso fuera de Europa, con la seguridad del presunto accidente de surf.

Pero otras veces esto me parece completamente improbable, porque me habría enviado algún tipo de mensaje. Tampoco he recibido noticias de otros amigos de Alex. Nadie sabe nada de él, nadie ha oído nada.

En este tiempo he hablado por teléfono varias veces con el inspector Sauer. La última vez habló del «trágico accidente» y lo hizo con voz apesadumbrada. Él no cree que Alex vuelva a aparecer. En su opinión, lo más probable es que sufriera un accidente mortal.

Así que han pasado semanas y meses, y ahora hemos llegado a noviembre y ya no sé qué creer. Esta incertidumbre es lo peor. Los días pasan, estoy trabajando más que nunca y procuro alejar de mí estas cavilaciones recurrentes. El tiempo se ha vuelto fresco y lluvioso. Mis paseos por la montaña son cada vez más raros y cortos. Los bosques lucen sus colores otoñales y las hojas caen y se dejan llevar por el viento. Pronto los árboles estarán desnudos en la niebla y los campos tendrán un manto de escarcha.

Me reconforta pensar en la próxima primavera. ¿Volverá Alex entonces?

He resuelto adherirme a la máxima de los antiguos romanos: *Dum spiro, spero* - mientras respire, espero. La esperanza nunca debe perderse.